तुमसे किसने पूछा

परिचय : उस्मान खान

उस्मान खान का जन्म 12जुलाई 1986 को उत्तर प्रदेश के शाहजहांपुर में हुआ। छात्र जीवन से सांस्कृतिक,सामाजिक, साहित्यिक गतिविधियों में सक्रिय रहे। देश-विदेश की पत्रिकाओं में दर्जनों कहानियाँ, लेख कार्टून प्रकाशित। Q-Comics Books Preservation Project (अमेरिका) में भारत का प्रतिनिधित्व।

हर साल देश में हो रही 'एसिड अटैक' की घटनाओं पर आधारित पहली पुस्तक 'H2SO4-एक प्रेम कहानी' लिखी। जो पाठकों के बीच अपनी पहचान बनाने में सफल रही। पाठकों ने इसको ख़ूब सराहा, साथ ही साथ जवाहरलाल नेहरू यूनिवर्सिटी-दिल्ली के शोध छात्र श्रीमंत्र जैनेन्द्र ने इस किताब को अपनी पीएचडी रिसर्च का हिस्सा बनाया।

2006 में श्रेष्ठ कहानी और संकल्पना के लिए '24 FPS' का सम्मान मिला। साथ ही साथ एशियन इमेज सम्मान के लिए चयनित हुए। उस्मान, पेशे से आर्टिस्ट हैं और अभी मलेशिया में रहते हैं।

ईमेल - usman.max@gmail.com
मोबाइल - +60 19 3477347

तुमसे किसने पूछा

कहानी संग्रह

उस्मान खान

redgrab books

rg
books

तुमसे किसने पूछा (कहानी संग्रह)

प्रकाशक : रेडग्रैब बुक्स
942, मुट्ठीगंज, इलाहाबाद-3 उत्तर प्रदेश, भारत
वेबसाइट - www.redgrabbooks.com
ईमेल - contact@redgrabbooks.com

संस्करण : प्रथम, 2018
आवरण चित्र : आशिमा कुमारी
आवरण : श्री कम्प्यूटर्स, इलाहाबाद
टाइप सेटिंग : श्री कम्प्यूटर्स, इलाहाबाद
ISBN : 978-93-87390-23-2

आत्म-कथ्य

हर कहानी की शुरूआत एक विचार से होती है। विचार सूक्ष्म होता है, लेकिन कल्पनाओं में ही धीरे-धीरे आकार लेने लगता है, या फिर पल-पल अमीबा की तरह आकर बदलता रहता है। वही विचार आगे बढ़कर किसी घटना से जुड़ जाता है। यह घटना जीवन के अतीत से, या फिर देखे-सुने पढ़े गए किसी अनुभव से उभरकर आती है। तब कल्पना शक्ति के पंखों पर सवार, विचार शब्दों का रूप लेने लगते हैं। कोरे पन्नों पर उकेरे गए शब्दों को कलमकार अपनी भावनाओं की स्याही में डुबोकर एक नया रूप देता जाता है। यही रूप कभी कहानी तो कभी कविता बनकर उभरता है।

विचार दिमाग़ से उभरते हैं, लेकिन बिना दिल के रास्ते गुज़रे वह कोई आकार नहीं ले पाते हैं। जब विचार उभरते हैं और दिल की यादों से गुज़रते हैं तब कुछ मुकम्मल होता है।

मेरी कहानियाँ मेरी नहीं हैं; यह तो देखी समझी जानी गयी अनुभव की एक पोटली है, जो जब-तब खुल जाती है। आज जो मैं लिख रहा हूँ, वह कल कोई और लिखेगा। शब्द भी वही होंगे भाव भी वही होंगे, संवेदनाएँ भी वही होंगी, लेकिन समय बदल जाएगा। अगर आज का लिखा, कल तक काम आ जाये तो समझो लिखना सार्थक हो गया।

समय कभी किसी के साथ नहीं रहता है; वह तो बस बहता रहता है... लेकिन समय के पन्नों पर उकेरी गई लकीरें कहीं न कहीं सदा ज़िन्दा रहती हैं; कहीं कहानियाँ बनकर, कहीं यादें बनकर, तो कहीं गुज़रा ज़माना बनकर, वह हमारे आस-पास ही रहती हैं। मैं नहीं रहूँगा, मेरा नाम भी नहीं रहेगा, न कोई मेरी पहचान रहेगी; लेकिन यादों के बीच सुनी-सुनाई कहानियाँ हमेशा ज़िन्दा रहेंगी। वह एक पीढ़ी से दूसरी पीढ़ी तक रूप बदल-बदलकर समय के साथ तैरती रहेंगी; बिल्कुल वैसे ही, जैसे आज हमारे बीच वक़्त की खिड़कियों से होरी-महतो झाँकता है, तो कहीं किसी की उखड़ी साँसें पिरोने भगत दौड़ा चला जाता है; कहीं आज भी कोई सिराजुद्दीन अपनी बेटी सकीना को तलाश करता है। कई दशक बीत गए इन कहानियों को... हमसे पहले भी हमारी पीढ़ियाँ इनको पढ़ती रही हैं। आज हम इसे पढ़ रहे हैं, और आशा करते हैं कि हमारे बाद आने वाली नस्लें भी इनको पढ़ेंगी।

बहरहाल बताता चलूँ, यह किताब कई यादों को समेटे हुए है, जो मैं आपसे साझा कर रहा हूँ। कहीं बचपन की मैरूनी यादें हैं तो कहीं ज़ाकिर नगर का फक्कड़पन है। किसी में मौत के बाद का डर समाया है, तो किसी में खुद के वजूद को ज़िंदा रखने की जद्दो-जहद में खुद को बेचती औरत।

मैंने इनको कितनी ईमानदारी से उकेरा है, यह मैं नहीं जानता हूँ, यह तो सिर्फ़ वही जानेगा जो पढ़ने के बाद इनको महसूस करेगा।

- उस्मान खान

अनुक्रम

1

बहता पानी

ज़िन्दगी हर किसी को एक मौक़ा ज़रूर देती है, लेकिन ऐसा सबके साथ नहीं होता है, कि कामयाबी हमारे दरवाज़े पर दस्तक दे, और हम दरवाज़ा खोलकर सही समय पर उसका इस्तक़बाल करें। परिस्थितियों को समझना, और उनके साथ तालमेल बिठाकर हवा के रुख के साथ ख़ुद को ढालकर चलना, कामयाबी के रास्ते पर बढ़ने की ही एक निशानी है।

लेकिन अक्सर ऐसा होता है कि हम जैसा सोचते हैं, ज़िन्दगी से जो अपेक्षा करते हैं, कई बार वैसा हमको हासिल नहीं होता; क्योंकि जो भाग्य के भरोसे बैठे रहते हैं, उनके हिस्से में वही आता है, जो कोशिश करने वाले छोड़ देते हैं। कहते हैं कि हर कामयाबी के पीछे एक संघर्ष भरी कहानी होती है। कामयाबी यूँ ही नहीं आपका दरवाज़ा खटखटाती; उसको क्या पड़ी है, कि वह आपका ही दरवाज़ा खटखटाए।

कामयाबी उसके दरवाज़े पर दस्तक देती है। जिसके सपने बड़े होते हैं, जिसकी सोच बड़ी होती है, जो अपनी धुन में जीता है; लेकिन कामयाबी

जब दस्तक देती है, तो उस वक़्त आपको ग़फलत में नहीं होना चाहिए, बल्कि आत्मविश्वास की ताज़गी आपके चेहरे पर होना ज़रूरी है।

यह सब मेरे लिए इतना आसान नहीं था, लेकिन मैंने भी असफलताओं से जैसे दोस्ती-सी कर ली थी।

गाँव से निकलकर मुम्बई में संघर्ष करते हुए मुझे अब चार साल बीत चुके थे। इन चार सालों में मैंने दुनिया को बेहद क़रीब से देखा था। बहुत कुछ पीछे छूट गया था, बहुत कुछ ख़त्म हो गया था; लेकिन मेरा संघर्ष था,जो कि न खत्म होने का नाम लेता था, और न ही मेरा पीछा छोड़ रहा था।

मैं उन तीन हज़ार लोगों की भीड़ का ही एक अंश था, जो हर रोज़ मुंबई के प्लेटफ़ॉर्म पर अपनी क़िस्मत आज़माने के लिए हिन्दुस्तान के हर कोने से क़दम रखते हैं। न जाने कितने सपने रोज़ यहाँ सड़कों पर पलते हैं।

मुझे अब तक सिर्फ भीड़ में खड़े होने से लेकर नायक के आस-पास से गुज़र जाने जैसे बेनाम किरदार ही मिले थे। छोटी-मोटी भूमिका की तलाश में मैं घंटों यूँ ही फ़िल्म सिटी में घूमता रहता, लोगों से मिलता; जो जहाँ बता देता, वहाँ चला जाता। कई बार ऐसा होता कि जेब में फूटी कौड़ी तक न होती। किसी से सौ पचास रुपये उधार माँग लेता। पूरा दिन सिर्फ एक वडा पाव और चाय पर गुज़ार देता। घर से आये हुए अब एक लम्बा समय बीत चुका था।

मेरे पास न पहनने को ढंग के कपड़े बचे थे और न रहने का कोई ठिकाना था। हताश होकर मैं अपने घर अम्मा को कॉल करता और कहता "अम्मा कुछ नहीं हो रहा।"

उधर से आवाज़ आती "तू सब छोड़कर वापस आ जा।"

लेकिन मैं बिना किसी जवाब के फ़ोन रख देता। अम्मा से तो मैं कभी-कभी बात कर लेता था, लेकिन आज तक बाबूजी से बात करने की हिम्मत नहीं जुटा पाया था, न उन्होंने कभी मुझसे बात करने की इच्छा ज़ाहिर की।

"बाबू तेरे बारे में पूछते हैं, कब आएगा रे तू टीवी पर?" अम्मा अक्सर फ़ोन पर यह बात दोहरातीं। मैं नहीं जानता यह सच था या झूठ।

दो साल से घर नहीं गया था। इस बार अम्मा के बहुत कहने पर मैंने गाँव जाने का मन बना लिया, लेकिन न दिल गवाही देता था और न ही मेरा वजूद यह स्वीकार करता था। दो साल बाद घर का सबसे बड़ा लड़का, वह भी खाली हाथ। मैं जानता था कि अम्मा इस बारे में कुछ नहीं पूछेगी और न बाबूजी, लेकिन घर से बाहर कैसे निकलूँगा? ईद पर लोगों से मिलूँ-जुलूँगा कैसे?

* * *

हम तीन दोस्त 'गुरुकृपा अपार्टमेंट' की पार्किंग में बने सिक्योरिटी गार्ड के कमरे में रहते थे। गार्ड, बनारस का था, जिससे विवेक ने अच्छा तालमेल बैठाया हुआ था; आप चाहें तो इसको जुगाड़ बोल सकते हैं। हालाँकि हमको इसका भाड़ा देना होता था।

"यह ले!"

"नहीं यार, दिल नहीं है।"

"क्या हुआ भई, क्यों परेशान है?" विवेक ने भुर्जी पाव का एक पैकेट मेरी तरफ, और एक गौतम की तरफ बढ़ाते हुए सवाल किया।

फ़िलहाल विवेक के पूछने पर मैंने कोई जवाब नहीं दिया। गौतम चुपचाप पैकेट खोलकर खाने लगा।

"बोल न बे, क्या हुआ?" विवेक ने दोबारा टोका।

"पंडित, तुम उँगली बहुत करते हो, सबके... खा लेगा बे, आफत क्या है?"

"हाँ तो पूछूँगा नहीं, क्यों आज इसका थूथन फटे जूते जैसा लटका है? भूख क्यों नहीं है? दिन में वलीमा खाकर आया है?"

"अरे कुछ नहीं यार, घर पर कॉल किया था; इस बार अम्मा बहुत बुला रही हैं। रोना-रूहाट डाल दिया। जाने की इच्छा तो नहीं थी, लेकिन

दो साल भी तो हो गए हैं।''

''अबे, तू दो साल से घर नहीं गया है! साला, आज तक बताया नहीं।''

''हाँ तो बड़ा भारी काम किये न, जो सबको बताते फिरते, कि दो साल से घर नहीं गए हैं।''

''तो जाना क्यों नहीं चाहता बे? रिजर्वेशन करा और निकल जा।''

''मुँह को चने नहीं; रिजर्वेशन बारह सौ रुपए का है।''

''कोई नहीं; करते हैं कोई न कोई जुगाड़, तू फिकर मत कर।''

* * *

कुछ दिनों में गौतम और विवेक ने टिकट के लिए पैसों की व्यवस्था की। मैंने आरक्षित टिकट न लेकर, उनको बिना बताये सामान्य श्रेणी के दर्जे में ही घुस गया और पूरे बारह सौ रुपये बचा लिए।

फिलहाल चौबीस घंटे का बेहद असहनीय और लंबा सफ़र तय करने के बाद मैं घर पर था। बाबूजी ने सिर्फ 'कैसे हो?' के अलावा कुछ नहीं पूछा। मैंने भी नज़रें चुराते हुए 'ठीक हूँ।' कह दिया। न किसी ने मेरे बैग को टटोला, न किसी ने मुझसे कुछ मुम्बई के बारे में जानना चाहा। बैग में मेरी नाकामियाँ थीं, और मुम्बई कैसी है, यह मेरे चेहरे पर सबको दिख ही रहा होगा।

अगली सुबह ईद का दिन था। नमाज़ पढ़कर सब एक-दूसरे को ईद की मुबारकबाद दे रहे थे। मैं लोगों से नज़रें चुराते हुए चुपचाप अपने खेत की तरफ बढ़ गया। काफ़ी देर तक बैठा यहाँ-वहाँ देखता रहा। जैसे-जैसे बाबूजी की उम्र बढ़ती गई, वैसे-वैसे खेत घटता गया था। अब सिर्फ एक टुकड़ा ही बाक़ी था।

खुद से ही बातें करते हुए, न जाने क्या-क्या सोचता रहा। फिर जब धूप बढ़ने लगी तो, 'घरवाले इंतज़ार कर रहे होंगे', सोचकर घर की तरफ बढ़ने लगा। देखा, पास वाली पंसारी की दुकान पर गाँव के कई जाने-पहचाने चेहरे मौजूद थे।

“अरे रौनक भाई, आओ-आओ ईद मिलो भाई।” वहाँ से गुज़रने का कोई और रास्ता ही नहीं था। मुझको देखते ही उन लोगों ने बुला लिया।

“मुम्बई जाके रंग निकल आया, पानी अच्छा है मुम्बई का।”

“आँय,जैसे सहरुख खान हैं, सलमान हैं, इन लोगों को देखा?”

“तुम यार चमके नहीं, किसी फिलम में।”

“वो भजनवा का लौंडा कह रहा था, कि करीना वाली फिलम में तुम ही थे, जो हीरो के सामने से निकल रहे थे, अँधेरे में।”

“बताओ यार कुछ बम्बई के बारे में।”

कुछ बोलने से पहले मेरे ऊपर कई सारे सवाल दाग दिए गए। मैं ख़ामोश खड़ा, अन्दर ही अन्दर बेचैन, बस बनावटी मुस्कान दे रहा था।

“बताओ यार कुछ; सुना बड़ा खुला-खुला है वहाँ तो सब। लड़के-लड़कियाँ सब ऐसे ही घूमते हैं जुहू चौपाटी; तुमने ली अब तक किसी की?”

“अच्छा जैसे, यह जो हीरोइनी लोगों के एमएमएस आते हैं, यह सच होते हैं या झूठ?”

मैं कोई जवाब दिए बिना जैसे तैसे वहाँ से जान छुड़ाकर निकल गया। वह लोग आपस में चुहलबाज़ी करने लगे।

“हा हा हा, ऐसे काले-कलूटे हीरो बन जाएँ तो सब बम्बई ही न चले जाएँ।”

“एक यह, और एक वह भजनवा का लौंडा, वह भी पगलई में रहता है।”

“हा हा हा”

उन सबकी बात को सुना-अनसुना करते हुए मैं घर की तरफ बढ़ गया।

लेकिन जिस मुसीबत से जान छुड़ाकर घर आया था, वह दुगुनी होकर

घर में बैठी हुई थी। मेरे ख़ाला-ख़ालू और उनकी दोनों लड़कियाँ ईद मिलने आई थीं।

"अरे! आओ आओ रौनक भैया; इस बार तो बड़े दिनों के बाद लौटे, क्या बम्बई में रहकर घर की याद नहीं आती क्या?"

"नहीं, ऐसी बात नहीं है ख़ाला।" मैंने ख़ाला को सलाम करते हुए जवाब दिया। दोनों लड़कियाँ, गुड़िया और नाज़ो मुझे देखकर मुँह दबाकर मुसुर-मुसुर मुस्कुराने लगीं।

"कुछ काम बना कि नहीं? अभी तो बहुत बख़त हो गया। वैसे अगर फिल्मों में चमक जाओ, तो आदमी बन जाओगे।" ख़ालू ने ख़ाला की बात में अपनी भारी-भरकम आवाज़ जोड़ी।

"तुम शह देना बंद करो; अब भैया वापस आओ और घर का काम-धंधा सँभालो, मार बहुत हो गया बम्बई-बम्बई; गुड़िया की शादी तुमसे बचपन में न तय की होती तो बिलकुल नहीं करती; लेकिन ज़बान दी थी तुम्हारी अम्मा को; अब जो होए, ज़बान से थोड़ी मुकर जायेंगे।" ख़ाला ने पहले अपने शौहर यानी मेरे ख़ालू की ज़बान दबाई, फिर पल्हा भर एहसान उलटते हुए घिसी-पिटी पुरानी कहानी दोहराई।

"जब हमारी गुड़िया हुई थी, तो मार सुरख़-सफैद रक्खी थी, तो आपा ने इसको देखकर कहा था, कि इसकी शादी हम अपने रौनक से करेंगे। और उजाड़ी पीटा ऐसा बख़त था, कि हमने भी हाँ कर दी थी; तब से लेकर आज तक पूरे खानदान में सब इस बात को पत्थर की लकीर बनाए घिस रहे थे कि गुड़िया की शादी तो रौनक से तय है।

"तो भैया बख़त हमेशा एक-सा थोड़ी रहता है, मन भरे तो करो।" अम्मा ने छोटी बहन के तानों पर दिल ही दिल कुढ़ते हुए जवाब दिया।

मैं खामोश खड़ा खाला की बातें सुन रहा था, लेकिन छोटी बहन के ताने, अम्मा के कलेजे को कठफोड़वे जैसे कुरेद रहे थे।

'रौनक!'

"हाँ गुड़िया, बोलो।" गुड़िया ने अन्दर कमरे से दबी .जबान से

आवाज़ दी। मैं अन्दर बढ़ गया।

"एक बात कहना थी, पहले मेरी क़सम खाओ नाराज़ तो नहीं होगे? ए नाज़ो, ज़रा दरवाज़े का पर्दा खींच दे।" गुड़िया ने मेरे गालों को सहलाते हुए कहा, साथ ही साथ पास खड़ी छोटी बहन को दरवाज़े का पर्दा खींचने का इशारा किया।

"जो बोलना है, जल्दी बोलो; बाहर सब बरामदे में बैठे हैं।"

"पहले मेरी कसम खाओ, नाराज़ तो नहीं होगे?"

"क़सम खाने की ज़रूरत नहीं है, नहीं होऊँगा नाराज़।" मैंने उसके हाथों को हटाते हुए कहा।

"मुझे मालूम है कि तुम मुझे पसंद करते हो, लेकिन..."

"बोलो, लेकिन क्या?"

"इस रिश्ते को मना कर दो न; तुम्हारे ख़ाला-ख़ालू की भी मर्ज़ी नहीं है; बस बचपन की बात है, इसलिए कह नहीं पा रहे हैं।"

"तुम क्या चाहती हो, वह बोलो?"

"मैं बम्बई नहीं जाना चाहती।"

"शादी मुम्बई से नहीं, मुझसे करनी थी; खैर मैं बोल दूँगा, तुम फिकर न करो।"

"अरे, अंदर क्या खुसर-पुसर चल रही है, अभी खुसर-पुसर के दिन नहीं आये हैं।"

बाहर से दादी ने आवाज़ लगाई। मैं कमरे की खिड़की से बाहर खेत की तरफ देखने लगा, गुड़िया अपना दुपट्टा सँभालती हुई नंगे पैर बाहर निकल गई। ख़ाला-ख़ालू कुछ देर में चले गए। अम्मा और अब्बा, खून का घूँट पीकर खामोश रह गए। यह ख़ामोशी तूफ़ान के आने का संकेत मात्र थी।

* * *

“सुबह से दोपहर, दोपहर से शाम होने को आई; पूरा दिन निकल गया, तुम घर से हिले तक नहीं; जाओ लोगों से मिल-जुल आओ, ख़ालू-ख़ाला बुला गए हैं तुमको; शाम को बोले वह लोग आयेंगे।”

“अम्मा! मुझे गुड़िया से शादी नहीं करनी है।”

“आँय... क्या?”

“...गुड़िया से शादी नहीं करनी है।”

“तो यह खुसर-पुसर चल रही थी दिन में, उसी ने कान भरे होंगे; बन्ने खाँ के वहाँ से उसका रिश्ता आया हुआ है, वही इतरा रही है।”

“वह सब बात नहीं है, मेरी मर्ज़ी नहीं है उससे शादी की; अब आप लोगों के हाथ जोड़ता हूँ, खानदान भर में कोई बखेड़ा मत खड़ा करना।”

“यह सब अपने अब्बू को बोल जाके, हमें मत बता; जानी-समझी दबी-लची लड़की, सोचा था घर आएगी तो पूरे घर को लेकर चलेगी... मिल गई होगी हुआँ बम्बई में कोई नाचने-गानेवाली।” अम्मा कितनी देर तक क्या-क्या बड़बड़ाती रहीं, मैंने कान नहीं दिए। मेरा सर दर्द से फटा जा रहा था।

* * *

आज भी गाँव के कई घरों में सूरज ढलते ही रात का खाना खा लिया जाता है, यह रिवाज हमारे यहाँ भी ज़िंदा है।

“रौनक! आओ खाना खा लो।”

मैं कमरे में बैठा अपने मोबाइल से खेल रहा था, तभी बाहर बरामदे से अम्मा ने आवाज़ लगाई। मैं बिना कुछ बोले खाने के लिए अब्बा के सामने बैठ गया।

“तुम खाओ बेटा, हम गरम-गरम रोटियाँ देते रहेंगे।” अम्मा, चिमटे से रोटी मेरी रकाबी में डालकर, पल्लू सँभालतीं वापस चूल्हे के पास बढ़ गईं।

“हाँ रौनक, क्या बात है बोलो?” अब्बा ने निवाला तोड़ते हुए मुझसे

पूछा। उफ़्! मेरी नज़र बाद में गई। सामने ख़ाला-ख़ालू बैठे थे। मेरे हाथ का निवाला मुँह को जाते हुए रुक गया।

"कुछ बात नहीं, बस मैं सोच रहा था कि कुछ काम धंधा है नहीं, मुम्बई में भी पता नहीं कितना टाइम लग जाए, ऐसे में शादी करना..." मैंने अपने शब्द अधूरे छोड़ दिए।

"देखो बेटा, इस रिश्ते से तो हम भी राज़ी नहीं हैं, लेकिन ज़बान दी हुई है, खानदानभर में ढिंढोरा पहले ही पिटा हुआ है, इस लिहाज़ से कर रहे थे गुड़िया की शादी तुमसे।" इससे पहले कि अब्बा कुछ बोलते, ख़ालू ने अपनी तरफ से सफाई दी।

"आपकी कोई बदनामी नहीं होगी।"

"अरे! बदनामी तो तुमसे करने में होती लल्ला; यह रिश्ता तो हमारे गले में हड्डी जैसा फँस गया, न उगला जाए न निगला जाए; हमारी लड़की के लिए क्या कमी है रिश्तों की... बन्ने खाँ के लड़के का रिश्ता आया है, बारह भौंसे एक ट्रैक्टर ठौर पर बँधा रहता है उनके।"

"और क्या, हमारी गुड़िया तो रानी बनकर रहेगी।" ख़ालू की बात में ख़ाला ने भी अपनी खपच्ची जोड़ी।

"तुम्हारे तो कुछ काम धंधे का भी नहीं पता, कब तक ऐसे पगलई में काटोगे?" खालू ने गला साफ़ करते हुए, खँखारकर कहा।

"हे मुन्नन, कुछ भी ऊलजलूल मत बोलो हमारे लड़के के बारे में, घर में बैठे हो हमारे, वरना ज़बान खीच लेते।" बरसों से दबा हुआ प्यार आज मैंने अब्बा की लाल आँखों में देखा था। वह सब कुछ बर्दाश्त कर सकते थे, लेकिन कोई मेरे बारे में बोले तो उस गली से भी निकलना बंद कर देते थे।

"अब्बा!अब्बा! रुको न, हो गया न फैसला; इसमें इतनी गहमा-गहमी की क्या बात है।" मैंने अब्बा को मुन्नन ख़ालू से दूर करते हुए कहा।

"अरे, शादी नहीं करना तो क्या कुछ भी बकेगा; आसमान से उतरते हैं क्या फिलम वाले? दिल्ली, पटना, यूपी से कित्तान लड़के घरों से भागकर जाते हैं कि नहीं जाते हैं बम्बई। यह सारुख खान घर से भाग के

गया था के नहीं। हमारा लड़का घर से भागकर तो नहीं गया। अल्लाह जिसको चाहे इज़्ज़त दे, जिसको चाहे ज़िल्लत दे; जब अल्लाह की मर्ज़ी होगी तब कोई नहीं रोक पायेगा; बहते पानी को कोई रोक पाया है क्या?''

''अरे ख़ालू... ख़ालू बैठो न... खाना तो खाओ...''

''अपने अब्बा को खिलाओ लल्ला, इनको ज़्यादा ज़रूरत है, चल रुक्सनियाँ बोरखा ओढ़।''

''हाँ तो, ऐसे काले-कलूटे हीरो नहीं बन जाते हैं।'' ख़ाला ने भी अपनी ज़बान का भरपूर प्रदर्शन किया।

''अम्मा! रोको न... ख़ाला को।''

''नहीं आपा; बेइज़्ज़ती करवाने के लिए नहीं आये थे हम।'' ख़ाला ने अम्मा से हाथ छुड़ाया और बोरखा उठाकर दरवाज़े की तरफ बढ़ने लगीं।

''गुड़िया! तू चलेगी या यहीं तेरा नार गड़ा है।''

''आ रहे हैं।'' गुड़िया की आवाज़ भर्रा-सी गई, ''रौनक हमको माफ़ कर देना, किसी को बोलना मती कि तुमने मना किया है, वरना बहुत बदनामी होगी खानदान भर में।''

मैंने मना नहीं किया था, लेकिन मना भी किया था; लेकिन बोलना भी नहीं था, कि मैंने मना किया है। समझना मुश्किल था कि मैंने क्या किया है।

''जल्दी जाओ, वरना हमारे पल्ले छोड़ जायेंगे तुम्हारे अम्मा-अब्बा यहीं।'' मैंने ऐसे माहौल में उसको हँसाने की कोशिश की, लेकिन मेरी कोशिश पर उसके आँसू हावी रहे।

सारी रात मेरा ज़ेह्न बचपन की यादों को टटोलता रहा। मुझे याद है कि जब मैं मुंबई चला गया था, तो वह गुड़िया ही थी जो कई दिनों तक सुबकती रही थी। हँसी तो जैसे मेरे साथ ही उसकी चली गई थी। गुड़िया से जुदाई, और एक अनजान शहर में रहकर मैंने कैसे ख़ुद को जिया, यह सिर्फ मैं जानता हूँ और मेरा दिल। मोबाइल तो बहुत बाद में आये। मुझे हर वह पल याद है कि मेरी एक कॉल के लिए गुड़िया चार कोस पैदल चलकर प्रधान जी के घर जाया करती थी, और फोन के पास बैठकर एक-एक पल

का सदियों के जैसा लंबा इंतेज़ार करती थी।

लेकिन आज उसने हालात के साथ समझौता कर लिया था। उसको अब मुझसे ज़्यादा मेरी नाकामियों पर भरोसा था। मैं एक चिराग़ था, जो जलने से पहले ही बुझ रहा था। कोई चाहता तो अपने हाथों की नर्मी से इसकी रौशनी को समेट लेता, लेकिन वक़्त के साथ-साथ इंसान ख़ुद बदल जाता है, फिर हमारा अनकहा प्यार क्या चीज़ थी? सोचते-सोचते न जाने कब मेरी आँखें नम हो गईं, पता ही न चला। मुम्बई में रहकर गुड़िया मेरे दिल के क़रीब थी, लेकिन अब पास होकर भी जैसे हमारे दरमियां सदियों के फ़ासले थे।

अगले दिन मैं बेहद ख़ामोशी से वापस मुंबई के लिए निकल गया।

* * *

अब कौन जाने कि जो तीर अपनी कमान में जितना पीछे जाता है, उसकी दूरी भी उतनी ही लम्बी होती है। वक़्त के साथ-साथ बहुत कुछ बदल जाता है। जब कोई आपको अपनी मंज़िल पर खड़ा मिले, तो उसके चेहरे को नहीं, पैर के छालों को छूकर ज़रूर देखना।

* * *

दो साल बाद

"अरे! भैया आज तो जैसे सारा गाँव यहीं ढुल आएगा; कमरे बंद रखियो आपा, वरना मोबाइल-ओबाइल उठ जायेगा आज।"

"चच्ची यह गया कहाँ रौनक, बाहर अख़बार वाले खड़े हैं।"

"पता नहीं कहाँ निकल गया, हम तो यहीं थे; बावर्ची खाने में।"

"रौनक सर को बुलाइये, उनको बोलिये बस आधे घंटे का टाइम दे दें; हैं कहाँ वो?"

"आ रहे हैं भैय्या, अंदर तैयार हो रहे होंगे, ऐसे ही थोड़ी आ जायेंगे; आप पूछो न क्या पूछना है, हम तो उसके बचपन के दोस्त हैं, साथ ही में पढ़ते थे, जैसे एक्टिंग का शौक तो उसको बचपन से ही था। स्कूल में ही

एक्टिंग किया करता था, मार...अमिताभ बच्चा लेओ, गोविंदा लेओ..., सबकी नक़ल उतारा करता था। कित्तान बार तो गाँव की रामलीला में राम यही बनता रहा।'' अकरम ने एक ही साँस में बहुत कुछ कह दिया।

''हम तो उससे कहते थे कि बेटा बम्बई निकल जाओ, यहाँ गाँव में कोई क़दर नहीं तुम्हारे हुनर की।'' मुन्नन खालू ने अकरम को पीछे किया, ख़ुद कैमरे के सामने आते हुए बोले।

''आप कौन हैं?''

''अरे, भांजा है हमारा; भई, हम उसके ख़ालू हैं; हम तो इनके अब्बा से कहते थे, कोई करे न करे, लेकिन एक दिन रौनक ज़रूर तुम्हारा नाम रौशन करेगा, और आज देखो किसी से पूछ लेओ रौनक का नाम।''

* * *

''हाय! पूरा गाँव ढूँढ़ डाला सब लोगों ने, तुम यहाँ बैठे हो खेत में, अब्बा के पास।''

गुड़िया ने हाँफते हुए पास आकर कहा। रौनक, खेत के कोने में बैठा उन ख़ामोश लबों के प्यार को आज भी महसूस कर रहा था, जो ज़मीन के नीचे मिट्टी होकर भी उसकी यादों में आज भी महक रहा था।

''कैसी हो गुड़िया?''

''हम तो अच्छे हैं, वहाँ सब तुम्हारा इंतज़ार कर रहे हैं; अब्बा की बहुत याद आती है क्या?''

''हम्म... कभी कभी, बैठो, चलेंगे।''

''तुम्हारी फ़िल्म आती है तो सबको हम बताते हैं, कि देखो यह है रौनक; सब जानते हैं तुमको, गाँव के बच्चे-बच्चे से पूछ लो रौनक भाई की फिल्मों के नाम।''

''तुम्हारी शादी में नहीं आ पाया था।''

''अरे छोड़ो पुरानी बातें; एक बार किसी ने मुँह छूने को भी बुलाया नहीं, तुम्हारे अम्मा-अब्बा को; मेरा तो बहुत दिल था, लेकिन मेरी कौन

सुनता।''

''अच्छा ही हुआ नहीं बुलाया, मुझमें इतनी हिम्मत भी नहीं थी कि आ पाता।''

''तुम्हारे अब्बा जिस दिन ख़तम हुए, उससे आन-जान शुरू हो गई, वरना सब मुँह टेढ़ा किये थे तुम्हारे घर से।''

''मैं तो समझा था कि तुम पहले से ज़्यादा निखर गई होओगी, सूख कर काँटा हो रक्खी हो।''

''अरे कहाँ? मुँह अन्धिरते बारह भैसों का दाना-पानी खेत-खलियान, बस सब चल रहा है।''

''तुम जाओ; बोल दियो रौनक किसी से मिलने चला गया, आज नहीं आएगा।''

''ठीक है हमें क्या, बोल देंगे; शाम को हमारे घर ज़रूर अइयो।''

* * *

मुँह अँधियारे ही किसी की चिल्ली-पुकार, रोना-रूहाट से मेरी आँख खुल गई। घर के दरवाज़े पर कोई औरत दहाड़ें मारकर छाती पीट रही थी। लोग उसको चुप कराने की कोशिश कर रहे थे। मैं अपना तहबंद सँभालते हुए कमरे से बाहर आया। तब तक मजमा-सा लग चुका था।

''हाय! रौनक, हमारा लौंडा भाग गया।''

''हाय! गोमिंता बम्बई भाग गया।''

''रौनक भाई, कल रात को भजनवा का लौंडा गोमिंता बम्बई भाग गया।''

मैं पास आया। उनको उठाकर दिलासा देना चाहा, लेकिन अचानक मुँह दबाकर खी खी करके हँसता हुआ वापस पलट गया।

2

भूत का बच्चा

यह उन दिनों की बात है, जब दुनिया एक बार फिर भयंकर मंदी के दौर से गुज़र रही थी; तो ऐसे में भला हमारा देश क्यों पीछे रहता। देखते ही देखते भारत में भी मंदी की बयार बहने लगी। तब पहली बार मैं resesation शब्द से वाकिफ़ हुआ था। शायद मेरे जैसे आप भी हो सकते हैं। मेरी कंपनी ने अपने सौ के करीब employees को लात मारकर खदेड़ दिया था। कंपनी के HR ने खुद बोलकर हमसे हमारा resignation letter लिखवाया था; बिलकुल वैसे, जैसे स्कूल में इमला लिखते थे। उस इमला लिखने वाली भीड़ में मैं भी था।

कुछ दिन मुंबई में रुककर मैंने एक-दो कम्पनी में अप्लाई किया, लेकिन सैलरी के कारण बात नहीं बनी। तब मैंने मन ही मन यह फैसला किया कि अब मैं कुछ महीने जॉब न करके घूमूँगा-फिरूँगा। ज्यादा से ज्यादा पढ़ूँगा-लिखूँगा, मटरगश्ती करूँगा। फिलहाल इन सबके लिए दिल्ली, मेरे लिए बेहद मुफीद जगह थी। मैंने मुम्बई से सीधा दिल्ली का रुख किया।

दिल्ली पहुँचकर दोस्तों से मुलाक़ात की। कुछ दोस्त पुराने पापी थे; आज भी यूनिवर्सिटी के हॉस्टल में कुंडली जमाये बैठे थे। वे अब तक क्यों पढ़ रहे थे, ससुरा उनको भी नहीं मालूम था। मैंने तो मुँहफट उनको बोल दिया था कि, "सालों, तुम्हारे पीएचडी के शिलालेख यहीं किसी हॉस्टल की सुरंगों में दबे मिलेंगे।"

फिलहाल जामिया नगर में मैंने एक घर रेंट पर ले लिया। यह एक नयी बनी बिल्डिंग थी, जिसमें पहला किरायेदार मैं ही था। उस कॉलोनी में वह पहली बिल्डिंग थी, जो बनकर तैयार हुई थी, लेकिन अभी बाहर से रंगाई पुताई नहीं हुई थी। रेंट बहुत कम था, इस कारण मैंने बाकी की चीजों को ज्यादा महत्त्व नहीं दिया। बाकी पूरी कालोनी में अभी भी काम चल रहा था। शाम होते ही दूर-दूर तक कोई दिखाई नहीं देता था। कुछ दूरी पर झोपड़पट्टी के लोग ज़रूर रहते थे, जिनसे आते-जाते मेरी दुआ सलाम हो जाया करती थी। सन्नाटे का ऐसा आलम था कि दो से ढाई किलोमीटर चलने के बाद ही कोई रेस्टोरेंट नज़र आता; पास में चाय की टपरी तक नहीं थी। रेस्टोरेंट वाले उस कॉलोनी तक होम डिलीवरी नहीं देते थे। कुल मिलाकर न चाहते हुए भी दिन में दो बार घर से निकलना होता था।

'अकेले को इन्टरनेट का सहारा।' सोचकर मैंने तुरंत एक इन्टरनेट डोंगल ख़रीदा, और खुद को इन्टरनेट की आभासी दुनिया से जोड़ लिया। फिर भी इतने सन्नाटे के साथ रह पाना मेरे लिए बहुत मुश्किल हो रहा था। कमरे की खिड़की खोलता, तो बाहर पुरानी रेलवे लाइन के पार पीपल का पेड़ मुझे रात को घूरता हुआ सा लगता था। नीचे सड़क पर ताकता, तो काला कुत्ता भी नज़र नहीं आता। इसलिए मैं अक्सर रात को अपने दोस्त को बुला लेता। देर रात तक देश दुनिया पर लम्बी-लम्बी बकलोली होती। सुबह होते ही वह अपने कॉलेज चला जाता, और मैं उसके घर को चला जाता। मेरा दिन उसके घर पर कटता था। मेरा दोस्त मेडिकल का स्टूडेंट था। सुट्टा फूँकने में माहिर था।

मेरे पास न माल था, और न मेरे आस-पास कोई माल था, इसलिए दिन मटरगश्ती करते हुए फक्कड़ी में गुज़र रहे थे। दिन को दोस्त कॉलेज जाता; मैं दोस्त के घर में पड़ा, नयी नयी कहानियाँ लिखता रहता। जैसे ही

मौक़ा मिलता, एक प्याली चाय पिलाकर अपनी पूरी कहानी दोस्त के कानों में उड़ेल देता। असहनीय दर्द से छटपटाता दोस्त, झूठी तारीफ करता, या कुछ सलाह देता; और मेरी छाती फूलकर कुप्पा हो जाती। मैं फिर नई कहानी गढ़ने लगता, फिर वही मौक़ा देखकर चाय के साथ घोलकर दोस्त के कानों में उड़ेल देता। न नौकरी न छोकरी, चले थे मस्ती करने। खाली दिमाग शैतान का घर। पूरा फ्रस्टिया गया था उन दिनों; जो आता दिल और दिमाग में, बस लिखता जाता था।

आते-जाते झोपड़पट्टी के रास्ते एक दो सुन्दर कन्याएँ दिख जाती थीं; लेकिन जब उनके बाप को बाहर लाल बलुआ पत्थर पर छुरा घिसते देखता, तो दिल कहता, भाई यह अपने स्टैंडर्ड की नहीं हैं। दोस्त के घर में एक साफ़ सफाई वाली लड़की आती थी। एक दिन मुँह अन्धिरते गौर से देखा तो सोनपरी लगी। दिल किया कि आज इसको ही आई लव यू बोल दूँ। फिर अंतरात्मा ने अन्दर से खँखारकर मेरे मुँह पर थूका तो होश आया। कीचड़ पर काई के जैसी क्या-क्या गंद जम जाती है खाली दिमाग में। असल वजह तब समझ में आई जब सोचा कि *'ससुरा चश्मा कहाँ है? सुबह से बिना चश्मा के ही न्यूट्रान प्रोट्रान के जैसा फुदक रहा हूँ।'* चश्मा लगाते ही फोकस लेंथ सुधर गई। आशिकी के काले-काले छोटे-छोटे बादल छँट गए।

उन दिनों दोस्तों से मिलने का अड्डा सुनील की चाय की टपरी थी। जब कोई बहुत खोजने पर भी कहीं नहीं मिलता, तो बेधड़क टपरी पर पहुँच जाओ.वहीं चाय के साथ धूम्रपान करता.दार्शनिक आसन लगाए ज्ञान पेलता मिलेगा। हम दोस्त वहाँ बैठकर चाय सिगरेट पीते.और किम जोंग से लेकर इमरान प्रतापगढ़ी की शायरी तक, दुनिया जहान की बातों पर ब्रकैती करते। एक दो नए लोग जुड़ जाते, और हमें पता भी नहीं चलता कि कब वह अपना ज्ञान पेलकर आगे बढ़ जाते। उनके जाते ही हम एक दूसरे से पूछते *'यह पैदाइशी चूतिया है, या बाद में इसने कोई कोर्स किया है?'* और फिर ज़ोर से बुक्का फाड़कर हँस देते।

सुनील चाय वाले के छुटके लड़के को हम लोग 'टोल' बोला करते थे। उसका नाम क्या था, यह न मैं तब जानता था और न आज जानता हूँ;

बस टोल बोला करते थे, क्योंकि जब भी वह हाथ हिलाता, मुड्डे उचकाता हुआ वहाँ आता, एक ही सवाल करता, 'पापा पैसे।' एक दो रुपया टोल वसूल कर वह वहाँ से तुरंत निकल जाता, वरना वह जानता था कि मेरे जैसे कमीने लड़के, बच्चों के साथ तुरंत खेल डाल देते हैं। जब तक हम दोस्त, बच्चों के मुख से 'कुत्ता कमीना' या फिर 'धत्त साले', सुनकर बुक्का फाड़कर हँस नहीं देते, तब तक हमें जैसे चैन ही नहीं आता।

ऐसा नहीं था कि वहाँ चाय की और टपरी नहीं थीं। घनी मुस्लिम बस्ती में सुनील की चाय की टपरी सबसे ज्यादा चलती थी। इसका कारण साफ़ था। सुनील के पास चाय बनाने का जो मन्त्र था, वह किसी और के पास नहीं था। सुनील, 'चाय' बनाता था, बाकी टपरी वाले 'चूतिया' बनाते थे। इसलिए सुनील को लोग दूर-दूर तक जानते थे।

दिन यूँ ही गुज़र रहे थे। जब बे-वजह सर्दी लगने लगी, तो याद आया कि दिसम्बर का महीना शुरू हो गया है। पूरे उत्तर भारत में पेलकर सर्दी पड़ने लगी थी। दिल्ली की सर्दी क्या होती है, किसी दिल्ली वाले से पूछो। सब कुछ सुकड़ जाता है... जी हाँ, 'सिकुड़' जाता है तो तहज़ीब वाले लोग बोलते हैं, हमारे यहाँ तो 'सुकड़' जाता है।

लिखने के अलावा मेरे पास और कोई काम धंधा तो था नहीं। अक्सर रात को भी मैं दोस्त के घर में ही पड़ा रहता। हम लोग मिलकर लेट नाइट तक लूडो खेलते, वीडियो गेम खेलते, याहू मैसेंजर पर चैट करते, दुनिया जहान की किताबें पढ़ते, पेल के बकैती करते और सुबह देर तक कम्बल रूपी बिलों में मुँह दुबकाए रहते।

मैं सिगरेट नहीं पीता हूँ, अब तक; लेकिन कभी किसी दोस्त ने थमा दी, तो उसका दिल रखने के लिए एक दो कश खींच दिए। एक दिन मेरे जामिया वाले दोस्त ने मुझे पहली बार हावड़ा बीड़ी पीने को दी। मैंने जलाकर एक छोटा सा कश खींचा, कुछ नहीं हुआ।

"अन्दर तक कसकर खींचो चचा।" दोस्त बोला, तो मैंने एक और कश ज़ोर का खींचा। तुरंत खाँसी आ गई। बन्दर की तरह खों-खों करने लगा। दोस्त कोलगेट की तरह दाँत फाड़े हँस रह था।

“भक्क साले! क्या बवाल है बे, साला कुछ स्टैण्डर्ड होता है इंसान का; डॉक्टर बनने वाले हो तुम, अब तो ऑटो वाले भी सिगरेट पीते हैं।” मैंने बीड़ी नाली में फेंकते हुए, गुस्से से भरकर कहा।

“अबे असली मज़ा बीड़ी में ही आता है; तुमको मालूम है फिरंग लोग लालकिले पर आकर बीड़ी ही माँगते हैं।” दोस्त ने तुरंत बे-सिर पैर का ज्ञान पेला।

“अबे वह तो बधिर होते हैं, कुछ भी अतरंगी करते हैं; हम तो इंसान हैं बे।”

“झंड मत कर, सिगरेट बहुत महँगी हो गई है, जिसको भी देखो मुँह फाड़कर माँगने लगता है। बीड़ी है तो कोई नहीं माँगता।” इस तरह से जब भी हम कभी घर में, कभी छत पर साथ होते, तो दोस्त दो बीड़ियाँ सुलगा लेता। मैं उसका दिल रखने के लिए फटाफट जेम्सवाट के स्टीम इंजन के जैसे भुक्क-भुक्क एक दो कश मारता और बीड़ी फेंक देता। मुँह से क्या बदबू निकलती थी, भई पूछो मत; लगता था कि किसी पुरानी छछूँदर में मुँह लगा दिया हो।

* * *

अब कमरे में जहाँ-तहाँ बीड़ी के टोटे बिखरने लगे थे। मैं कुछ कह नहीं पाता था। मेरा घर थोड़ी था, दोस्त का था। एक रात मैं अपने घर में रज़ाई में मुँह दबाये सो रहा था। आँख लगी ही थी कि दोस्त ने मुझे झँझोड़ा। मेरी नींद टूटी।

“क्या हुआ बे? sweetpuja_98 ऑनलाइन आ गई क्या?” मैंने आँखें मिचमिचाते हुए पूछा।

“नहीं यार, बीड़ी पीने का दिल हो रहा है।” दोस्त ने ऐसे बोला कि जैसे दिल्ली वाली गर्लफ्रेंड मोमोज़ खाने की फ़रमाइश करती है। तीखी ज़िंदा मिर्च की लाल चटनी आपको ‘स्वीटू स्वीटू’ करके पिलवाती है, जो सुबह तक धुँआ छोड़ती है।

“तो पी ले यार, मुझे क्यों उठा रहा है?” अब तक मैं उठ गया था। पूरा मूड खराब था।

“बीड़ी नहीं है यार घर में।” दोस्त ने अफ़सोस जताते हुए कहा।

‘तो?’

“चल लेकर आते हैं।” दोस्त ने आँखें मटकाते हुए ऐसे कहा कि जैसे मैं उसके इस चूतियापे को एडवेंचर समझकर हामी भर दूँगा।

“क्या! पागल हो रक्खा है? रात का दो बज रहा है।” मैंने वापस रज़ाई खींच ली और मुँह ढँककर सोने की कोशिश करने लगा।

“अरे उठ न यार।” उसने मुझे दोबारा झँझोड़ते हुए, रज़ाई खींचकर उठा दिया। मैं उठकर बैठ गया था। वह बेड के आस-पास बीड़ी के टोटे ढूँढ़ने लगा।

“साला, इत्ती सारी पी हुई बीड़ियाँ पड़ी रहती थीं, कहाँ गईं?” दोस्त ने बिलबिलाते हुए सवाल किया।

“आज मैंने झाड़ू लगाई थी।”

“चूतिया, आज ही तुझे झाड़ू लगाने को रह गया था; मौत पड़ी थी क्या घर में?” मेरे जवाब से दोस्त अन्दर तक किलस गया। यहाँ वहाँ कोने-आँतर उसका बीड़ी ढूँढ़ना जारी था। मैं अभी भी रज़ाई ओढ़े बेड पर बैठा था।

“चल न भाई, लेकर आते हैं बाहर से; वहाँ जसोला के पास एक पान पट्टी पूरी रात खुली रहती है।”

“भक्क साले, सो जा चुपचाप।” मैं वापस पसरने लगा। बीड़ी के लिए बौराए हुए दोस्त को कुछ नहीं सूझा तो उसने कमरे की खिड़की खोल दी। बाहर से घना कोहरा अन्दर कमरे में दाख़िल होने लगा। मैंने खिड़की की तरफ झाँककर देखा। पीपल का पेड़ मुझे वैसे ही रोज़ की तरह घूरता हुआ सा दिखाई दिया। इस वक़्त रात के दो बज रहे थे। पलँगतोड़ सर्दी में बाहर निकलकर कहीं जाने का सवाल ही नहीं उठता था। आज तो ऐसा लग रहा था कि पीपल के पेड़ में ‘चंदामामा’ वाले विक्रम-बेताल के जैसे कंकाल खोपड़ियाँ भी यहाँ-वहाँ खोंसी हुई होंगी, और उनकी आँखों के कटोरों से ये लम्बे-लम्बे साँप गिजगिजाते हुए निकल रहे होंगे। अपनी कल्पना से झुरझुराते हुए मैंने वापस रज़ाई खींच ली और पसर गया।

“अरे उठ न, भाई अच्छा एक काम तो कर सकता है न!” दोस्त ने वापस मेरी रज़ाई खींची। अब वह चप्पल पहने खड़ा था।

“भाई छत पर भी तो हम बीड़ी पीते हैं; वहाँ ज़रूर बहुत सारे टोटे पडे होंगे।” इस बार उसने गिड़गिड़ाते हुए मिन्नत की। सर्दी से मेरे दिमाग का दही जमे जा रहा था। साला, बीड़ी की इतनी भयंकर तलब पहली बार किसी को देखी थी। बिना बीड़ी के दोस्त का चेहरा कुपोषित बच्चे जैसा हो रक्खा था। मैंने आँखों को उँगलिया घुसेड़कर साफ़ किया, और तकिये के नीचे से चश्मा निकाल लिया।

“क्यों चुतियापा कर रहा है यार?” मैंने न जाने की आखिरी कोशिश की।

“भाई चल न प्लीज़! भाई तू यह चादर ओढ़ ले, मैं मंकी कैप लगा लेता हूँ।” दोस्त ने चादर मेरी तरफ बढ़ाई और पैर से मेरी चप्पल बेड के पास ठेलकर देने लगा।

‘चल।’ बोलकर मैंने पहले अपना हुड वाला जैकेट पहना, फिर ऊपर से चादर ओढ़ ली।

“पहन तो ले तू कुछ, वरना मुनिया अकड़ जायेगी तेरी।” मैंने दोस्त को लताड़ लगाई। इस टालमटोल में ढाई बज चुका था। दोस्त ने भी एक गरम चादर ओढ़ ली। धीरे-धीरे हम छत की तरफ बढ़ने लगे। मेरा रूम चौथी मंजिल पर था। बिल्डिंग सात माले की थी। मतलब तीन मंजिल चढ़कर जाना था। बिल्डिंग में लिफ्ट थी, लेकिन अभी तक चालू नहीं हुई थी, कई कमरों में दरवाज़े भी नहीं थे। अँधेरे में उनकी तरफ़ देखकर ही रूह झिरक जाती थी। पेंट के डिब्बे और लकड़ी के फट्टे, और न जाने क्या-क्या कबाड़ वहाँ सीढ़ियों के आस-पास बिखरा पड़ा था। नोकिया 3310 की फ़्लैश लाइट से टटोल-टटोलकर आखिरकार हम छत पर पहुँच गए। छत पर भी कोई दरवाज़ा अब तक नहीं लगा था। सीढ़ियों के ऊपर एक छोटा सा शेड था, जिसके ऊपर एक पानी की टंकी रखी हुई थी। मैंने यहाँ-वहाँ नज़र दौड़ाई। चारों तरफ कोहरे की घनी धुंध छाई हुई थी। सर्द हवा चेहरे पर चुभ रही थी। कुछ मिनट वहाँ रहने का मतलब था कि सर्दी से सब कुछ अकड़ जाना। फिलहाल हम दोनों वहाँ से होते हुए बॉलकनी की तरफ बढ़ गए,

जहाँ पर खड़े होकर हम अक्सर बीड़ी पीते हुए बकलोली किया करते थे। मोबाइल की फ़्लैश लाइट वापस जलाकर हम बीड़ी के टोटे ढूँढ़ने लगे। वहाँ पर एक नहीं कई सारे टोटे हमको तुरंत मिल गए। मैंने दो चार टोटे बीन लिए। दोस्त ने भी उठा लिए। उसके चेहरे पर एक आत्मिक सुख था। ऐसा सुख जो पहले मैंने कभी नहीं देखा था। अब हमको फटाफट वापस निकलना था।

तभी मेरी नज़र पानी की टंकी पर गई। टंकी के पास वाले शेड पर कोई बैठा हुआ था। तुरंत रूह झिरक गई। आँखें फटी की फटी रह गईं। मैं एक पल बिना बोले देखता रहा, फिर बिना मुँह खोले दोस्त को इशारे से दिखाया।

"माँ की आँख... क्या बवाल है यह।" दोस्त देखते ही हड़बड़ा गया। उसकी भी रूह अन्दर तक झिरक गई। उसने मेरा मुड्डा कसकर पकड़ लिया। दोनों के दिल धौंकनी की तरह चल रहे थे।

खुद को सँभालते हुए हमने ग़ौर से देखा। यह एक बच्चा था, जो टंकी वाली छत पर एक पैर लटकाए बैठा था। वह घने कोहरे के बीच हाथ पैर हिला रहा था। मेरे सारे बदन में एक झुरझुरी सी दौड़ गई। ऐसा ही हाल मेरे दोस्त का भी था। उसको देखते ही जो सबसे पहली बात मेरे ज़ेह्न में आई, वह 'ड्रैकुला बालक' कॉमिक्स का खूनी बच्चा ही था, जो बेहद मासूम बनकर अक्सर कभी किसी को भी सड़क पर मिल जाता था, और फिर उनका खून चूसकर निकल जाता था। तुरंत मैंने अपने दिमाग़ से इस तरह के भयंकर विचार को झटक दिया, लेकिन कटे हुए मुर्ग़े की तरह फड़फड़ाता मेरा दिल चुग़ली कर रहा था कि हम दोनों की फटी पड़ी थीं। यह सोच-सोच कर मेरा दिमाग़ का झोपड़ा हुए जा रह था कि इतना छोटा बच्चा यहाँ आया कैसे? और फिर बिना किसी सहारे के ऊपर तक कैसे चढ़ा?

"किसका बच्चा है यह।" हम दोनों बिलकुल जड़ बने खड़े थे। दोस्त ने फुसफुसाते हुए पूछा। मैंने सुन रखा था कि भूत और बुरी आत्माएँ आग से डरकर भाग जाती हैं।

"लाइटर कहाँ है?" मैंने उसी अंदाज़ में फुसफुसाते हुए पूछा।

“नहीं लाया।, नीचे होगा।”

“गधा साला... बीड़ी पीने चला है और लाइटर नहीं लाया।” भूत से बचने की आख़िरी उम्मीद भी जाती रही। पीपल के पेड़ पर नज़र डाली। सर्दी में ऊँघता हुआ पेड़ जैसे हमको ही घूर रहा था। बचपन में मैंने सुना था, कि हर गाँव में एक आदमी ऐसा ज़रूर गुज़रा होता है, जिसने रात भर भूत से कुश्ती लड़ी होती है, या फिर भूत ने उससे बीड़ी माँगी होती है। इसने अगर हमसे बीड़ी माँग ली तो? मैं सोच में पड़ गया।

“तुझे क्या लगता है?” मैंने दोस्त से धीरे से पूछा।

“पता नहीं; ज़रूर किसी झुग्गी वाले का बच्चा होगा, साले पैदा करके छोड़ देते हैं।”

“अब क्या करें?”

“उतारते हैं।”

“अबे, पागल है क्या! यह सोच, चुपचाप नीचे कमरे में कैसे जाएँ; तूने खिड़की बंद की थी?”

‘नहीं।’

उसके ‘नहीं’ पर मैंने सिर पकड़ लिया।

“चल इसको उतारते हैं।”

“अबे पागल है? तुझे पता है, बच्चा ही है या कोई और आसेब?”

“हाथ पैर हिला रहा है, बच्चा ही है किसी का; नीचे का गेट खुला रहता है, आ गया होगा।” नीचे का गेट बोलते ही मुझे याद आया कि मैं भी कमरे का दरवाज़ा खुला छोड़कर आया हूँ। जैसे-तैसे मैंने हिम्मत जुटाई और फिर हम दोनों ने उस बच्चे को उतारने का निर्णय लिया। मोबाइल फ़्लैश लाइट की रौशनी से हमने उसको देखना चाहा, लेकिन कामयाब नहीं हुए, क्योंकि मोबाइल की फ़्लैश इतनी नहीं होती है। फिर मैं और मेरा दोस्त धीरे-धीरे उसकी ओर बढ़े। हमने एक-दूसरे के चेहरे को देखा, और फिर मेरे दोस्त ने धीरे से उसको नीचे उतारने के लिए हाथ बढ़ाये, जैसे उसको ऊपर से गोद में लेना चाहता हो। वह बिना कुछ बोले थोड़ा सा पीछे की

तरफ हटा। दोस्त ने उचककर, "अ ले ले ले... गिल गिल गिल..." करते हुए दोबारा हाथ बढ़ाकर उसको गोद में आने के लिए इशारा किया। दोस्त की इस हरकत पर वह कथित बच्चा बौरा गया और खो...खो... करके भागने लगा।

हम दोनों बुरी तरह से डर गए। हमारे दिल पसलियों का पिंजर तोड़कर बाहर निकलने को फड़क रहे थे। भयंकर सर्दी में भी मुझे पसीने का एहसास हो रहा था। हम दोनों गहरी-गहरी साँसें ले रहे थे, और बिना कुछ बोले ही एक दूसरे का मुँह देख रहे थे।

अगले ही पल हमने हवलदार बहादुर की तरह गदाबद दुड़की लगाते हुए सीढ़ियों का रुख किया। वापस उतरते हुए मैं एक बार पेंट के डब्बे से टकराकर गिरते-गिरते बचा। जैसे ही दोस्त के मुँह से निकला 'सँभलकर!' वह खुद भी एक लड़की के फट्टे से टकरा गया।

जैसे-तैसे हम कमरे के अन्दर पहुँचे। ट्यूबलाइट जलाई और आनन फानन में दरवाज़े बंद कर लिए। मैंने तुरंत लपककर खिड़की के पल्लों को वापस खींचकर चिटखनी चढ़ा दी।

हम दोनों बिना कुछ बोले, एक-दूसरे का मुँह देखते हुए गहरी-गहरी साँसें लेते हुए बुग्गी में मचे भौंसे की तरह हाँफ रहे थे। फिर हम दोनों ने ज़ोर-ज़ोर से हँसना चालू कर दिया। इतना ज़ोर-ज़ोर से, कि हँसते-हँसते हमारी तबियत के घोड़े लग गए। हम बिस्तर पर लोट-पोट होकर हँस रहे थे। बस हँसते ही जा रहे थे। जब हँसते-हँसते थक गए तो मेरे दोस्त के मुँह से निकला,

"बन्दर था, भाड़खाऊ।" हम भूल चुके थे कि इतनी मनहूस रात में हम क्यों छत पर अपनी ऐसी की तैसी कराने गए थे।

अगली सुबह सुनील की टपरी पर यह खबर ब्रेकिंग न्यूज़ बनी हुई थी।

3

मेरे हिस्से का सच

यह मेरे मुश्किल दिनों में से एक हैं। कभी-कभी लगता है कि इसे मैंने खुद चुना है। 'जब मुसीबत आती है तो चारों तरफ से आती है।' पता नहीं ये वाक्य सबसे पहले किसने कहा होगा; मगर जिसने भी कहा है, काफ़ी सोच-विचार के बाद कहा है। न जाने कैसा अनुभव रहा होगा इन शब्दों को कहने में... वाक़ई मुझ पर इस वक़्त मुसीबत चारों तरफ से ही आई है।

वैसे जीवन में उतार-चढ़ाव तो लगा ही रहता है, लेकिन ऐसा लग रहा है कि पिछले कुछ महीनों से मेरा सिर्फ उतार ही चल रहा है; चढ़ाव तो दूर-दूर तक कहीं है ही नहीं, और हो भी कैसे? उतार तो अपने आप ज़िंदगी में दस्तक दे देता है, लेकिन चढ़ाव के लिए ख़ुद चढ़ना होता है।

हम इंडियन्स आदत से मजबूर होते हैं, और मैं भी भारतीय होने का फ़र्ज़ अदा करते हुए, अपनी आदत के कारण, फ्लाइट से तीन घंटे पहले

ही एयरपोर्ट के अन्दर प्रवेश कर चुका था, और हमेशा की तरह इस उबाऊ तीन घंटे को बिताने का तरीक़ा खोज रहा था। एयरपोर्ट और रेलवे स्टेशन में ज़मीन-आसमान का फर्क होता है। यहाँ कोई शोर-शराबा नहीं होता, आपको घूमते हुए भिखारी या पॉकेटमार नहीं मिलेंगे। सामान उठाते कुली और कचरा बीनते बच्चे भी नहीं होते हैं। यहाँ ऐसी कोई विशेष बात नहीं होती है जिसका ज़िक्र किया जाये। अब तो अपने एकमात्र शौक का इस्तेमाल किया जा सकता है। मैं एयरपोर्ट के वेटिंग रूम में बैठकर टैब पर कुछ लिखने की कोशिश करने लगा और अचानक उँगलियाँ पिछली घटनाओं को अंकित करने लगीं।

* * *

उस शाम मैं रायबरेली के रेलवे स्टेशन से निकलकर अपने एक दोस्त के घर जा रहा था, और हमको वहाँ से दोस्त के एक परिचित के घर जाना था। दरअस्ल मामला यह था कि मैं अपने परिवार के साथ पहली बार ऑफीशियली, शादी के लिए लड़की देखने जा रहा था।

दिल्ली से रायबरेली पहुँचते-पहुँचते मौसम इतना बदल जायेगा सोचा न था। रायबरेली स्टेशन के बाहर ही ऑटो मिल जाती है। जब ऑटो में बैठा तो स्पष्ट हुआ कि इसे दरअस्ल 'बैठना' न कहके 'लटकना' कहें तो अधिक उचित रहेगा, क्योंकि उस ऑटो में मेरे अलावा सात और सहयात्री थे। यही वजह थी कि मैं एक साइड से लगभग आधा भीग चुका था। उस वक़्त हालत ऐसी थी कि लम्बा सफ़र तय करके किसी से मिलने जाना बेहद मुश्किल था, लेकिन फिर भी जाना ही पड़ा।

मगर मुझे लगता है, इस तरह बात शायद उलझ जायेगी; तो पूरे क़िस्से को शुरू से शुरू करता हूँ। तो इस सब की शुरूआत पन्द्रह दिन पहले एक कॉल से हुई थी।

"अरे कहाँ बिजी थे? मैं कॉल कर रहा था।"

"सॉरी देखा नहीं था, बोलो क्या बात?"

"लड़की की फ़ोटो देखी? कैसी है?"

“हाँ देखी, अच्छी है, लेकिन बाक़ी सारी बात क्लियर की तुमने उन लोगो से?”

“हाँ सब बता दिया; लड़का सिंगापुर में जॉब करता है, और घर यूपी में है, फैमिली वगैरह सब बता दिया।”

“तो उन्होंने कुछ पूछा?”

“हाइट पूछ रहे थे और सैलरी भी... मैंने बता दी; तुम बताओ तुमको पसंद आई?”

“हाँ पसंद है, लेकिन उन लोगों की क्या मर्ज़ी है?”

“वह सब मैंने सेट किया हुआ है; तुम यहाँ इंडिया आ जाओ, और फटाफट फेमिली के साथ आकर मिलो।”

इस फोन कॉल के एक सप्ताह के बाद मैं इण्डिया में था। सारा प्रोग्राम सेट हो चुका था, और मुझे अपने परिवार के साथ रायबरेली पहुँचना था। सुबह से बेहद तेज़ बारिश हो रही थी। मैं स्टेशन से निकलकर ऑटो में कुछ इस तरह से बैठा (लटका) हुआ था कि काफी हद तक भीग चुका था। मम्मी, भैया और छोटी बहन, लखनऊ से कार से दोस्त के घर पहुँच चुके थे। मैं भी कुछ ही देर में पहुँचने वाला था।

मैं दिल ही दिल में खुश था; जिसकी वजह खूबसूरत रिश्ता ही नहीं, बल्कि लड़की का मेरी तरह ही क्रिएटिव फिल्ड से होना था। मुझे उम्मीद थी कि वह अच्छी समझ रखती होगी।

कुछ ही देर में मैं दोस्त के घर पहुँच गया। मैंने फ्रेश होकर कपड़े बदले, और सबके साथ लड़की के घर चल दिया।

इस तरह का ये मेरा पहला अनुभव था। मैं परिवार के साथ उनके घर की बैठक में बैठा था। मुझे ऐसा महसूस हो रहा था कि जैसे मैं किसी नौकरी के इंतज़ार में हूँ, और मेरा इंटरव्यू होने वाला है। सभी लोग एक दिखावटी शालीनता दिखाते हुए मुस्कुरा रहे थे। मेरी नज़र, घर के बरामदे में बने कमरों के दरवाज़ों पर जा रही थी, या फिर कभी-कभी किचन की ओर चली

जाती थी। औपचारिकता खत्म करते हुए उन्होंने ही बातचीत शुरू की।

"सिंगापुर में क्या करते हो आप?"

"जी डिज़ाइनर हूँ।"

"कितनी सैलरी मिलती है वहाँ?"

हालाँकि इन सभी सवालों के जवाब पहले ही दिए जा चुके थे, लेकिन उनके दोहराए जाने में मुझे कोई हर्ज नहीं नज़र आया; और फिर उस वक़्त मेरी जगह आप होते, तो आप भी जवाब देने के अलावा कुछ और नहीं बोल पाते।

"एक लाख बीस हज़ार।"

"सिंगापुर तो बहुत महँगी कंट्री है, काफी खर्चा होता होगा वहाँ?"

"हाँ यह तो है ही।" मैं लड़की के बाप के सभी सवालों के जवाब एक बनावटी मुस्कान के साथ धीरे-धीरे दिए जा रहा था। मेरी मम्मी पास में ही थीं। वह लड़की की मम्मी से बात कर रही थीं। स्वभाव से बेहद सरल मेरी मम्मी, कुछ बातों के ग़लत जवाब दे रही थीं, लेकिन मैंने बीच में टोकना सही नहीं समझा... वह सब दुनियावी बातें थीं... फिलहाल महत्त्वहीन सी।

"याज़िना कहाँ हैं, उनको भी बुलाओ।" जब लड़की की जगह उसकी छोटी बहन चाय की ट्रे लेकर आई तो मेरी मम्मी ने लड़की की मम्मी से धीरे से पूछा।

उन्होंने अपने पति की तरफ देखा और उनके कुछ बोलने का इंतज़ार करने लगीं।

"वह दरअस्ल... कल से ही उसके ऑफिस से कॉल्स आ रहे थे, आप लोग भी लेट हो रहे थे, तो वह नोएडा के लिए निकल गई।" उन्होंने बात को सँभालते हुए जवाब दिया।

यह मेरे लिए बेहद अजीब था। हमारा परिवार यहाँ रिश्ते के लिए आया है, और जिस शख़्स से रिश्ते की बात चल रही थी, वह यहाँ मौजूद ही नहीं है।

"मेरे खानदान में सभी लोग लंबे चौड़े और गोरे हैं।"

वह जो भी पूछ रहे थे, मैं या मम्मी उसका जवाब दे रहे थे, लेकिन उनकी इस बात पर मम्मी ख़ामोश हो गईं। उनको कोई जवाब देते न बना। यह बात बेहद नागवार थी; लेकिन हम जिस समाज में रह रहे हैं, वहाँ यह बात इतनी आम हो चुकी है कि कई बार लोगों को कहते हुए एहसास ही नहीं होता है। मैं भी ख़ामोश हो गया।

यह बात सच ही थी। न मैं किसी ऑस्ट्रेलियन प्लेयर के जैसा लम्बा था, न चौड़ा और न ही गोरा।

"आप तो कुछ ले ही नहीं रहीं हैं, लीजिये न!" उन्होंने हम लोगों को खामोश देखकर बिस्कुट की प्लेट मम्मी के आगे की। मम्मी ने एक बिस्किट उठा लिया। वही प्लेट मेरी तरफ भी बढ़ाई गई। मैंने भी बिना कुछ कहे एक बिस्किट उठा लिया। हमारे बीच में ख़ामोशी थी।

"तो आगे कब तक सिंगापुर में रहने का इरादा है? "यहाँ क्यों नहीं आ जाते?"

"इंडिया में मेरी फिल्ड की जॉब मुम्बई में है; दिल्ली में इतनी नहीं है, और कोई अच्छी सैलरी भी दिल्ली में नहीं देगा।"

"मुम्बई तो बहुत कंजेस्टेड है, दिल्ली फिर भी अभी बचा हुआ है।"

'जी।'

कुछ और इधर-उधर की बातें होती रहीं, और मैं हाँ हूँ में जवाब देता रहा।

रात को वहीं रायबरेली में रुकना हुआ। अगले दिन हम लोग वापस आ गए।

दो दिन उनके फ़ोन के इंतज़ार में गुज़र गए, लेकिन कोई जवाब नहीं आया। इस दौरान, जिस दोस्त ने रिश्ता बताया था, मैंने उसको कॉल किया। जवाब मिला कि वह जल्द ही जवाब देंगे। दरअस्ल इस बार लंबी छुट्टी नहीं मिली थी, और मुझे सिंगापुर वापस जाने की जल्दी थी।

“है तो सब कुछ बहुत ही अच्छा, मगर फिलहाल तुम इस रिश्ते को न ही समझो।”

मम्मी ने बेहद समझाने वाले लहजे में कहा था। वह जानतीं थीं कि मुझे लड़की पसंद है, इसलिए मैं कोई झूठी उम्मीद न लगाऊँ।

“लेकिन सब कुछ तो उनको बताया ही जा चुका था, फिर मुझे बुलाने की वजह?”

“यह सब तो होता ही है; ज़माने का दस्तूर है।” बात खत्म हो गई। मैं उठकर दोस्त के घर चला गया।

मैंने दोस्त को दोबारा कॉल की।

“सॉरी यार, उन लोगों की कोई राय नहीं है; वह तुम्हारी जॉब को लेकर.... उनको तुम्हारी जॉब पसंद नहीं है।”

“यह सब तो पहले ही बताया जा चुका था, फिर भी अगर जॉब को लेकर दिक्कत है तो दो महीने दो मुझे, मैं जॉब बदल लूँगा, और पहले से अच्छी सैलरी भी मिलेगी।”

“हाँ देखो क्या कहते हैं वह लोग; दरअस्ल उनका कहना है कि तुम्हारी ऐज ज़्यादा है, और उनकी लड़की का रंग और तुम्हारा रंग भी... सॉरी भाई जो भी है, बोल देना सही है; किसी धोखे में रखना नहीं चाहता तुमको।”

“नहीं कोई बात नहीं; उम्र तो वापस नहीं आ सकती, न रंग बदल सकता है, बाक़ि कोई भी और दुनियावी बात होती तो मैं ज़रूर पूरी कर देता। तुमने बोला उनको, हमारे वहाँ दहेज़ नहीं चलता है, और नहीं का मतलब ‘नहीं’ ही है।”

“वह सब तो तब बोलता जब बात आगे बढ़ती; तुम फिकर मत करो, मैं जल्द ही और अच्छा रिश्ता बताता हूँ।

“अच्छा उनको बोलना मैं वापस जा रहा हूँ, दिल्ली से फ्लाइट है, बोलें तो लड़की से यहीं नोएडा जाकर मिल लेता।”

“ठीक है, बात करके बताता हूँ।”

मगर कोई जवाब नहीं आया। अब इनकार पर पक्की मुहर लग चुकी थी। मैं ट्रेन और फ्लाइट की टिकट बुक करके अपनी वापसी की तैयारी करने लगा। दिल्ली में एक दिन रुककर कुछ दोस्तों से मिलना भी था, इसलिए ही मैंने बोला था कि अगर संभव हो तो लड़की से मिल लेता। हालाँकि उम्मीद तो नहीं थी, फिर भी मैंने फिर से कॉल किया।

“यार मैंने उनके पापा से बात की थी, और बताया था कि आप दिल्ली में लड़की से मिलना चाहते हो, उन्होंने बताया कि वह कम्पनी के काम से बँगलौर चली गई है।”

“चलो कोई बात नहीं।”

* * *

मैं दिल्ली में था। दोस्तों से मिल चुका था, और अब एअरपोर्ट इमीग्रेशन की लंबी प्रक्रिया से गुजरने के बाद वेटिंग रूम में बैठा था। न चाहते हुए भी मेरे मन में वही सब गुज़र रहा था, और उँगलियाँ टैब पर थिरक रही थीं।

अचानक खयाल आया कि इण्डिया छोड़ने से पहले लड़की के पापा से फॉर्मल बात कर लेनी चाहिए। फोन करने पर 'नॉट रिचेबल' था।

मैं बेख़याली में फेसबुक पर उसकी फ़ोटोज़ देखने लगा। हालाँकि इसका अब कोई मतलब नहीं था, लेकिन ऐसा कई बार होता है कि हम एक झूठी उम्मीद में सब कुछ जानकार भी सच से मुँह मोड़े रहते हैं।

मैं सिंगापुर से रायबरेली तक आ गया था, और वह थी कि तीन बार बुलाने के बाद भी नहीं आई, और अब आख़िरी उम्मीद भी धूमिल हो चुकी थी; नोएडा में मिलना भी नहीं हो पाया। वह बँगलौर चली गई थी।

न जाने मेरे दिल में क्या ख़याल आया कि मैंने उसकी कंपनी में कॉल कर दिया।

'हेल्लो!'

"गुड आफ्टरनून! माया ग्रुप एंड कम्पनी।"

"यांज़िना मैडम हैं क्या?"

"जी हाँ हैं, आप कौन?"

"जी मैंने अपना रिज्यूमे भेज था, जॉब के रेगार्डिंग, क्या वह बँगलौर से आ गईं?"

"जी वह यहीं हैं, बँगलौर तो वो पिछले महीने गई थीं।"

"क्या मैं उनसे बात कर सकता हूँ?"

"जी एक मिनट, मैं कॉल ट्रान्सफर करती हूँ।"

कुछ पलों बाद फ़ोन पर वह आवाज़ थी, जिससे मिलने मैं सिंगापुर से इंडिया आ गया था।

"हेल्लो! यांज़िना हियर... हेल्लो...हेल्लो..."

मेरे लब ख़ामोश थे। पलकें एक अंजाने बोझ से भारी थीं।

तभी फ्लाइट के लिए हो रहे एनाउन्समेंट ने मेरा ध्यान तोड़ा। यह मेरा ही नाम था, और आख़िरी एनाउन्समेंट था। मैं जैसे अचानक हड़बड़ाकर उठा और बोर्डिंग काउन्टर की तरफ दौड़ा। एक असिस्टेंस मेरे साथ-साथ दौड़ रहा था।

कुछ ही देर में फ्लाइट उड़ चुकी थी।

बेहद ख़ामोशी से धीरे-धीरे सब धुँधला पड़ता जा रहा था। बहुत कुछ था, जो पीछे छूटता गया था।

4

कृष्णा

जिसने भी सुना, उसने जैसे दाँतों तले उँगली दबा ली। ख़बर अविश्वसनीय लेकिन पुख़्ता थी। आजकल के ज़माने में ऐसा फैसला किसी अजूबे से कम थोड़ी होता है। सच कहूँ तो यकीन करना मुश्किल हो रहा था, लेकिन सच से मुँह भी तो नहीं चुराया जा सकता। हर तरफ़ तरह-तरह की चर्चा थी।

"कोई धरम करम वाली होती तो कुछ सोचती भी; वह अपने आगे किसी की सुनती हैं?"

"और क्या, अपने आगे किसकी चलने देती हैं... जो इंसान पूजा पाठ न जाने, उसे क्या जात-बिरादरी की चिन्ता।"

ऐसी बातें ख़ूब बनाई जा रहीं थीं। शुरू-शुरू में तो ख़ानदान भर में ख़ूब अटकलें लगाई गईं... किसी ने कहा चक्कर रहा होगा, तो किसी ने कहा लड़की ने सीधी सादी सरला देवी को अपनी लच्छेदार बातों में फँसा

लिया होगा; आख़िरकार वह उनकी पड़ोसी ही तो हैं, आना-जाना तो लगा ही रहता होगा। कुल मिलाकर जितने मुँह उतनी बातें। तरह-तरह की बातें बनाई गईं। और जब सरला देवी ने अपना फैसला नहीं बदला तो खिल्ली भी ख़ूब उड़ाई गई।

सरला देवी ने अपने इकलौते लड़के सिद्धार्थ की शादी एक ग़रीब घर की लड़की से तय कर दी थी। हालाँकि कौतूहल की वजह दोनों परिवारों की सामाजिक प्रतिष्ठा में असमानता नहीं थी; असल वजह यह थी कि वह लड़की झक्की और सनकी-सी है, यह बात गली मोहल्ले दूर-दूर तक मशहूर थी। माना कि यह उनके लड़के की दूसरी शादी थी, लेकिन इसका यह मतलब तो नहीं कि मलमल के दुशाले में टाट का पैबंद लगा दिया जाय। मलमल घिस जाए तो भी मलमल ही रहता है, और टाट नया हो तो भी टाट ही रहेगा। ख़ानदान भर में बहुत सी लड़कियाँ थीं, एक बार इशारा तो करतीं, एक से एक अच्छी लड़की मिल जाती। अभी उम्र ही क्या थी सिद्धार्थ की?

और सबसे बड़ी बात यह थी कि वह लड़की सनकी और झक्की ही नहीं, एक नंबर की झगड़ालू भी थी। खानदान वाले ही क्या, खुद सिद्धार्थ की बड़ी बहन तनुजा भी इस रिश्ते को लेकर राज़ी नहीं थी; और तो और सिद्धार्थ खुद भी इस रिश्ते के लिए राज़ी नहीं था। जैसे ही सिद्धार्थ ने फ़ोन पर तनुजा को ख़बर दी, तनुजा ने अपनी ससुराल से आकर एक हफ्ता पहले ही घर में धरना डाल दिया था। उसकी पूरी कोशिश थी कि जैसे भी हो, मम्मी को मनाया जाए और इस मुसीबत को टाला जाए।

* * *

छह महीने पहले

हर दिन के जैसे वह भी एक सामान्य सी सुबह थी, जिस रोज़ देविका की ननद ने एक लड़की की फोटो भेजी थी।

"यह फ़ोटो देविका की ननद ने भेजी है; उसकी सहेली है, यूनिवर्सिटी में साथ में पढ़ती है; अच्छा घर ख़ानदान, समाज में इज़्ज़त है इनकी, ज़ात-बिरादरी सब मिलती है।" सरला देवी ने डाइनिंग टेबल पर, सिद्धार्थ की

तरफ एक फोटो बढ़ाते हुए कहा।

सिद्धार्थ ने फोटो पर एक उचकती सी नज़र डाली। सरला देवी उसके चेहरे को प्रश्नवाचक दृष्टि से देख रही थीं। उसने गर्दन झुकाई और अपने ब्रेकफास्ट में लगा रहा, लेकिन उसको एहसास था कि माँ को उसके जवाब का इन्तेज़ार है।

"मम्मी मैं आपको पहले ही बोल चुका हूँ कि मुझे शादी नहीं करनी है; सच बोलूँ तो चारु के बाद अब मुझे किसी से प्यार नहीं रहा, और न ही मुझे शादी करके पति परमेश्वर बनकर जीने में कोई दिलचस्पी है, आप क्यों पीछे पड़े हो मेरे?" सिद्धार्थ ने फोटो मम्मी की तरफ वापस सरकाते हुए अपनी मंशा ज़ाहिर कर दी।

"अरे नंबर भी दिया है भई, तुम खुद लड़की से डायरेक्ट बात कर लो, मिल लो उससे जाकर।" सरला देवी ने फोटो उल्टा करके एक बार फिर उसकी तरफ़ बढ़ाया। वहाँ पर एक दस अंक का मोबाइल नंबर लिखा हुआ था।

"अरे मम्मी.मेरी शादी एक बार हो चुकी है, अब मुझे दोबारा शादी करने की ज़रूरत नहीं है।"

"जबसे चारु हम सबको छोड़कर गई है, तबसे तुमको दुनिया की कोई चीज़ पसंद ही नहीं आती है; ज़िन्दगी ऐसे ही तो नहीं कट जाती है, और फिर गुनगुन अभी बहुत छोटी है; तुमको नहीं लगता कि उसको एक माँ के प्यार की ज़रूरत है?"

"आप प्लीज़ सुबह-सुबह यह सब बातें लेकर मत बैठो, मुझे ऑफिस के लिए भी निकलना है; और मैं कैसे मान लूँ कि जो उसकी माँ बनकर आएगी, वह उसको माँ का प्यार भी देगी; सौतेली माँ कैसी होती है नहीं देखा क्या?" सिद्धार्थ ने डाइनिंग टेबल से उठते हुए कहा।

"ठीक है भई, जो दिल चाहे करो, हमें क्या पड़ी; रोज़ की बीमार, घुटनों की मरीज़।" सरला देवी ने अपना आख़िरी भावपूर्ण तीर चलाया, लेकिन कामयाब नहीं हुईं। सिद्धार्थ, तब तक उठकर अपना कोट सँभाल

चुका था।

"हाँ, गुनगुन के लिए उसकी दादी ही काफी हैं, फिलहाल मैं निकल रहा हूँ, गुनगुन की बस भी आने वाली है।" सिद्धार्थ ने अपना बैग उठाया और गुनगुन को दूर से ही बॉय बोलकर निकल गया। गुनगुन भी डाइनिंग टेबल से उठकर अपना बैग टाँगने लगी। दादी ने उसकी मदद करते हुए गले में थरमस की बोतल डाल दी। गुनगुन स्कूल के लिए चली गई।

दिन ऐसे ही बीत रहे थे। चारु की मौत के बाद से सिद्धार्थ ने खुद को ऑफिस के कामों में इतना व्यस्त कर लिया कि दुनिया की तरफ़ उसको देखने की फुर्सत ही नहीं रहती। माँ ने भी अब धीरे-धीरे हार मान ली थी। उनको भी अब लगने लगा था कि सिद्धार्थ का अब शादी करने का कोई इरादा नहीं है। लेकिन गुनगुन अभी मात्र सात साल की ही थी, ऐसे में उसका ख़याल रख पाना आसान नहीं था।

* * *

उस दिन मौसम साफ़ था। दोपहर के वक़्त ज्यादा गर्मी नहीं थी, लेकिन कॉलोनी की उस गली में चहल-पहल नहीं रहती थी। वह बच्ची उस व्यक्ति के साथ घर के दरवाज़े पर बैठी पूरी दिलचस्पी से अपनी चॉकलेट खा रही थी। वह व्यक्ति उसको प्यार दिखाते हुए कभी उसका गाल खींचता, तो कभी उसके कंधों को धीरे से दबाते हुए सहलाता। वह उससे हँस-हँस के बातें कर रहा था, लेकिन बच्ची की दिलचस्पी चॉकलेट में ही थी। वह मुस्कुराती और फिर वापस अपनी चॉकलेट में लग जाती। बच्ची के गुदगुदी करते हुए उसका हाथ कभी गर्दन पर तो कभी फ्रॉक के अन्दर पैरों पर ऊपर की तरफ़ जाता। बच्ची गुदगुदी से शरमाती अपने पैरों को समेटती और चॉकलेट खाने में वापस मशग़ूल हो जाती।

तभी किसी आँधी तूफ़ान के जैसे वह वहाँ पर आई, और उसने बच्ची का हाथ पकड़कर अपनी तरफ खींचा।

"इधर आओ बेटा, क्या कर रहे हो यहाँ? कौन है यह?" वह व्यक्ति

एक पल के लिए झिझक सा गया। उसके चेहरे की रंगत बदल गई।

"मैं इसका अंकल हूँ।" बच्ची से पहले उस व्यक्ति ने फँसी हुई आवाज़ में घबराते हुए जवाब दिया।

"तुमसे किसने पूछा? आप बताओ बेटा, कौन हैं यह?"

"मोहित अंकल।"

"यह तुम क्या हरकत कर रहे थे इस बच्ची के साथ, हँय?" उस लड़की का पारा जैसे सातवें आसमान पर था। ग़ुस्से से वह जैसे काँप रही थी। वह बिना कुछ बोले बच्ची को लेकर घर में दाख़िल हो गई।

"यह आपकी बच्ची है? ऐसे किसी के भी साथ आप उसको छोड़ देंगे? ख़याल नहीं रख सकते आप इसका? कौन है वह दरवाज़े पर, जिसके साथ यह बैठी थी? यहाँ-वहाँ कहीं भी उसको छू रहा है; मम्मी कहाँ हैं इसकी?"उसने एक ही साँस में बिना रुके बहुत कुछ कह डाला।

"मम्मी नहीं हैं।" सिद्धार्थ समझ नहीं पा रहा था कि और क्या जवाब दे।

"हाँ तो मम्मी नहीं हैं तो ज़रा देर आप ही उसका ख़याल रख लो।" जैसे वह आँधी-तूफान के साथ अन्दर दाख़िल हुई थी, वैसे ही वह गुनगुन का हाथ सिद्धार्थ के हाथ में देकर बिना कुछ सुने, अपना चश्मा सँभालती हुई वापस मुड़ गई थी। सिद्धार्थ उसको देखता ही रह गया। वह आगे कुछ न कह पाया न कुछ पूछ पाया।

सिद्धार्थ, गुनगुन को मोहित के पास छोड़कर, कार की चाबी लेने ही अन्दर गया था। यह मुश्किल से एक मिनट का काम था, लेकिन वह मम्मी के कमरे में उनका हाल-चाल लेने लगा था, ताकि उनको बता सके कि वो गुनगुन को लेकर मोहित के साथ मॉल जा रहा है।

मोहित, सिद्धार्थ का ऑफिस का दोस्त था। वह हर मामले में बेहद हेल्पफुल इंसान था। उससे सिद्धार्थ की अच्छी दोस्ती थी। दिल में सैकड़ों सवाल होने के बाद भी वह इस बारे में उससे कुछ नहीं पूछ सका। वह भी मोबाइल पर कॉल का बहाना बनाते हुए पिछली सीट पर बैठ गया। *'हो*

सकता है कि उस लड़की को धोखा हुआ हो।' सोचते हुए सिद्धार्थ ने गुनगुन के चेहरे को देखा। वह आगे सीट पर बैठी थी और बिलकुल सामान्य सी दिख रही थी। सिद्धार्थ, रुमाल से उसके चेहरे को साफ़ करने लगा। मोहित पीछे बैठा अभी भी अपने मोबाइल में बिज़ी था। खैर उन दोनों के बीच इस बारे में कोई बात नहीं हुई।

* * *

"क्या हुआ क्यों बैग पटक रही हो? और यह लेटने की जगह है? थक गई हो, तो अन्दर जाकर लेट जाओ।"

"कुछ नहीं बस ऐसे ही।" कृष्णा ने सोफे पर पसरते हुए कहा।

"कुछ नहीं क्या, आज फिर किसी से लड़कर आई... तुम्हारी यह आदत कब जायेगी?

"......."

"अब बोलती क्यों नहीं, बोलो क्या हुआ? किससे लड़कर आई हो कृष्णा?"

"यहाँ गली में ही मोड़ से पहले, वह जो बड़ा सा घर है... मुझे समझ नहीं आता कि लोग कब बच्चों को सँभालना सीखेंगे?"

"हे भगवान्, तुमने यहाँ आते ही लोगों से लड़ना शुरू कर दिया। तुम्हारी यह आदत कब छूटेगी? किराये पर रह रहे हैं हम लोग, कोई अपना मकान नहीं है; एहसान मानो, अशरफ़ भाई का, जो उनकी कोशिशों से अच्छी कॉलोनी में मकान मिल गया। वह तो रंग-रँगाई करने आये थे इस घर की; मालूम किया... खाली पड़ा है तो मौक़े से मिल गया, वरना वही जुआरियों-शराबियों का मोहल्ला था सड़ने को, उठते-बैठते घर से निकलना मुश्किल था।"

"मम्मी, अब आप लेक्चर मत दो, मेरा सर पहले ही दुख रहा है।"

"क्यों न बोलूँ? तुमने सबके बच्चों की देखभाल का ठेका ले रखा है क्या?" मम्मी ने उसका सोफे पर पड़ा हुआ बैग उठाया, और साथ ही साथ

उसकी सैंडल किनारे करने लगीं।

''मम्मी, मैं देखकर चुप नहीं रह सकती; मेरा तो दिल कर रहा था कि कमीने को थप्पड़ लगा दूँ।''

''तुम कब तक यह सनक पाले रहोगी कृष्णा? जिनके बच्चे हैं उनको सँभालने दो न; तुम कौन होती हो दख़ल देने वाली?''

''हाँ तो देखकर भी आँखें बंद कर लूँ? मुँह फेर लूँ?''

''सनकी बोलते हैं सब तुमको, मालूम है... हर बात में सनक; अब तो कोई रिश्ते तक नहीं बताता। कब तक यह सनक रहेगी... मुझे तुम्हारी शादी की फिकर है।''

''हाँ नहीं करना शादी, अब मुझे छोड़ दो; एक तो चप्पल भी टूट गई आज।''

''ठीक है, जो दिल चाहे करो; कोई कहता है सनकी है कृष्णा, कोई कहता है ऊपरी असर है उस पर।''

* * *

भरी दोपहरी में कृष्णा उस घर में झाँकने की कोशिश कर रही थी। वह दरवाज़े की ग्रिल से अंदर यहाँ वहाँ देखना चाह रही थी।

''इस तरह से कैसे झाँक रही हो... अन्दर आ जाओ।'' सरला देवी ने मोटे फ्रेम का चश्मा लगाये, हाथ में बैग लिए, सलवार कमीज़ वाली कृष्णा को घर के दरवाज़े से अन्दर झाँकता हुआ देखकर कहा। एक पल के लिए वह झिझक सी गई। उसको ऐसा महसूस हुआ कि जैसे उसकी चोरी पकड़ी गई। फिर वह खुद को सँभालती हुई, थोड़ा असहज होकर अन्दर दाख़िल हो गई।

''हाँ जी बोलो।''

''वह मैं... एक बच्ची रहती है न यहाँ।'' कृष्णा ने यहाँ-वहाँ देखते हुए सवाल किया।

“हाँ... लेकिन उसको पोलियो ख़ुराक की ज़रूरत नहीं है।”

“अरे नहीं नहीं... वह तो मैं बस देख रही थी कि वह ठीक तो है न, अरे... यह किसकी फोटो है?”

उसकी नज़रें अभी भी यहाँ-वहाँ उस बच्ची को ढूँढ़ रही थीं, कि अचानक सामने दीवार पर लगी पुरानी तस्वीर पर जाकर अटक गई।

“यह मैं हूँ।”

“आप... आप सरला मैडम हैं न... सिटी मोंटेसरी स्कूल...” कृष्णा ने किसी बच्चे की तरह चहकते हुए सवाल किया।

“हाँ मैं सरला ही हूँ, लेकिन आप कौन?”

“अरे आपने पहचाना नहीं मैडम? मैं कृष्णा, पाँचवीं क्लास में पढ़ती थी, तब आप सिटी मोंटेसरी स्कूल की प्रिन्सिपल थीं।”

“हाँ हाँ... शायद मैं भूल गई, इतना वक़्त भी तो हो गया है; इतने सारे बच्चों में याद रखना भी तो मुश्किल होता है।”

“कोई बात नहीं मैडम, मुझे अक्सर लोग भूल ही जाते हैं; अचानक मैंने स्कूल छोड़ दिया था, वैसे वह बच्ची कौन है?” कृष्णा बोले ही जा रही थी। किसी अपने से अचानक इस तरह, अरसे बाद मुलाक़ात हो जाएगी उसने सोचा नहीं था।

“आराम से आराम से... साँस ले लो, बैठो, मैं पानी लेकर आती हूँ; वह मेरी पोती गुनगुन है।” सरला, जवाब देते हुए फ्रिज की तरफ़ बढ़ गईं, लेकिन कृष्णा कहाँ बैठने वाली थी, वह बाकी तस्वीरों को देखती हुई कमरे के अन्दर झाँकने लगी।”

“यह लो पानी।”

“आँ... हाँ... सॉरी।” कृष्णा, परदे के पास से ऐसे उछली कि जैसे उसको बिजली का झटका लगा हो। वह पानी का गिलास लेते हुए वहीं सोफे पर बैठ गई।

“वह आपकी पोती गुनगुन कहाँ है?”

“गुनगुन स्कूल से आती ही होगी।”

“सॉरी, उस दिन मुझे इतना गुस्सा नहीं करना चाहिए था।”

“नहीं... तुमने बिलकुल ठीक किया; उस दिन के बाद से मैंने सिद्धार्थ के दोस्त का घर के अन्दर आना बंद कर दिया, और गुनगुन से तो मेरी ग़ैर मौजूदगी में अब कोई नहीं मिल सकता।”

“जी बहुत सही किया; पता है मुझे बहुत फिकर थी, वैसे उसकी मम्मी कहाँ हैं दिख नहीं रहीं? कहीं गई हैं क्या?”

“दरअसल गुनगुन की मम्मी नहीं हैं।” सरला मैडम ने एक बनावटी सी मुस्कान के साथ, अपनी तकलीफ़ को छुपाते हुए जवाब दिया।

“ओह! आई एम सो सॉरी मैडम।”

“दो साल पहले गुनगुन की मम्मी की अचानक तबियत ख़राब हुई, पता ही नहीं चल पाया कि उसको क्या बीमारी थी? कुछ ही महीनों में वह हम सबको छोड़कर चली गई... खैर, छोड़ो इन बातों को; तुम बताओ क्या करती हो?”

“मैं यहीं पास में, एक प्राइवेट स्कूल में पढ़ाती हूँ; मुझे बहुत अच्छा लगता है बच्चों के साथ रहना, साथ ही साथ सी.ए. की तैयारी भी कर रही हूँ।”

“अरे वाह! सही है; क्लियर हो जाए तो मिलने ज़रूर आना।”

“अरे, क्यों नहीं आऊँगी, बस आपका आशीर्वाद बना रहे; अच्छा मैं चलती हूँ।” कृष्णा, गिलास रखती हुई, इधर-उधर देखते हुए खड़ी हो गई।

“ठीक है कृष्णा, आती रहना।”

“जी ज़रूर, मैं यहीं रहती हूँ, गली के मोड़ से पहले वह छोटा सा घर है न, पीले रंग का वहीं।”

“ठीक है।”

“अच्छा सलाम! ही ही ही... देखिये न मेरी आदत पड़ गई; वह मेरी दोस्त हैं न... तो मुझे याद ही नहीं रहता, किसको नमस्ते करना है किसको सलाम।” कृष्णा ने अपना बैग उठाते हुए दुपट्टा सँभाला। सरला देवी धीरे से मुस्कुरा दीं।

“कोई बात नहीं, वक़्त मिले तो फिर आना।”

अचानक सरला देवी सोचने लगीं। कृष्णा से आज लगभग बारह साल बाद मिली थीं। यकीन नहीं हो रहा था कि वह आज भी बिलकुल वैसी ही थी। हमेशा कन्फ्यूज सी दिखती, कुछ का कुछ बोलती; पढ़ने-लिखने में उस वक़्त बहुत तेज़ थी। देखकर लग रहा था कि इस मामले में वह आज भी मेरी उम्मीदों पर पूरी खरी थी। कुछ ही देर में मैं गुनगुन को स्कूल से लेकर आ गई थी।

* * *

वर्तमान

इस तरह कृष्णा कई दिन तक गुनगुन से मिलने आती रही। उसने बताया कि उसके पिता की कई साल पहले शराब पीने से मौत हो गई थी, अब वह अपनी माँ के साथ रहती है। सरला देवी और उनकी पुरानी स्टूडेंट कृष्णा, दोनों बहुत कम दिनों में ही काफ़ी घुलमिल गए, साथ ही साथ गुनगुन को भी कृष्णा के साथ खेलना बहुत पसंद था।

सरला देवी, सिद्धार्थ की शादी कृष्णा से करना चाहती थीं, लेकिन सिद्धार्थ किसी भी तरह से राज़ी नहीं था, लेकिन इस बार सरला देवी भी अपनी ज़िद पर अड़ी हुई थीं।

* * *

“पता नहीं सिद्धार्थ कहाँ रह गये? कितना वक़्त हो गया इंतज़ार करते हुए; अभी से मुझको इंतज़ार करवा रहे हैं, शादी के बाद क्या होगा पता

नहीं।'' सोचते हुए कृष्णा यहाँ-वहाँ देख रही थी।

''मैम आप कुछ लेंगी?'' एक वेटर ने बेहद शालीनता से झुककर कृष्णा से पूछा।

''हाँ सर... दरअस्ल मैं किसी का इंतज़ार कर रहीं हूँ।''

''इट्स ओके मैडम.टेक योर टाइम।'' वेटर मुस्कुराकर वहाँ से चला गया। कृष्णा एक बार फिर अपने ख्व्यालों में खो गई।

''पता नहीं मैं कैसी दिख रही हूँ? शायद मुझे सलवार-कमीज़ नहीं, जीन्स-टॉप पहनकर आना चाहिए था, उसको अच्छा लगता... खैर जाने दो, इतना सब नहीं सोचना चाहिए? शादी के बाद जैसा बोलेगा वैसा उसकी ख़ुशी के लिए पहन लूँगी। मुझे उसको चॉकलेट देनी चाहिए, या शायद नहीं, चॉकलेट! क्या वह बच्चा है। मुझे कुछ और लाना चाहिए था उसके लिए, लेकिन उसने भी तो अचानक फ़ोन किया, अब मैं क्या करती। खैर मैं यह सब स्टुपिड सा क्यों सोच रही हूँ, मुझे नार्मल दिखना चाहिए; मैं उसके साथ एक सेल्फी लूँगी... नहीं, शायद वह बुरा मान जाये। इसमें बुरा मानने की क्या बात है? उफ़। मैं फिर शुरू हो गई... उफ्फ! मुझे नॉर्मल दिखना चाहिए... प्लीज़ मुझे कन्फ्यूज़ मत होने देना... प्लीज़।

'हाय!' सिद्धार्थ को देखकर अपनी चेयर से खड़ी हो गई।

''हाय! कैसी हो?'' सिद्धार्थ ने मुस्कुराकर उसके सामने बैठते हुए कहा।

''पता नहीं, बहुत ज़्यादा नर्वस हूँ; पता है मैं इस तरह से कभी किसी से मिलने नहीं आई न, इसलिए; मैं यहाँ आपका आधे घण्टे से इंतज़ार कर रही हूँ।'' आदत के अनुसार कृष्णा शुरू हो गई।

''सॉरी! दरअस्ल ऑफिस से निकलते-निकलते देर हो गई थी।'' सिद्धार्थ ने अपनी वाइट शर्ट की आस्तीनों को ऊपर करते हुए पहले कलाई घड़ी को हल्का सा झटका देकर ठीक किया, फिर मेनू कार्ड को उठा लिया।

''कोई नहीं।''

"क्या लोगी आप? कॉफ़ी?"

"अम्म... मैं कॉफ़ी ले लूँगी।"

"ठीक है, मैं कैपेचीनो लूँगा... और आप?"

"मैं भी कैपेचीनो ले लूँगी।" सिद्धार्थ ने कॉफ़ी के लिए ऑर्डर दिया। कृष्णा उसके सामने बैठी मुस्कुरा रही थी। उसने सर हिलाकर सहमति जताई। दरअस्ल वह अपनी घबराहट को छुपाने की कोशिश कर रही थी।

"पता है, कोई लड़का मुझे पसंद ही नहीं करता है; जिसको देखो बस टाइम पास जैसा सोचता है... क्या मैं टाइम पास लड़की जैसी दिखती हूँ? और अभी देखो आपने मुझे पसंद कर लिया?"

"नहीं कृष्णा, आप बिलकुल भी टाइमपास जैसी नहीं दिखती हो; लेकिन दरअस्ल बात यह है कि आपको मैंने नहीं मम्मी ने पसंद किया है।" सिद्धार्थ ने थोड़ा नज़रें चुराते हुए जवाब दिया। वेटर ने दो कैपेचिनो उनके सामने लाकर रख दी थी। सिद्धार्थ, शुगर का पाउच फाड़ने लगा। उसको देखकर कृष्णा ने भी एक पाउच उठा लिया।

"हाँ मालूम है; कोई कुछ भी सोचे तो सोचने दो, मैं टाइमपास थोड़ी हूँ।"

"हाँ, मम्मी ने बहुत कुछ बताया आपके बारे में, इतने कम टाइम में गुनगुन तो जैसे आपकी दीवानी सी ही गई है; लेकिन बात दरअस्ल यह है कृष्णा, कि मैं शादी नहीं करना चाहता हूँ; मम्मी बहुत ज्यादा फ़ोर्स कर रही हैं, इसलिए मैं उनसे न नहीं कह पा रहा हूँ।"

"आपकी मम्मी ने कहा था कि आप उनकी हर बात मानते हो, और आप राज़ी हो।"

"नहीं कृष्णा, मैं राज़ी नहीं हूँ, इसीलिए मैंने तुमको यहाँ बुलाया था। ऐसा नहीं है कि मैं तुमको रिजेक्ट कर रहा हूँ, बस मेरा शादी करने का कोई इरादा नहीं है।"

"ठीक है सिद्धार्थ जी, इट्स ओके।" कृष्णा को ऐसा महसूस हो रहा

था कि जैसे उसके आस-पास की सारी दुनिया उस पर ज़ोर-ज़ोर से हँस रही है। बेहद धीरे से उसने यहाँ-वहाँ देखते हुए चेहरे पर बार-बार आ रही बालों की लट को दुरुस्त किया।

''सॉरी कृष्णा! तुमको तकलीफ़ नहीं देना चाहता था, लेकिन क्या करूँ।''

''कोई बात नहीं सिद्धार्थ जी, होता है; मैंने बताया न आपको, मुझे कोई लड़का पसंद ही नहीं करता है।''

''नहीं ऐसा मत सोचो, आप बहुत अच्छी हो।''

कृष्णा ख़ामोश हो गई। वह सोच नहीं पा रही थी कि आगे क्या बोले। ऐसी ही कैफ़ियत कुछ सिद्धार्थ की भी थी। उसने कॉफ़ी का कप होंठों से लगा लिया। कृष्णा, कॉफ़ी में बने दिल के आकार को स्पून से धीरे धीरे मिटा रही थी। उनके बीच ख़ामोशी सी पसरी हुई थी।

''सिद्धार्थ जी!''

''हाँ कृष्णा।''

''यह चॉकलेट, गुनगुन को दे दीजियेगा।'' कृष्णा ने अपने बैग से चॉकलेट निकालकर सिद्धार्थ की तरफ बढ़ाया।

उसने धीमी मुस्कान के साथ ले लिया ''ओह थैंक्स, ज़रूर।'' एक बार फिर उनके बीच ख़ामोशी पसर गई।

''अच्छा मैं चलती हूँ।''

''मैं छोड़ देता हूँ।''

''नहीं, मैं ऑटो ले लूँगी।''

कुछ ही देर में कृष्णा ऑटो में थी। ऐसा लग रहा था कि जिंदगी की किताब में कुछ हिस्से अचानक से बेवजह आकर जुड़ जाते हैं, जो सँभाले सँभलते नहीं, और भूले भूलते नहीं हैं। हम इंसान कितने बेवकूफ़ होते हैं। जैसे हम भविष्य को पढ़ना जानते हों, सब कुछ जानकार भी वक़्त से आगे

निकलकर ख़्वाबों की दुनिया में जीना चाहते हैं; पल भर में क्या-क्या सोच लेते हैं, और अगले ही पल जब हमारा सामना वक़्त से होता है, तो हमको अपने वजूद का एहसास होता है।

ऑटो में बैठी कृष्णा का भावहीन चेहरा जैसे ख़ुद से ही कई सवाल कर रहा था। जो अभी कुछ देर पहले खिला-खिला शरमाया सा था, वह अब पतझड़ के जैसा मुरझाकर पीला सा हो गया था। आँखों की चमक में आँसुओं की धुँधलाहट थी। दिल में ख़ामोश सिसकियाँ और दुनिया से एक नाराज़गी।

बुरा तो थोड़ा सिद्धार्थ को भी लगा था, लेकिन तनुजा की सलाह से उसने कृष्णा के चैप्टर को बेहद आसानी से खत्म कर दिया था।

सिद्धार्थ घर पहुँचा तो कई दिनों की तरह आज भी माहौल तनावपूर्ण बना हुआ था। ऐसा कोई दिन नहीं जाता, जिस दिन घर में कृष्णा का ज़िक्र न होता हो, और फिर वही दुनिया भर की हाय तौबा। सिद्धार्थ ने चॉकलेट का पाउच गुनगुन की तरफ़ बढ़ा दिया।

"यह लो गुनगुन।"

"यह वाली नहीं, आप तो हमेशा मुझे डेरीमिल्क वाला चॉकलेट देते हो, फिर आज लिटिल हट्र्स वाली क्यों पापा?"

"यह आपकी दोस्त ने भेजी है आपके लिए।" सिद्धार्थ ने चॉकलेट का पाउच गुनगुन को दिया और कपड़े बदलकर वाशरूम की तरफ बढ़ गया। मना तो कर दिया था कृष्णा को, लेकिन दिल में जैसे एक अजीब सी बेचैनी थी। तनुजा उसके लिए चाय बनाने लगी। सरला देवी अपनी आराम कुर्सी पर ही बैठी सब देखती रहीं। दरअस्ल वह सिद्धार्थ से नाराज़ थीं, लेकिन ऐसा दिखाना नहीं चाहती थीं।

कुछ ही देर में सब चाय के साथ बरामदे में मौजूद थे, लेकिन उनके बीच अभी भी ख़ामोशी पसरी हुई थी। सिद्धार्थ, मम्मी की नाराज़गी को बखूबी समझ रहा था।

"आप लोगों को कल कृष्णा के घर जाना है?" सिद्धार्थ ने ख़ामोशी को तोड़ते हुए पूछा।

"शायद नहीं; कुछ देर पहले उसका कॉल आया था, वह राज़ी नहीं है, इस रिश्ते से।"

"ओह ऐसा? चलो ठीक ही है।" सिद्धार्थ ने नज़रें बचाते हुए जवाब दिया। सरला देवी ख़ामोश ही रहीं।

"दादी देखो, कृष्णा ने मेरे लिए चॉकलेट भेजे।" चहकते हुए गुनगुन ने चॉकलेट का पाउच दादी की गोदी में रख दिया।

"सच में सिद्धार्थ, आज मुझे यक़ीन हो गया, वाक़ई कृष्णा पागल ही है; कितनी आसानी से उसने कॉल करके तुमको बचा लिया।" सिद्धार्थ और तनुजा दोनों ख़ामोश एक दूसरे का मुँह देख रहे थे।

"मिल लिए उससे... वह इस घर में नहीं आ सकी, लेकिन देखो, इस घर की सुख शांति की उसको फिकर है।"

'जी।'

"कोई बात नहीं, मैं तुम पर कोई बोझ नहीं डालना चाहती; मैं तो सिर्फ गुनगुन की वजह से इतना फ़ोर्स कर रही थीं। तुम लोग बैठो, चाय पियो, मैं आती हूँ।" सरला देवी उठकर स्टोररूम की तरफ बढ़ गईं। कुछ ही देर में उनके हाथ में एक छोटा सा लकड़ी का पुराना संदूक था। उसमें लगा ताला जैसे कई सालों से नहीं खोला गया था, यही वजह थी कि वह कई बार कोशिश करने के बाद भी नहीं खुल रहा था। सिद्धार्थ ने माँ के हाथ से चाबी ली और खुद कोशिश करने लगा।

"भैय्या रुको, मैं केरोसिन ऑयल लाती हूँ।" कहते हुए तनुजा भीतर चली गई और कुछ देर में एक शीशी के साथ वापस आई, और कुछ तेल ताले पर उड़ेल दिया। आख़िरकार कुछ मिनट की जद्दोजहद के बाद ताला खुल ही गया। तनुजा और सिद्धार्थ उस संदूक को बेहद आश्चर्य से देख रहे थे।

सरलादेवी ने उसमें से एक फोटो एलबम निकाल ली और कोई फोटो

खोजने लगीं। जल्दी ही उनकी खोज पूरी हुई और उन्होंने एल्बम से एक पुरानी फोटो निकाल ली। श्वेत-श्याम धुँधली सी फोटो, स्कूल की ग्रुपिंग थी।

'सिटी मांटेसरी स्कूल 1990-91'

"ओह मम्मी, यह तो बहुत पुरानी है, जब हम कानपुर में रहते थे।"

"हाँ, उस वक़्त मैं इस स्कूल की प्रिंसिपल थी; यह मेरे पास जो लड़की खड़ी है इसको पहचानो!" सरला देवी ने सिद्धार्थ और तनुजा की तरफ़ उस फोटो को बढ़ाते हुए कहा।"

"इतनी पुरानी फोटो कैसे पहचानूँ?"

"आपकी कोई ब्रिलिएंट स्टूडेंट रही होगी, तभी इतनी पास चिपकी खड़ी है, जैसे गोद में ही बैठ जाएगी।" सिद्धार्थ ने हँसते हुए मम्मी का मज़ाक उड़ाया। तीनों लोग बारी-बारी से फोटो देखते हुए हँस दिए।

"अब बताओ भी न कौन है?"

"आप पूरा फ़िल्मी हो गई हो मम्मी; सस्पेंस बना रही हो।" तनुजा ने सिद्धार्थ के हाथ से तस्वीर खींचते हुए कहा। दरअस्ल उन दोनों का मक़सद घर में पसरे हुए तनाव को कम करना था। सरला देवी धीरे से मुस्कुरा दीं।

"यह कृष्णा है।"

"अच्छा! यह वही है; वह आपकी स्टूडेंट है?" तनुजा ने आश्चर्यचकित होते हुए कहा। उसने वापस तस्वीर ले ली, और दोनों भाई बहन उसमें सर झुकाकर देखने लगे।

"हाँ यह वही है।"

"मम्मी मुझे याद है, यह तो कभी-कभी घर पर आकर भी खेलती थी।"

"हाँ यह वही है।"

"फिर अचानक चली गई थी।"

"आपकी स्टूडेंट है तो इस चक्कर में आप इसकी शादी मुझसे करवाना चाहती हो, वाह बहुत सही; आपकी स्टूडेंट थी, बस इसलिए?"

"नहीं सिद्धार्थ, यह पढ़ो।" सरला देवी ने स्कूल की एक पुरानी सी नोटबुक को सिद्धार्थ को थमा दिया।

"कृष्णा कुमारी कक्षा V सेक्शन A सिटी मोंटेसरी स्कूल।"

"यह उसकी ही है?"

"हाँ, आख़िरी पेज पढ़ो।" उस पुरानी सी नोटबुक को खोलकर सिद्धार्थ आखिरी पन्ने को पढ़ने लगा।

लिखा था *'भगवान! प्लीज़ सरला मैडम को मेरी मम्मी बना दो।'* पेंसिल से लिखी उस लाइन को सिद्धार्थ और तनुजा ने ठहर-ठहरकर पढ़ा।

"उफ़! वह ऐसा क्यों सोचती थी? क्या हुआ था?" तनुजा ने आश्चर्य से पूछा।

"कृष्णा बहुत प्यारी लड़की है सिद्धार्थ; दिल तो नहीं चाहता कि उसके बचपन के दिनों को दोहराऊँ, लेकिन मैं खुद न जाने कब से इस बोझ को लेकर जी रही हूँ; अब वह अचानक जब मिल गई तो ऐसा लगा, मेरे अन्दर एक जान सी पड़ गई है।

"उन दिनों मैं सिटी मोंटेसरी स्कूल में प्रिंसिपल थी। तब वहाँ हिंदी की एक टीचर आशा थीं। वह कृष्णा को मेरे पास उसकी नोटबुक के साथ लेकर आई थीं।

'भगवान्! प्लीज़ सरला मैडम को मेरी मम्मी बना दो।' उन्होंने मुझे यह लिखा हुआ दिखाया। मैं भी बिना मुस्कुराए न रह सकी। अक्सर छोटे बच्चे अपने टीचर से भावात्मक रूप से जुड़ जाते हैं। सोचकर मैंने उस पर कोई ख़ास तवज्जोह नहीं दी।

कृष्णा पढ़ने लिखने में काफ़ी तेज़ थी, लेकिन धीरे-धीरे उसके स्वभाव में बदलाव सा आने लगा। वह चुप-चुप सी रहने लगी। अक्सर बच्चे घर से स्कूल जाने पर रोते हैं, लेकिन इसके उलट वह छुट्टी की घंटी सुनकर सहम

जाती थी, और घर न जाने के लिए ज़िद करती। शुरू-शुरू में तो मैं समझ ही नहीं पाई; लेकिन एक दिन जब उसने मेरे पैरों से लिपटकर कहा कि मुझे घर नहीं जाना है, आपके पास रहना है तो मैं सोच में पड़ गई। कि आख़िर ऐसा क्या है कि वह घर नहीं जाना चाहती है।

अगले दिन मैंने उसकी माँ को बुलाकर इस बारे में बात की, लेकिन उन्होंने सब कुछ सामान्य ही बताया। लेकिन कृष्णा का डर अभी भी क़ायम था। छुट्टी होते ही घर जाने के नाम से वह सिसकने लगती थी।

तब मैं उसको अपने साथ लेकर घर आ गई। वह सारा दिन खेलती रही, लेकिन जब मैंने उससे घर जाने के बारे में बात की तो वह एक बार फिर से सुबकने लगी। जब मैंने उसको बहलाकर घर न जाने का कारण जानना चाहा, तो मुझे ऐसा महसूस हुआ कि मेरा सारा जिस्म एक अनजाने खौफ़ से काँप उठा। जैसे किसी ने मेरी आत्मा को भींचकर निचोड़ दिया हो।

"कृष्णा के साथ क्या हुआ था मम्मी?" सिद्धार्थ और तनुजा के चेहरों पर जैसे सैकड़ों सवाल बन बिगड़ रहे थे।

"कृष्णा ने मुझे बताया कि उसका मामा उसके साथ गन्दी हरकतें करता है; वह उसको नीचे हाथ लगाता है। जब घर में कोई नहीं होता है तो वह खेलने के बहाने से उसके कपड़े निकालता है।"

"उफ मम्मी! छी! हे भगवान!"

"उस शाम मैंने कृष्णा को उसकी मम्मी के साथ बहलाकर वापस भेज दिया। अगले दिन मैंने उसके मम्मी-पापा को बुलाकर सारी बात बताई, उनको इस मामले में पुलिस को कंप्लेंट करने की सलाह दी, लेकिन वह लोग कम पढ़े-लिखे ग़रीब परिवार से थे, एक आम भारतीय से भी ज्यादा डरे हुए, जो पुलिस से भी उतना ही डरता है, जितना बदमाश से। उन्होंने इस पर कोई ख़ास ध्यान नहीं दिया। मान मर्यादा, घर की बात, ग़रीबी, इज़्ज़त जैसी न जाने कितनी बातें बोलते हुए उन्होंने मेरे सामने हाथ जोड़ दिए।"

"अफ़सोस! मैं कुछ न कह सकी। उस दिन के बाद से कृष्णा स्कूल नहीं आई। मैंने मालूम किया, तो पता लगा वह लोग किराए पर रहते थे,

और घर छोड़कर कहीं दूसरी जगह चले गये थे।''

''कृष्णा की वह नोटबुक मेरे पास थी। मेरी जैसे रातों की नींद उड़ गई थी, मैं बेचैन सी रहने लगी थी। आख़िरकार मैंने भी अपने पद से इस्तीफ़ा देकर उस स्कूल से मुँह मोड़ लिया, लेकिन आज तक उस बच्ची को भूल नहीं पाई, जो भगवान् से यही प्रार्थना करती थी कि भगवान् सरला मैडम को उसकी माँ बना दें।''

''मेरी हर प्रार्थना में कृष्णा रहती थी; मैं उसकी कुशलता की दुआ माँगती, मैं उससे मिलने के लिए बेचैन रहती, लेकिन वह कभी लौटकर नहीं आई, न कभी मैं कृष्णा की माँ बन पाई, और न वह कभी मेरी बेटी बन सकी। दिन बीतते गए, मेरी प्रार्थना धीरे-धीरे कम होती गई। एक वक़्त ऐसा भी आया कि मेरा परमेश्वर पर से विश्वास ही उठ गया।'' सरला देवी ने अपना चश्मा उतारकर एक बनावटी मुस्कान देनी चाही, लेकिन कामयाब नहीं हो सकीं। साथ बैठी तनुजा ने अपने हाथ मम्मी के गले में डाल दिए। मम्मी के दिल का दर्द दोनों बच्चों की आँखों से नमी बनकर चमक रहा था।

''आई लव यू ममा।''

''आज इतने सालों के बाद अचानक कृष्णा मेरे सामने आ गई। जैसे परमेश्वर पर से मेरा खोया हुआ विश्वास वापस आ गया। मैं आज़ाद हो गई, एक अपराधबोध की ज़िंदगी से।''

''मेरी उससे कई दिन तक बात हुई। मैंने जाना कि वह सनकी या झक्की नहीं है, वह भी बाक़ी लोगों के जैसी ही सामान्य है; बस उसको एक डर जो बचपन से ही उसके दिमाग में घर बनाये बैठा है कि कहीं कोई किसी बच्चे के साथ वही सब तो नहीं कर रहा जो बचपन में उसके साथ हुआ था। इसीलिए वह सामने पड़ने वाले हर बच्चे को ग़ौर से देखती है, उससे मिलने की, बात करने की कोशिश करती है; जिस प्यार से वह महरूम रही, वही प्यार बच्चों पर लुटाना चाहती है।''

''मैं कृष्णा....'' सिद्धार्थ ने कुछ कहना चाहा।

''कोई बात नहीं सिद्धार्थ, तुमने उसको इनकार कर दिया, लेकिन उस दिन अगर वक़्त पर कृष्णा न आती तो हमारी गुनगुन भी जीवन भर कृष्णा

बनकर ही जीती और किसी को कानोंकान ख़बर तक नहीं होती। तुमको क्या फ़र्क़ पड़ता? तुम तो बस ऐसे ही खुद से भागते हुए ख़ालीपन के साथ जीते रहोगे। क्या मुझे तुम्हारे बंद लबों के पीछे ख़ामोश उदासी दिखाई नहीं देती?''

सरला देवी अपनी बात खत्म करके ख़ामोश हो गईं। सिद्धार्थ और तनुजा अभी भी जैसे खोये हुए थे। कृष्णा के बचपन की उन सियाह काली यादों को सुनकर उनके पास कहने के लिए अब कुछ नहीं बचा था।

''आई एम सॉरी मम्मी, मैंने भी कृष्णा को वही समझा, जैसा लोगों ने उसके बारे में कहा।''

सिद्धार्थ ने अफ़सोस से अपना सर झुका लिया। सरला देवी ख़ामोश रहीं।

* * *

और फिर कुछ दिनों के बाद वही हुआ जिसका पूरे सोसाइटी को डर था।

मेहँदी से भरे हाथ और सुर्ख जोड़े में कृष्णा सुहागरात की सेज पर दुल्हन बनी बैठी थी। उसका रंग रूप और मासूमियत ऐसी थी कि किसी को भी एक पल में दीवाना बना दे। सिद्धार्थ, बेड के एक कोने पर बैठा मुस्कुरा रहा था। वह गुनगुन के साथ खेल रही थी।

''कृष्णा, शायद गुनगुन को नींद आ रही है।'' सिद्धार्थ ने उबासी लेते हुए कहा।

''नहीं, मम्मी के साथ खेलना है।'' कृष्णा से पहले गुनगुन ने तपाक् से जवाब दिया। दोनों खिलखिलाकर हँस दीं। सिद्धार्थ भी बिना मुस्कुराये न रह सका।

''ठीक है, अगर थोड़ा बहुत प्यार गुनगुन से बच जाता है, तो मुझे भी अपने साथ खिला लेना।'' कहते हुए सिद्धार्थ वहीं उसके पैरों के पास पसर गया।

5

मैरूनी

बात है तो वैसे बहुत पुरानी, लेकिन इतनी भी पुरानी नहीं। मुझे याद है, हल्की-हल्की सर्दियाँ होने लगी थीं। मैं उन दिनों चौथी कक्षा में पढ़ता था। तुम भी मेरे साथ ही थी। सब जानते थे मैं पढ़ाई-लिखाई में भस्सण था, इसलिए पीछे बैठता था। तुम भी बोर्नवीटा गर्ल नहीं थी, मेरी तरह ही भस्सण थी, इसलिए मेरे साथ बैठाली जाती थी। पीछे बैठने वाले बच्चों को टीचर हो या क्लास के पढ़ाकू बच्चे, सब हेय दृष्टि से ही देखते हैं। कई बार ऐसा होता है कि आते-जाते पड़ोस की टीचर तक ताना मारकर निकल जाया करती हैं।

फिलहाल वह हर रोज़ के जैसा ही एक दिन था। बस इतना मालूम है कि सन्डे नहीं था, क्योंकि सन्डे को स्कूल बन्द होता है। मैं कुसुमलता मैडम के पकाऊ इंग्लिश की क्लास के ख़त्म होने का बेसब्री से इंतज़ार कर रहा था। मार्क ट्वेन की टॉम सायर की कहानी मैं कई बार सुन चुका था, अब उसको सुनने में मुझे कोई दिलचस्पी नहीं थी। मैं क्लास की खिड़की से

बाहर सड़क पर झाँक रहा था। सड़क के उस पार सफ़ेद कुरता पहने सिर पर टोपी लगाए एक बूढ़ा बैठा था। वह ज़मीन में बनी अँगीठी को खाल से बनी धौंकनी से धौंक रहा था। पत्थर के कोयले से राँगे को पिघलाकर वह ताँबे के बर्तन पर चाँदी के जैसी चमक दे रहा था। उसके साथ एक मेरी ही उम्र का बच्चा था, जो कि बर्तन को बार-बार पानी की बाल्टी में डुबोकर निकालता जा रहा था। बर्तन, चाँदी के जैसे चमक रहे थे। यह बात मुझे बाद में मालूम पड़ी थी कि वह बूढ़ा बर्तनों पर कलई कर रहा था।

तुम मेरे पास इंग्लिश की किताब खोले मैडम के साथ ही साथ रट्टा मार रही थीं, तभी इंटरवल की घंटी बजी। मैडम ने किताब वापस दी और दो बार डस्टर को टेबल पर ठकठकाया और शोर नहीं करने की हिदायत देती हुई निकल गईं। मैं अपने ज्योमैट्री बॉक्स से दो रुपए का सिक्का निकालने लगा। तुमने तुरंत अपने बैग से टिफिन बॉक्स निकाल लिया और पहले खुश होकर मेरा मुँह देखा और फिर उसको डेस्क पर रखते हुए बेहद सावधानी से खोला।

"क्या है?" मैंने तुम्हारे टिफिन में देखते हुए सवाल किया।

"आलू के पराठे और आम का अचार।

चक्खो रे चक्खो बड़ा मज़ेदार।

बुढ़िया बीमार बुड्ढा बीमार।

आजा मेरे डॉक्टर तेरा इंतज़ार।"

"मैं भी खाऊँ?" मैंने तुम्हारी सौ बार सुनाई हुई कविता पर धीरे से ताली बजाते हुए पूछा।

"हाँ लो न।" तुमने हर रोज़ की तरह पराठे के दो टुकड़े किये और एक टुकड़ा मेरी तरफ़ बढ़ा दिया। मैंने पराठे पर अचार लगाया और उसको रोल करके काट-काटकर खाने लगा।

"ऐसे नहीं खाते हैं।"

'क्यों?'

"मेरी मम्मी बोलती हैं ऐसे कुत्ता खाता है।"

"भक्क, कुत्ता ऐसे कैसे खा सकता है।"

"तुझे पता है, दूध में पेंसिल के छिलके दो दिन तक डुबोकर रखने से रबर बन जाती है।"

"सई बताओ?"

"सच्ची! मैंने बहुत सारे पेंसिल के छिलके डुबोये हैं, दो दिन बाद खोलकर देखूँगा।"

"एक रबर मुझे भी देना, मैं तुम्हारी पक्की दोस्त हूँ।"

"हाँ दूँगा।"

"अच्छा, इस साल तुम्हारी नयी जर्सी आएगी?"

"नहीं मम्मी ने कहा, इसी को खोलकर उलटी तरफ से सिल देंगे, अन्दर से बिलकुल नयी ही है।" मैंने तुम्हारे सवाल पर पेट के पास से जर्सी को उल्टा करते हुए दिखाया।

"अच्छा, और तुम्हारा ड्रेस बनेगा इस साल नया?"

"नहीं, मम्मी कह रही थीं कि स्कर्ट को नीचे से खोलकर लंबा कर देंगी, सिफ़ मोज़े और जूते आएँगे।"

"अच्छा, मैं जा रहा हूँ, वरना चूरन वाला चला जायेगा।" कहते हुए मैंने पराठे का आख़िरी निवाला मुँह में ठूँसा और क्लास से बाहर गेट की तरफ़ भाग गया।

"अरे रुको! मैं भी आऊँगी।" मैंने तुम्हारी आवाज़ को सुना अनसुना कर दिया।

कुछ देर बाद वापस घंटी बजी। मैं इंटरवल के खत्म होते ही खेलकूद कर वापस क्लास में आ गया। मेरे हाथों पर चूरन की लाल चटनी लगी हुई थी। मैंने बाकी की बची हुई चूरन की पुड़िया धीरे से तुम्हारे हाथ पर रख दी। तुम मुस्कुराकर ख़ुश हो गई थीं। बाकी बच्चे भी अब तक वापस क्लास में

आ चुके थे। क्लास के कुछ बच्चे मुझे देखकर मुस्कुरा रहे थे। मुझे बड़ा अजीब लगा। मैंने बैठते ही अपनी टेबल पर रखी नोटबुक खोली तो उसके अन्दर एक फूल रखा हुआ था; इतना याद है गुलाब का नहीं था पर, रंग अब याद नहीं।

मैंने बेहद हैरानी से उसको हाथ में लेकर देखा। तब तक बच्चों की मुस्कुराहट और भी गहरी हो चुकी थी। स्कूल के गार्डन से फूल तोड़ने की सख्त मनाही थी। ऐसा करने पर सज़ा भी मिल सकती थी। फिर यह हिमाक़त किसने की? और फूल को मेरी नोटबुक में रखा गया। मतलब साफ़ था की मेरी सज़ा का पूरा इंतज़ाम किया गया था। क्लास में सर जी आयेंगे और फूल तोड़ने का इल्ज़ाम मेरे सिर होगा। बिलकुल वैसे ही जैसे फिल्म में पुलिस तब आती है जब चाकू, बचाने वाले के हाथ में होता है... फिर उसकी कोई नहीं सुनता है।

उसी दौरान मैंने तुम्हारी तरफ नज़रें उठाकर देखा, तुम पास में बैठी मुसकुरा रही थीं। बाकी बच्चों के चेहरे से मैं यह समझ गया था कि यह तुम्हारा ही काम है।

लेकिन हम दोनों तो बराबर के भस्सण थे, दोस्त थे; फिर तुम क्यों मेरी मार करवाना चाहती थी? क्या तुमको मालूम नहीं कि अगला पीरियड अंजू मैडम का था? वह हमको कभी डस्टर से, तो कभी क्लास में खड़ा करके बातों से बराबर मारती थीं, फिर ऐसा क्यों?

मुझे याद है, जब तुमने इंडिया को हंडिया लिखा था, तो पूरे क्लास में उन्होंने तुमको खड़ा करके बहुत सुनाया था। पूरा क्लास खी... खी... करके हँस रहा था, सिर्फ मुझे छोड़कर। कसम से जब तुम मुँह झुकाए सीट पर खड़ी थी तो मुझे बहुत बुरा लग रहा था। तुमने कई बार मुझे कुटते-कुटते बचाया था; कभी हाथ से इशारा करके आंसर देकर, तो कभी किताब का पेज खोलकर, दिखाकर।

खैर वह सारी बातें पुरानी थीं, अभी तो सारे साथी मुझ पर हँस रहे थे और तुम मुस्कुरा रही थीं। मेरा दिल कर रहा था कि सबसे पहले तो तुम्हारे हाथ से चूरन की पुड़िया वापस छीन लूँ, फिर एक जोर का चाँटा तुम्हारे

गाल पर रसीद कर दूँ। मैंने ग़ुस्से से तमतमाते हुए तुम्हारी एक चोटी ज़ोर से पकड़कर खींच दी थी। तुम 'आउच' करके अपने सर को पकड़कर मुझे देखने लगी थी। उस वक़्त तुम्हारा चेहरा बिलकुल अलग था। ऐसा पहले कभी नहीं हुआ था। बिलकुल अलग... पता नहीं कैसा दिख रहा था।

तब तक अंजू मैडम आ चुकी थीं। सारे बच्चों ने खड़े होकर उनको गुड आफ्टरनून बोला और फिर बैठ गए।

"मैडम, सूमी ने गार्डन से फूल तोड़ा।" क्लास की सबसे बुटकी लड़की ने तुरंत अंजू मैडम से शिकायत कर दी। वह लड़की दूसरों की शिकायत करने में बहुत आगे रहती थी। अंजू मैडम ने हम दोनों की तरफ देखा और पास में आ गईं।

"आपने गार्डन से फूल तोड़ा?" अंजू मैडम ने पास आकर पूछा, और मैंने बिना देरी किए फूल तुम्हारी तरफ़ सरका दिया था। तुमने कोई जवाब नहीं दिया था, और चिर-परिचित अंदाज में गर्दन झुकाकर खड़ी हो गई थीं। मैं भी चुपचाप मट्ठर बना पास में ही बैठा रहा।

"मैडम इसने फूल तोड़कर शान की नोटबुक में रखा था।"

किशोरीलाल से नहीं रहा गया। शायद उसके पेट में मरोड़ उठ रहे थे। उसने तुरंत बाकी का बचा बक दिया।

"हाँ मैडम, मैंने भी देखा।" नीलकमल और फौज़िया ने एक ही सुर में उसकी हाँ में हाँ मिलाई।

अंजू मैडम के चेहरे पर हल्की सी मुस्कराहट आई थी। उन्होंने मेरी तरफ़ देखा। "मैडम, मैं इंटरवल में बाहर खेल रहा था, मेरी नोटबुक यहाँ रखी थी; उसमें इसने यह फूल तोड़कर रख दिया था, मैंने नहीं तोड़ा; मैं बाहर खेल था, चाओ सम्प्रति से पूछ लो।"

सम्प्रति, क्लास के सबसे होनहार स्टूडेंट में से एक था। वह हर मामले में हम सबसे तेज़ था। इस वक़्त वह मेरे लिए मुंशी प्रेमचंद के 'पंच परमेश्वर' से कम नहीं था। सम्प्रति की तरफ इशारा करते हुए मैंने मैडम के बिना कुछ पूछे अपनी सफ़ाई दे दी। मैडम ने सम्प्रति से पूछने की ज़हमत

नहीं उठाई। तुम डरी हुई अभी भी बुत बनी खड़ी थीं।

"क्यों तोड़ा?" कहते हुए मैडम ने ग़ुस्से से भरकर तुम्हारे गालों पर दो थप्पड़ रसीद कर दिए, लेकिन तुम्हारा चेहरा अभी भी नीचे ही था। मैंने चैन की साँस ली, और मन ही मन खुश हुआ कि तुमने मेरी मार कराना चाही, लेकिन तुम्हारी ही कुटाई हो गई थी। तुम चुपचाप वापस बैठ गई थीं। तुम्हारी आँखें आँसुओं से भरी हुई थीं। तुमने बेहद अजीब ढंग से बिना कुछ बोले, अपने चेहरे से बालों को हटाते हुए एक बार मेरी तरफ़ देखा। पता नहीं कैसे देखा था, लेकिन मुझ पर कोई फर्क नहीं पड़ा था। मैंने मुँह घुमा लिया।

तुम ख़ामोश बैठी रहीं। बाक़ी के दो घंटे भी बीत गये। अब मुझे बहुत बुरा लग रहा था। मैं हाथ की उँगली से तुमको छूकर सॉरी बोलना चाह रहा था, लेकिन तुमने अपने बालों को समेटते हुए मेरा हाथ धीरे से खुद से दूर कर दिया था... हालाँकि दिल ही दिल में मैं तुमको कम से कम सौ बार सॉरी बोल चुका था।

फिर अगले दिन मैं सुबह से तुम्हारा इंतज़ार कर रहा था, लेकिन तुम उस दिन नहीं आईं। इंटरवल में पूरा क्लास खाने से महक रहा था, लेकिन उसमें तुम्हारे पराठों की महक नहीं थी। मैं पूरा दिन तुम्हारा इंतज़ार करता रहा। पता है उस दिन मेरे पास दो रुपये थे; मैंने सोचा था कि हम इमली की लाल वाली चटनी खायेंगे, या फिर बिगबबल लेंगे। लेकिन मैंने कुछ भी नहीं खाया था; न जाने क्यों दिल नहीं हो रहा था।

अगले दिन भी मैं तुम्हारा इंतज़ार करता रहा, लेकिन आज भी तुम नहीं आई थीं। तुम्हारी नोटबुक मेरे पास ही रह गई थी। तुम वह भी लेने नहीं आईं। एक-एक करके चार दिन बीत गए, लेकिन तुम नहीं आईं। फिर मालूम पड़ा कि तुमने अपना नाम स्कूल से कटवा लिया है।

तुम्हारे बाद उस सीट पर कोई बैठने नहीं आया। मुरझाया हुआ फूल अभी भी तुम्हारी नोटबुक में मैंने सँभालकर रखा है। नोटबुक लेने के बहाने ही सही, आ जाओ, और अपने थप्पड़ का हिसाब लेकर मुझे बताओ कि उस फूल का रंग मैरूनी था।

6

समय लकड़हारा

"फटाफट हाथ चला... फटाफट... और हाँ, पुरानी ईंटें हैं, तोड़ना मत, एक तरफ चट्टा बनाते रह।"

"मख़दूम भई, कित्ते टैम में हो जायेगा यह सब?"

"यह सारे झाड़-झक्काड़, नीम सब अभी दो मिनट में कटवा दूँगा लकड़हारों को लगवाकर; उसके बाद पूरा आँगन साफ़ करवा दूँगा। बस थोड़ा दीवारों को निकालने में टैम लगेगा, पुरानी है न।"

"ठीक है, करवाओ जितना जल्दी हो सके।"

"हाँ ठीक है; अरे एक बात पूछनी थी।"

"हाँ बोलो मख़दूम भाई।"

"दरवाज़े बड़े पुराने हैं, प्योर शीशम है, अगर मैं रख लेता तो..."

"रख लो, दिहाड़ी में से कटवा देना; खैर मैं निकल रहा हूँ, तुम जितनी जल्दी हो सके इस खँडहर को साफ़ करवा दो तो काम लगवा दूँ।"

"ठीक है।"

* * *

मैं बड़ी देर से खड़ा ठेकेदार और मजदूरों की बात सुन रहा था।

"उफ्फ! यहाँ तक चढ़कर आना कितना मुश्किल है। सुबह-सुबह छत पर क्या कर रहे हो? इधर क्यों खड़े हो? कितनी धूल मिट्टी आ रही है आपके ऊपर।" मेरी तंद्रा भंग हुई। वह छत पर आकर मुझसे सवाल पर सवाल पूछे जा रही थी, लेकिन मुझ पर जैसे कोई फर्क ही नहीं पड़ा। मैं वैसे के वैसे ही, बिना कोई जवाब दिए, खड़ा खँडहरनुमा उस घर को देखता रहा।

"चलो अच्छा हुआ यह खँडहर किसी ने तो ख़रीदा, मुझे तो इसकी तरफ़ देखकर ही डर लगता था; एक काम करो न... आज अल्वी की वैन नहीं आई है, ज़रा इसको मोटरसाइकिल से स्कूल तक छोड़ आओ न।"

"पापा, आज मेरी वैन नहीं आई, मैं स्कूल नहीं जाऊँगी, खेलूँगी।" इससे पहले कि मैं कोई जवाब देता, छत की सीढ़ियाँ चढ़ती हुई अल्वी भी ऊपर आ गई।

"अल्वी अभी से स्कूल क्यों जाती है? अभी तो बहुत छोटी है; खेलने दो न उसको।"

"हद है यार; अभी से प्ले स्कूल जाएगी तभी तो इसकी आदत पड़ेगी।"

"वह स्कूल नहीं जाना चाहती है, तो क्यों उसको फ़ोर्स कर रही हो? खेलने दो न।" मेरे इतना कहते ही अल्वी के चेहरे पर एक चमकीली मुस्कान फ़ैल गई। अल्वी मेरी टाँगों से लिपट गई।

"हद है, फ़ोर्स नहीं करूँगी तो यह कभी नहीं जायेगी, दिन भर हाथ में टीवी का रिमोट, या तो डोरेमोन या मोबाइल। मुझे क्या, बिगाड़ो, एक दिन

तुम्हारे ही बाल नोचेगी।'' मैं ख़ामोश खड़ा रहा, बिलकुल ऐसे कि जैसे वहाँ हूँ ही नहीं।

''यह क्या है पापा?''

''यह एक महल है; जादू का महल, जहाँ एक बुढ़िया रहती है, जो बच्चों से बहुत प्यार करती है।''

''हा हा हा... महल तो बहुत सुन्दर होता है, डिज्नी प्रिंसेस के महल की तरह, सोने के जैसा; पर यह तो बहुत गन्दा है।''

''नहीं, इस महल को ग़ौर से देखो, वहाँ ईंटों के नीचे से टाफियाँ निकल रही हैं; उधर देखो, वह अमरूद के पेड़ से क्या गिर रहा है? बहुत सारे सिक्के; पाँच-दस-बीस पैसे के खनखनाते हुए बहुत सारे सिक्के।''

अल्वी मेरे चेहरे पर बदलते रंगों को हैरत से देख रही थी।

''चलो नीचे चलो, तुम्हारे पापा तो पागल हो गए हैं; बेटा खंडहर से धूल मिट्टी उड़ रही है, आओ नीचे, पापा को खड़ा रहने दो।'' रोमा, अल्वी को लेकर नीचे चली गई। मैं अपने अतीत को टटोलता एक बार फिर उस टूटते हुए घर की दीवारों को देखने लगा। शायद किसी पुरानी ईंट के नीचे से वक़्त की गर्त में दबी कुछ टाफियाँ निकल पड़ें या किसी पेड़ में उलझी हुई मेरे बचपन के माँझे की डोर मिल जाए।

तभी एक सर्द हवा के झोंके के साथ एक पतंग आसमान में डोलती हुई आई और उस घर में गिर गई। ''खँडहर में गई... खँडहर में गई... '' गली में दौड़ते बच्चों के शोर में मैं खो-सा गया।

कपास-से सफ़ेद चमकीले बाल। पान की लाली के बीच से मोतियों-से चमकते हुए दाँत, झुर्रियों के बीच से झाँकता हुआ शांत चेहरा, जिस पर हमेशा एक प्यारी-सी मुस्कान बनी रहती। बच्चों की प्यारी, सबकी चहेती फुआ की उम्र तकरीबन सत्तर से पचहत्तर के बीच रही होगी। मैं और मोहल्ले के कई सारे बच्चों का बचपन फुआ के घर में खेलते हुए ही बीता था। फुआ का बड़ा-सा घर हम बच्चों के खेलने के लिए किसी पार्क से कम

न था। गर्मियों की छुट्टियाँ हो या सर्दियों की कँपा देनेवाली धुँधली शाम... हम सब बच्चों का एक ही ठिकाना रहता था, फुआ का घर।

पूरे मोहल्ले में फुआ का घर बिलकुल वैसे ही मशहूर था, जैसे मुंबई में नाना-नानी पार्क। फुआ भी हम बच्चों से बहुत प्यार करती थीं। जब भी उनके बड़े-से घर में खेलने जाते, कभी अमरूद कभी मूँगफलियाँ तो कभी गुड़ की ढेली हाथ पर रख देतीं। गर्मियों में हम उनके घर में नीम के पेड़ पर झूला डालते, और पूरी-पूरी दोपहरी झूला झूलते हुए गुज़ार देते। चारों तरफ फैले हुए, सेमगुल दोपहरी, गुलाबाश, गुलाब, अमरूद के पेड़ों के बीच हम सब बच्चे धमा-चौकड़ी मचाते हुए कभी छुपन-छुपाई खेलते, तो कभी 'पिट्ठू गरम' (लगोरी) खेलते। दो टीमें बनाते, बीच में खपरैल के खपटी तोड़-तोड़कर बनाई गई सात गोल गिट्टियों को एक के ऊपर एक रखते और फिर दोनों तरफ पाला बनाकर उसको गेंद से फोड़ते। एक तरफ फोड़नेवाली टीम रहती, दूसरी तरफ गेंद को गुबचने वाली टीम रहती थी। अगर पिट्ठू फूट जाते तो सामने वाली टीम पिट्ठू फोड़ने वाली टीम को गेंद से मारती। अगर बचते-बचाते गेंद लगने से पहले ही पिट्ठू को वापस एक दूसरे पर रखकर मीनार बना देते तो गेंद मारनेवाली टीम को फोड़ने की पारी लेनी पड़ती।

एक सिर्फ पिट्ठू ही नहीं, हमारे बीच बहुत सारे खेल हुआ करते थे, जिनको खेलते हुए हम सबको बहुत मज़ा आता था। 'जाओ फुआ के घर जाकर खेलो।' यह मुहल्ले की माँओं का सबसे पसंदीदा वाक्य हुआ करता था। फुआ के घर खेलते हुए हम सब बच्चे मिलकर उनके छोटे-मोटे काम भी निबटा दिया करते थे। कभी हम फुआ के घर पर लगे कपास के एक मात्र पेड़ से कपास को तोड़कर उसकी गुठलियाँ निकालकर साफ़ करते थे, तो कभी शाम को पेड़ों को पानी लगा दिया करते थे। कभी नीम की गिरती हुई सीकों को बीनकर छोटी सी झाड़ू बनाते और पूरे आँगन को बुहार देते।

फुआ हमको बार-बार काम करने से रोकतीं और कहतीं कि वह ख़ुद कर लेंगी, लेकिन हम बच्चों को वह सब काम एक खेल ही लगता था। हम भूतों की तरह जुटकर फटाफट हर एक काम को अंजाम तक पहुँचा देते।

गर्मी हो या सर्दी की छुट्टियाँ, फुआ का घर बच्चों का पार्क बना रहता,

लेकिन बरसात के दिनों में घर का आँगन ताल-तलैया की तरह बारिश के पानी से भर जाता। भीगे बदन थर-थर काँपती फुआ, अपनी टिप-टिप करती टपकती हुई खपरैल के नीचे एक-एक करके घर के सारे बर्तन रखती जातीं, और बारी-बारी से उनका पानी बाहर आँगन में उड़ेलती रहतीं।

जब तक बारिश होती, तब तक हम भाई-बहन पैर समेटे चारपाई पर बैठे रहते। गंदे पानी में उतरने की सख्त मनाही रहती, लेकिन हमारा दिल फुआ के घर पर ही लगा रहता। कई बार ऐसा होता कि अम्मी की नज़रें बचाकर हम फुआ के घर में चले जाते और आनन-फानन में बर्तनों में टपकते हुए पानी को उलीचने लगते।

"अरे, सर्दी लग गई तो बीमार हो जाओगे; चलो भागो अपने-अपने घरों को; बारिश में भी चैन नहीं है इन बच्चों को।" फुआ हमको डाँटतीं, फुआ रोकने की कोशिश करतीं, लेकिन हम नहीं मानते। जब तक बारिश होती, फुआ के होंट कुछ दुआ बुदबुदाते रहते। जब-जब बारिश तेज़ हो जाती, फुआ के साथ-साथ हमारा दिल भी बैठने लगता था। कहीं पुराना नीम का पेड़ खपरैल पर न गिर जाए। कहीं फुआ के बरामदे का छप्पर न उड़ जाए या फिर फुआ के घर की कच्ची दीवार न गिर जाए। पानी में सराबोर हम दोस्त फुआ के घर में उनके हर काम में जुटे रहते। कई बार ऐसा होता कि घर जाकर हमको खूब डाँट खाने को मिलती, लेकिन हमारे अन्दर किसी तरह का कोई बदलाव नहीं आता। जब अम्मी मारते हुए थक जातीं तो पड़ोस की बिब्बो खाला आवाज़ लगा देतीं।

"इनको तो चिमटे से मारा करो, हाथों से मारने पर इनको क्या असर होगा। मार खा-खा कर कुटैल हो गए हैं यह बच्चे; मारो तो चूड़ियाँ फूट जाती हैं।" और यह सच ही था। हमारी जितनी मार पड़ती, हम बेहया की तरह खी-खी करते हँसते रहते। तब हमको 'शाम को बाप को आने दो।' की धमकी मिलती।

यह बिब्बो ख़ाला थीं, गोली की अम्मा। बिब्बो खाला बहुत ज़ालिम औरत थीं। वह अपने दोनों बच्चों को रोटी सेंकने के लोहे के चिमटे से मारा करती थीं... बिलकुल वैसा ही चिमटा, जैसा हामिद ने ख़रीदा था। मुझे देखकर बहुत गुस्सा आता; भला कोई ऐसा भी कर सकता है।

एक दिन सबको खबर थी कि बिब्बो के लड़के गोली ने नाली में हाथ डालकर क्रिकेट की गेंद निकाली है। उस दिन उसकी जमकर चिमटे से हजामत हुई।

"क्या गोली! आज तो ज़बरदस्त सुताई हुई सुना।" हम सब बच्चों की टोली फुआ के घर ऊधम मचा रही थी। मैंने गोली को चिढ़ाते हुए पूछा।

"नहीं तो यार, चिमटे से चोट थोड़ी न लगती है, बस आवाज़ होती है; मुझे तो बिलकुल भी नहीं लगती।" गोली ने हँसते हुए जवाब दिया। उसके जवाब पर मैं वाकई सोच में पड़ गया। उसने बताया कि चिमटे से मारने से आवाज़ ज्यादा होती है, लेकिन चोट बिलकुल भी नहीं लगती है। सिर्फ आवाज़ की दहशत से बच्चे डर जाते हैं। उस दिन मुझे बिब्बो ख़ाला का राज़ समझ आ गया, कि उन्होंने आज तक अपने बच्चों को लकड़ी या हाथ से क्यों नहीं मारा था। वैसे हाथ से मारने से चूड़ियाँ फूटने का ख़तरा तो रहता ही है। मतलब आज तक उन्होंने अपने बच्चों को मारा ही नहीं था। छी! हम अब तक कितनी मार खा चुके थे, इसका कोई हिसाब ही नहीं था। काश, हमको भी चिमटे से ही मारा गया होता।

मैं इंतज़ार करने लगा कि अब जब भी मार खाने का मौक़ा आएगा, अम्मी को साफ़ बोल दूँगा कि चिमटे से मारो। खैर, इस मामले में मुझे ज्यादा इंतज़ार नहीं करना पड़ा। हमारी अक्सर वक़्त-बेवक़्त आरती उतारी ही जाती थी।

मैं और मोहल्ले के कई बच्चे जैसे-गोली, भोला, सदफ ने मिलकर सड़क से जाती हुई लड़ही से गन्ने खींचकर चुराए थे, और फिर उनको फुआ के घर में बैठकर चूसा था और उसकी चुसी हुई चोईयाँ पेड़ों के पास फैला दी थीं।

लेकिन न जाने कैसे हमारे घरों में खबर पहुँच गई। उस दिन मैं बहुत छुप-छुपकर डरते हुए घर गया। बस्ता अलमारी में रखा, और कोने में किताबें लेकर बैठ गया। छोटी बहन वहीं बैठी हुई थी। उसके पास चावल की कटोरी थी, जिस पर चीनी पड़ी हुई थी। वह चावल छोड़कर कच्ची दीवार से मिटटी नोंच-नोंचकर खा रही थी। मैंने उस पर ज़्यादा ध्यान नहीं

दिया, मैं तो चोर नज़रों से अम्मी को देख रहा था। अम्मी पास आईं और चारपाई से खींचकर मुझे धमाधम मारना शुरू कर दिया। ‘‘गन्ने चुराओगे, चोर बनोगे, भेज दूँ बच्चा जेल?’’ मैं खी-खी करके हँसता रहा, मुझे गोली की बात याद आ गई।

‘‘हाथ से क्या मारना, चिमटे से मारो।’’ इतना कहते ही अम्मी का ग़ुस्सा भड़क गया। चिमटा तो दूर रसोई में था, लेकिन मेरी ही चप्पल पास पड़ी थी। उस दिन चप्पल से खूब सुताई हुई।

शाम को हम सब फुआ के घर में मिले। मालूम पड़ा उस दिन हम सबकी प्यारी फुआ ने ही हमारी इस कारस्तानी की शिकायत की थी। मुझे फुआ पर बहुत ग़ुस्सा आ रहा था। फुआ के सफ़ेद बाल और पान से लाल हुए होंठ देखकर मुझे अब उनमें विक्रम-बेताल का बेताल-सा नज़र आने लगा था। मुझे बहुत ग़ुस्सा आया। उस दिन से मैंने क़सम खा ली, और फुआ के घर जाना बंद कर दिया।

सब बच्चे फुआ के आँगन में खेलने जाते। मैं अपनी छत से उनको देखता और मुँह मोड़ लेता। फुआ दिख जातीं तो तुरंत छुप जाता। कई बार वह छोटे-मोटे सामान जैसे धनिया की पत्ती, गन्ना छाप माचिस, नूतन स्टोव की पिन मँगवाने के लिए दरवाज़े पर खड़ी दिख जातीं। मैं छुपकर देखता रहता, लेकिन पास न जाता। फुआ घर पर आतीं तो तुरंत घर से बाहर निकल जाता। दोस्त बुलाते तब भी नहीं जाता।

एक दिन मेरे हाथ में बीस पैसे का एक सिक्का लग गया, जो कि प्लास्टिक का था, और उस पर सफ़ेद चमकीली पॉलिश की हुई थी। देखने से बिलकुल असली लगता था, लेकिन अगर उसको खुरचा जाता तो उसकी काली प्लास्टिक दिखाई देने लगती। काश! यह असली होता तो इसकी पान परागवाली चार टाफियाँ मिल जातीं या फिर लालवाली चूरन ‘गुरु चेला’ के दो पाउच मिल ही जाते।

सिक्का मेरे फ्रंटियर वाले ज्योमेट्री बॉक्स में था। मैंने उसको निकाला, सिर पर रगड़ा और कापी के पन्ने के नीचे दबाकर पेन्सिल से घिसने लगा। देखते ही देखते तुरंत सिक्का कापी के पन्ने पर छप गया। काश मेरे पास

कोई जादू होता तो मैं इस सिक्के को असली बना देता।

सोचते-सोचते मेरे दिमाग़ में एक आइडिया आया, कि क्यों न यह सिक्का फुआ को चला दिया जाए। फुआ, घर में छोटा-मोटा सामान बेचती थीं, जिससे उनका गुज़ारा होता था। मुझे ग़ज़ब का आइडिया आया था। फुआ को कम सूझता था, हाथ भी काँपते थे। उनको कुछ मालूम नहीं पड़ेगा। लेकिन अभी भरी दोपहरी जाना ख़तरे से खाली नहीं था। शाम हो जाती तो अँधेरे में जाना ज्यादा अच्छा रहता... लेकिन फुआ के घर कैसे जाता। मैंने तो क़सम खाई थी कि अब फुआ के घर नहीं जाऊँगा। क़सम तोड़ दी तो फुआ को कुछ हो जायेगा। क्या क़सम टूटते ही फुआ मर जाएँगी? मैंने सिक्के को हथेली में देखा। तुरंत मेरे दिल ने कहा 'सच्ची क़सम थोड़ी खाई थी, झूठ-मूट की थी, कुछ नहीं होगा।' मैं शाम होने का इंतज़ार करने लगा।

शाम हुई। मैंने धीरे से ज्योमेट्री बॉक्स से प्लास्टिक का सिक्का निकाला, और फुआ के घर को जाने लगा। न जाने क्यों उस दिन मैं डर रहा था। मैं फुआ के दरवाज़े पर पहुँचकर अन्दर झाँकने लगा, ताकि जायज़ा लिया जा सके। अगर वहाँ कोई और भी होता तो सिक्का हाथ में ही धरा रह जाता और फ़ालतू में क़सम टूट जाती। अभी सोच ही रहा था कि फुआ ने मुझे देख लिया।

"अरे चुन्नू, आओ... आओ! कहाँ रहते हो तुम? अब आते क्यों नहीं? अम्मी ने मना किया है क्या?"

"नहीं वो... मैं तो चीज़ लेने आया था।" मैंने तुरंत सिक्का आगे बढ़ाते हुए कहा। मुझे अपने काम की जल्दी थी; बाक़ी बातें तो फिर होती रहतीं।

"इस वक़्त? अभी तो मैंने बकसिया बंद कर दी, खैर तुम इतने दिनों के बाद आये हो तो दे देती हूँ।" कहते हुए फुआ ने सिक्का ले लिया और अपने सामान की बकसिया चारपाई के नीचे से खींचकर खोलने लगीं।

मैं तुरंत पास रखा लैंप उठा लाया। लेकिन लैंप पास लाते ही मुझे ग़लती का एहसास हुआ कि यह मैंने क्या कर दिया।

"क्या लोगे?" फुआ ने लैंप की रौशनी में चमकते हुए बीस पैसे के सिक्के को देखकर पूछा। मेरा दिल ज़ोर-ज़ोर से धड़क रहा था। मैंने खँखारते हुए गला साफ किया और कहा 'टाफियाँ।' फुआ ने मुस्कुराकर मेरी तरफ देखा, और पान पराग की चार टाफियाँ निकालकर मेरे हाथ पर गिनते हुए रख दीं, लेकिन फुआ ने सिक्का अपने टीन के डिब्बे में नहीं रखा।

उन्होंने लैंप को वापस रखते हुए अलग रोशनदान के पास रख दिया। खैर मुझे क्या... मैं तुरंत चलता बना।

"दिन में आना खेलने।" शाम थी तो फुआ ने भी मुझे नहीं रोका।

क़सम-वसम कुछ नहीं होती। टाफी मुँह में रखते ही पूरा मुँह ठंडक से भर गया। मैं अपनी कामयाबी पर खुश होता हुआ घर आ गया। दो टाफियाँ तुरंत खा लीं; बाकी दो, कल स्कूल में खाऊँगा सोचकर, ज्योमेट्री बॉक्स के हवाले कर दीं।

अगले दिन स्कूल से घर आया। घर पर फुआ बैठी हुई थीं। पास ही अम्मी उनके लिए पान लगा रहीं थीं। मैं डर गया, तुरंत चुपके से दबे पाँव कमरे में बढ़ गया।

"अरे चुन्नू, यहाँ आओ ज़रा।"

उफ्फ! ज़रूर फुआ मेरी शिकायत करने आई हैं, अब क्या होगा? होना क्या है, बोल दूँगा मैंने नहीं दिया था यह सिक्का, किसी और का होगा। सोचते हुए मैं धीरे-से उनके पास आ गया।

"सलाम दुआ कुछ नहीं...आँय?" अम्मी ने मुझे डाँटा। मैंने धीरे से सलाम किया और पास ही खड़ा हो गया। फुआ ने धीरे से अपनी बटुइय्या खोली। उसमें से अपनी तम्बाखू निकालकर पान पर रखी, और पान को मुँह के हवाले किया। उसके बाद वह दोबारा उसमे उँगलियाँ डालकर कुछ ढूँढ़ने लगीं। उनके हाथ में एक सिक्का था। यह वही था जो मैंने दिया था। मैं धड़कते दिल से उनको देख रह था।

"यह लो अपना सिक्का; तुम पैसे नहीं भी लाओगे तब भी हम तुम्हें

टाफियाँ दे देंगे बेटा।'' फुआ ने मुस्कुराते हुए सिक्का मेरे हाथ पर रख दिया, सर पर हाथ फेरा मतलब फुआ ने जानते हुए भी प्लास्टिक का नकली सिक्का ले लिया था। मैंने शर्म से नज़रें झुका लीं। मैं अम्मी के पीछे होता हुआ उनके दुपट्टे को उँगलियों पर लपेटने लगा।

''आते रहा करो; एक दिन तुम्हें सारी टाफियाँ देकर जायेंगे।'' फुआ ने कहा तो अम्मी हँस दीं।

''अरे दुल्हन, बच्चे खेलते हैं तो मेरा भी दिल लगा रहता है; तुम्हारे लिए बहुत सारी कनकय्या (पतंग) रखीं हैं।'' फुआ ने मुझे और अम्मी दोनों को देखते हुए कहा। फुआ का घर काफी बड़ा था। वहाँ खूब सारी पतंगें कटकर गिरा करती थीं। मैंने उनकी बात का कोई जवाब नहीं दिया, वापस कमरे में भाग गया। मेरे हाथ में सिक्का था। मैं उसको अँगूठे के नाखून से खुरच-खुरचकर देख रहा था। उसकी चमकीली परत के नीचे काली स्याह सतह थी।

अगले दिन स्कूल से आकर मैंने बस्ता चारपाई पर पटका और फुआ के घर का रुख किया। लेकिन उनके दरवाज़े पर ताला लगा था। इधर-उधर गली में देखकर मैं वापस आ गया।

''फुआ कहाँ गईं?'' मैंने खाना खाते हुए पूछा।

''गई होंगी यहीं कहीं।'' अम्मी ने बिना किसी दिलचस्पी के जवाब दिया। ऐसे ही दो दिन बीत गए। फुआ के दरवाज़े पर ताला लगा रहा। मैं उनके घर जाने के लिए बेचैन था। दिन में कई बार जाकर उनके दरवाज़े को देखता, लेकिन पुराने वक़्तों का बड़ा-सा ताला मुझे मुँह चिढ़ाता मिलता।

* * *

''फुआ पता नहीं कहाँ गईं हैं। दो दिन से दरवाज़े पर बुड्ढा लटक रहा है। मार बच्चे दिन भर घर में उधम मचाते रहते हैं।'' बिब्बो खाला पानी लेने आई थीं। उनके घर में हैण्डपम्प था, लेकिन खाना बनाने के लिए टंकी का पानी लेने मेरे घर आती थीं।

''हाँ, किसी को बताकर भी नहीं निकलीं; इस बार तो चाबी भी नहीं

देकर गईं, वरना कहीं भी जाती थीं तो, 'दुल्हन चाबी रखे जा रहे हैं।' कहते हुए चाभी यहीं ताख पर रखकर जाती थीं।''

''लगता है भाई के घर गई होंगी; और कोई है भी तो नहीं मरा-जीता उनका यहाँ, जिनके पास जाएँ।'' खाला ने भरी हुई बाल्टी उठाते हुए कहा।

''कोई उधर जानेवाला दिखे तो मालूम करवाएँ।'' मैं कमरे में बैठा सब बातें सुन रहा था। मुझे भी सब बच्चों की तरह फुआ के वापस आने का इंतज़ार था। कई दिन बीत गए, फुआ वापस नहीं आईं। मैं उनके दरवाज़े पर जाता, झिरी से अन्दर झाँककर देखता। गिलहरियाँ, चिड़ियाँ, बहुत सारे पत्ते, दो चार गिरी हुई पतंगें, अंडउए की अंडीयां(castor seeds) इसके सिवा कुछ नज़र नहीं आता।

वह एक पतझड़ की दोपहरी थी। अमरूद और दूसरे पेड़ों से पत्ते गिरकर पूरे आँगन में फैले हुए थे। मुर्ग़ियाँ कच्चे चूल्हे की राख़ को उड़ाकर अब उनके बीच बैठी ऊँघ रही थीं। दोपहर का खाना खाकर सभी लोग बड़े कमरे में आराम कर रहे थे। मैं छोटे कमरे में अपनी आर्ट की किताबें लिए बैठा था।

''फुआ की तबियत बहुत ख़राब है।'' भरी दोपहरी पानी भरने आई खाला ने अम्मी को आवाज़ देते हुए कहा।

''हैं! कहाँ?''

''भाई के घर में हैं; खाँसी बहुत बढ़ गई है, पान खाना भी तो नहीं छोड़ती हैं, कित्तउ समझाओ।''

''चलो देख आएँगे किसी दिन।''

''हाँ, कल बच्चों को स्कूल भेजने के बाद चलते हैं।'' फुआ की तबियत ख़राब थी, वह अपने भाई के घर पर थीं। इतना सुनते ही मैंने तुरंत बस्ते से ज्योमेट्री बॉक्स को निकाला और उस सिक्के को देखा। एक तरफ से खुरचा हुआ वह जस का तस था। मैंने सिक्के को कसकर दाँतों से काट लिया। उस पर दो गहरे निशान बन गए। काफी देर तक उसको उलट-पलटकर देखता रहा, फिर वापस रख दिया।

* * *

उस रात आँधी के साथ बहुत ज़ोर की बारिश हो रही थी। मैं फुआ के साथ बाज़ार में था। फुआ जब भी बाज़ार जाती थीं मुझे साथ लिए जाती थीं। मैं सामान उठाने में उनकी मदद करता था, बदले में वापस लौटते हुए मुझे वह पंसारी के पास से टाफियाँ दिलवाया करती थीं। मैं पंसारी की दुकान के पास खड़ा टाफियाँ खा रहा था, लेकिन फुआ पता नहीं अचानक अँधेरे में कहाँ जा चुकी थीं। मैं यहाँ-वहाँ देख रहा था, लेकिन वह मुझे कहीं नज़र नहीं आयीं। मैं टाफियों को वहीं फेंक कर ज़ोर-ज़ोर से 'फुआ फुआ' करके रोने लगा। तभी मुझे एहसास हुआ कि कोई मेरे गालों को थपथपा रहा है। मेरी आँख खुल गई। मैं अपने बिस्तर पर था। अम्मी ने मुझे उठाकर अपनी चारपाई पर लिटा लिया। मैं सिसकते हुए उनसे चिपट गया।

"यह आँधी-पानी तो जैसे आज रुकने का नाम ही नहीं लेगा, अँधेरा होता है तो यह अक्सर डर जाता है।" अम्मी धीरे से पास लिटाकर थपकियाँ देने लगीं।

सुबह तड़के कोई दरवाज़ा पीट रहा था। "भाभी...! ओ भाभी...! उठी नहीं क्या?" अब तक मैं जाग चुका था, लेकिन बिस्तर में दुबका हुआ था। यह बिब्बो खाला की आवाज़ थी। ज़रूर उनको चाय के लिए एक लोटा पानी चाहिए होगा। गुड़ की चाय, हैण्डपम्प के पानी से दूध डालते ही फट जाती है। सोचते हुए मैंने चादर खींच ली और सोने का नाटक करने लगा। वह अन्दर आ गई थीं, लेकिन आज उनकी आवाज़ दबी-दबी-सी थी।

"कुछ पता चला?"

"क्या?"

"फुआ नहीं रहीं, आज सुबह अज़ानों के वक़्त उन्होंने दम दे दिया।"

"या अल्लाह। ऐसा कैसे? इतनी भी बीमार नहीं थीं। अल्लाह फुआ को जन्नत नसीब करे।"

"वही तो... सब कह रहे थे कि फुआ ऐसे अचानक चली जाएँगी

किसी ने सोचा भी नहीं था। बीमार तो पहले भी कई बार हुईं; ओमोपैती (होम्योपैथी) वाले डॉक्टर को दिखा देतीं थी, ठीक... अब ज़ोहर के बाद मिट्‌टी उठेगी।''

''उफ्फ्! यक़ीन ही नहीं हो रहा; ठीक है, चलेंगे।''

''हम तो फ़जर में ही बताने को थे, लेकिन यह आँधी-पानी ने तो कल कोई क़सर बाकी नहीं रखी।'' मैं तुरंत अपने बिस्तर से उठ गया और बाहर बरामदे में आ गया।

''क्या हुआ?''

''कुछ नहीं, सो जाकर।'' एक खामोशी-सी पसरी हुई थी घर में। कोई मुझे कुछ बता ही नहीं रहा था। आठ बजे मैं बाकी दोस्तों के साथ स्कूल के लिए निकला। फुआ के दरवाज़े को देखा तो उस पर अभी भी ताला लटक रहा था। पूरा दिन स्कूल में बीत गया। न कुछ खाने का दिल हुआ और न खेलने का। छुट्टी हुई तो गोली और उसकी बहन सदफ़ के साथ स्कूल से घर आया तो देखा आज मेरे घर के दरवाज़े पर भी ताला लगा हुआ है।

''फुआ की मिट्‌टी में गए हैं सब लोग, तुम बच्चे घर में रहकर खेलो; अन्दर नसरीन है खाना दे देगी।'' यह गोली के दादा थे, जो कि दरवाज़े पर हुक्का लिए बैठे थे। अक्सर उनके हाथ में 'ख़ातून मशरिक' नामका एक उर्दू रिसाला हुआ करता था, लेकिन आज नहीं था। एक दूसरे का मुँह देखकर बिना कुछ बोले हम सब गोली के घर को बढ़ गए।

''तुम लोग यहीं खेलना आज, फुआ की मिट्‌टी में गए हैं सब लोग; बस्ते रख दो, मैं खाना लगा देती हूँ।'' हमने बस्ते रख दिए। खाना खाने बैठ गए। लेकिन मेरे ज़हन में एक सवाल था कि यह मिट्‌टी क्या होती है? सुबह से यही सुन रहा हूँ। मैंने सोचा कि नसरीन आपा से पूछूँ लेकिन हिम्मत नहीं हुई।

* * *

अँधेरा होने लगा था। शाम तक सभी लोग वापस आ गए। सभी के

चेहरों पर एक मुर्दनी-सी छाई हुई थी। फुआ की ही बातें रह-रहकर हो रही थीं। मुझे मालूम पड़ गया था कि अब फुआ नहीं रही हैं। मैं तुरंत सीढ़ियाँ चढ़ता हुआ छत पर भाग गया। फुआ के घर की तरफ देखा। कई दिनों से बंद पड़ा बेहद डरावना और सूना। मैंने तुरंत मुँह फेर लिया और दीवार से चिपटकर रोने लगा; रोता रहा, बस रोता रहा; मेरे हाथ में सिक्का था; मैं उसको देखकर बस सिसक-सिसककर रोये जा रहा था। न जाने कितनी देर तक रोता रहा। मेरा दिल कर रहा था कि बस एक बार फुआ वापस आ जाएँ और मैं उनसे चिपटकर खूब रोऊँ।

उस दिन से मैं बिलकुल ख़ामोश हो गया। कभी किसी से बात न करता, न बाहर खेलने जाता। कोई कुछ कह देता तो चीख पड़ता। बात-बात पर रोने लगता। अजीब-सा चिड़चिड़ा हो गया था। बस मेरे ज़हन में एक ही बात रहती थी, मैंने क़सम तोड़ दी इसलिए फुआ मर गई।

मैंने उस सिक्के को वापस ज्योमेट्री बॉक्स में रख दिया और उस पर कई सारी रबरबैंड चढ़ा दीं। कई दिन बीत गए। इस दौरान बेमौसम बारिश भी हुई थी। फुआ के घर में खूब पानी भरा, और सूखा। घर में अभी भी फुआ की बातें जब-तब होती रहतीं।

एक दिन शाम को फुआ के भाई आये, तो पूरे मोहल्ले को ख़बर लग गई। ग़मगीन चेहरा लिए सब उनके आस-पास जमा हो गए थे। फुआ की बातें एक बार फिर से उखड़ने लगीं।

"जो भी जोड़ती-बटोलती थीं, सब बच्चों पर ही खर्च कर देती थीं, कभी एक दस्तरखान पर दो खाने नहीं खाती थीं।"

"मोहल्ले के कित्तान बच्चे पढ़ा दिए, आज तक किसी से एक पाई तक नहीं ली; बहुत ज़बरदस्ती करके कोई जोड़ा (कपड़े) दे भी दिया, तो किसी ग़रीब गुरबा को चुपके से दे आती थीं।"

"अब बताओ, आज के ज़माने में कौन खड़ाऊँ पहनता है? फुआ चाहे कितना भी कटा-कटी का जाड़ा पाला हो, खड़ाऊ में ही रहती थीं।"

सब मेरे घर में बैठे थे। अन्दर फुआ की ही बातें हो रहीं थीं। मेरे अन्दर

उनको सुनने की हिम्मत नहीं थी। मैं फुआ के घर के दरवाज़े पर खड़ा था। पुराने बड़े से दरवाज़े पर लगे ताले पर अब मकड़ियों ने अपना घर बना लिया था। अँधेरा हो रहा था। काफी देर के बाद फुआ के भाई सबसे मिल मिलाकर बाहर आये। उन्होंने फुआ के घर का ताला खोला। मैं धीरे से अन्दर घुस गया। कई सारी पतंगें आँगन में पड़ी हुई थीं। बहुत सारे अमरूद टपककर ज़मीन पर सड़ गए थे। मैं बस बीच में खड़ा चारों तरफ देख रहा था। पेड़ों पर अब कोई घोंसले नहीं थे। गुलाब, गुलदोपहरी, गुड़हल सूखकर ठूँठ से हो गए थे। पूरे आँगन में सिर्फ पत्ते ही पत्ते फैले हुए थे। जहाँ-तहाँ घास उग आई थी। चारों तरफ नज़रें दौड़ाते हुए मैं कोठरी के खुले दरवाज़े की तरफ देखने लगा। मकड़ियों के जालों के पार अन्दर घना अँधेरा था। रोशनदान पर रखा लैंप नीचे गिरकर फूट चुका था, शायद हवा से या फिर किसी बिल्ली ने उसको गिराया होगा।

फुआ के भाई ने चारपाई के नीचे से खींचकर सामान का बक्सा खोला। नमकीन फुकने, चूरन, इमली सब भीगकर सड़ चुके थे। अजीब इत्तेफ़ाक़ था कि टाफियाँ प्लास्टिक के डिब्बे में होने की वजह से बच गई थीं। उन्होंने डिब्बे को खोलकर टाफियों को देखा। वापस बंद करके डिब्बे को मेरी तरफ बढ़ा दिया। मैंने बिना कुछ कहे उसको थाम लिया।

"मैं जाने से पहले तुमको टाफियाँ देकर जाऊँगी।" फुआ के अल्फ़ाज़ मेरे ज़हन में घूम रहे थे।

* * *

"हटो हटो... भैय्या... पीछे हटो...!" मज़दूर ज़ोर-ज़ोर से मेरी तरफ देखते हुए आवाज़ लगा रहे थे। मैं जैसे कुछ सुन ही नहीं रहा था। लकड़हारे मुझे हटने का इशारा कर रहे थे। चरर की आवाज़ करता हुआ नीम का पेड़ मेरी बाउंड्री से रगड़ता हुआ, धड़ाम से ज़मीन पर जा गिरा। उड़ती हुई बहुत सारी सूखी पत्तियाँ मेरे ऊपर आ गईं। मैं अपने बचपन की दुनिया से वापस आ गया। समय लकड़हारा जा चुका था।

7

दिल्ली का पानी

पारिवारिक पत्रिका में एक लेख पढ़ने के बाद मालती देवी गहरी सोच में डूब गईं। वह लेख उनके दिमाग़ में सारा दिन घूमता रहा, और वह बार-बार अपने छब्बीस साल के नौकर सिद्दा पर नज़र रखने लगीं। न जाने क्यों उनको आज उसका हर एक क्रिया-कलाप संदिग्ध लग रहा था। वैसे तो सिद्दा उनके घर में पिछले दो सालों से नौकर था, लेकिन उन्होंने इस बारे में पहले कभी सोचा ही नहीं था। बेहद ईमानदार और मिलनसार स्वभाव का होने के कारण इन दो सालों में वह सबसे इतना घुल मिल गया था कि घर के लोग ही नहीं, कॉलोनी के लोग भी उसको जानते थे।

शाम को उन्होंने सोने से पहले उस लेख के बारे में अपने पति से ज़िक्र किया, "लेकिन सिद्दा ऐसा लड़का नहीं है।" बावन वर्षीय पति किशनलाल ने अपना मोटे फ्रेम का चश्मा उतारकर टेबल पर रखते हुए कहा। वह दोनों पति पत्नी नौकरीपेशा थे। मालती देवी स्कूल की प्रिंसिपल थीं, और किशनलाल एक बैंक में अकाउंटेंट थे।

"आप कैसे कह सकते हो कि वह ऐसा नहीं है? किसी के चेहरे पर लिखा होता है क्या? कौन अन्दर से कैसा है भगवान ही जाने। किस माहौल में लालन-पालन हुआ है उसका? वह तुम्हारे भाई के गाँव का है, इसके अलावा और क्या जानते हो?" मालती देवी ने अपने गाउन को ठीक करते हुए नाराजगी से जवाब दिया। किशनलाल खामोश होकर एक पल के लिए सोच में पड़ गए।

"हाँ गाँव का तो है, पर आज तक तो कोई बात हुई नहीं, फिर अचानक शक करना...।" किशनलाल ने ठहर-ठहरकर जवाब दिया। बेवजह सिद्दा पर शक करना उनके लिए निरर्थक था।

"ओह हो! तुम क्या जानो, यहाँ दिल्ली में रहकर किसको हवा नहीं लग जाती है; बाहर का माहौल देखा है आजकल? वह डॉक्टर साहब का चौकीदार है, उनके साथ रहता है। अक्सर न्यूज़ आती रहती है कि नौकर ने मालिक को लूट लिया; और वह लड़की वाला केस याद है आपको? मुझे कुछ नहीं मालूम; सीमा और पिंकी दोनों जवान हैं; मैं जवान बेटियों के होते हुए नौकर को घर में नहीं रख सकती।" मालती देवी ने अपना फैसला सुना दिया। किशनलाल ने पत्रिका के पन्ने उलटते हुए धीरे से हाँ में सर हिला दिया। मालती देवी करवट लेकर सो गईं।

दूसरे दिन सिद्दा को घर से निकाल दिया गया। बताने के लिए कोई कारण नहीं था। बस बोल दिया गया कि अब हमें नौकर की ज़रूरत नहीं है, जब होगी तो वापस बुलवा लेंगे। सिद्दा बहुत खुशामद-दरामत करता रहा, लेकिन मालती देवी का दिल नहीं पसीजा।

वह बार-बार एक ही बात दोहराता रहा कि हमसे कोई ग़लती हो गई है तो बताओ मालिक, चाहो जो सज़ा दे दो 'लेकिन' घर से न निकालो। किशनलाल ने अपनी पत्नी की तरफ़ एक बार उम्मीद से देखा कि शायद उनका मन बदल जाए, लेकिन वह टस से मस नहीं हुईं, अपनी बात पर अड़ी रहीं। आखिरकार सिद्दा ने भारी मन से अपना सामान समेटना शुरू कर दिया। कुछ ही देर में वह उन दोनों से मिलकर वहाँ से निकल गया। उसका दिल हो रहा था कि एक बार बाबूजी के गले लग जाए; लेकिन नौकर था, अपनी सीमाएँ जानता था। यह सोचकर सिर्फ चरण स्पर्श से ही संतोष

कर लिया।

“सिद्दा…! सिद्दा…!” सीमा ने कॉलेज से आकर कमरे में घुसते हुए आवाज़ लगाई।

“सिद्दा घर में नहीं है।” छोटी बहन पिंकी ने मुँह बनाते हुए सीमा को जवाब दिया। वह सोफे पर पसरी हुई अपने टैब के साथ whatsapp पर व्यस्त थी।

“क्यों? कहाँ गया?” सीमा ने कमरे से बाहर आकर अपने सैंडल निकालते हुए आश्चर्य से पूछा।

“मॉम ने उसको घर से निकाल दिया।” पिंकी अभी भी अपने पुराने वाले अंदाज़ में ही थी।

“but why? क्यों निकाल दिया यार?” सीमा ने दोनों हाथों को चलाते हुए सवाल किया।

“हर बात बताना ज़रूरी नहीं होता है; हफ्ता दस दिन में नया नौकर आ जायेगा। फटाफट फ्रेश हो जाओ, लंच तैयार है।” मालती देवी ने किचन से निकलकर जवाब दिया।

“अरे लेकिन कुछ तो वजह रही होगी? चोरी की उसने?” सीमा पर मालती देवी की बात का कोई असर नहीं हुआ था। वह अभी भी ज़ारी थी।

“मैंने बोला न, हर बात तुम लोगों को बताना ज़रूरी नहीं है।” मालती देवी सीमा पर गरम हो गईं।

“what the fuck.” सीमा चिढ़ते हुए वापस अपने कमरे में बढ़ गई। मालती देवी ने उसकी इस बात को सुनकर अनसुना कर दिया और वापस किचन की तरफ बढ़ गईं। पिंकी वापस अपने मोबाइल पर व्यस्त हो गई थी।

“पिंकी यहाँ आओ!” सीमा ने कमरे के अन्दर से ही लगभग चीखते हुए आवाज़ दी। पिंकी बेहद खुन्नस के साथ सोफे से उठी और सीमा के कमरे में चली गई।

“मेरा लैपटॉप तुमने यूज़ किया था?” सीमा ने लैपटॉप ऑन करके ग़ुस्से से भरकर पिंकी से पूछा। “हाँ, मैं बस फेसबुक चेक कर रही थी।” पिंकी ने सफाई देते हुए हाथ चलाये।

“अच्छा! सिर्फ फेसबुक, तो यह क्या है?” सीमा ने ब्राउज़र की हिस्ट्री ओपन करके पिंकी की तरफ डाँटते हुए कहा। पूरी हिस्ट्री नीली-गुलाबी लिंक्स से भरी हुई थी। पिंकी ने शर्म से आँखें झुका लीं। उसके पास कोई जवाब नहीं था।

“सॉरी यार।”

“क्या सॉरी! दूध के दाँत नहीं टूटे हैं तुम्हारे, और यह सब... किसने बताया।” कहते हुए सीमा ने उसकी टैब हाथ से छीन ली और तेज़ी से उसके whats app को चेक करने लगी।

“अरे यार! आपका लैपटॉप छुओ तो लेक्चर देती हो, अब मेरी टैब क्यों छीनी?” पिंकी भी उतने ही वॉल्यूम पर आ गई थी।

“यह क्या-क्या ग्रुप ऐड किये हैं तुमने? कौन भेजता है यह बकवास तुमको? पिंकी ने बिना कोई जवाब दिए हुए झपट्टा मारते हुए अपनी टैब वापस छीन ली।

“ठीक है, आगे से हिस्ट्री डिलीट करके ही देखूँगी।” पिंकी के जवाब पर सीमा ग़ुस्से से तमतमा उठी। उसने घूरते हुए पिंकी की तरफ देखा। पिंकी ने भी सीमा की आँखों में आँखें गड़ा दी थीं। फिर अगले ही पल दोनों खिलखिला कर हँस दीं। बात खत्म हो गई।

“Be carefull... mom को मालूम पड़ गया तो तुम्हारे साथ साथ मुझे भी कूटेगी।”

हफ्ते भर के अन्दर ही मालती देवी ने चौदह साल के एक लड़के को अपने घर में नौकर रख लिया। नाम था भोलानाथ। मालती देवी आधुनिक विचारों वाली महिला थीं। जात-पात ऊँच-नीच में बिलकुल भी विश्वास नहीं रखती थीं। भोलानाथ, मालती देवी की फ्रेंड डेलना के घर में काम करने वाले जगन्नाथ का भतीजा था। जिस तरह से उन्होंने सिद्धार्थ का नाम छोटा

करके सिद्दा कर दिया था, वैसे ही अब भोलानाथ अब भोला हो गया था। दोनों लड़कियों को यह नाम बहुत पसंद था। वह उसको भोलू कहकर बुलाती थीं। उनकी भाषा में भोलू बहुत क्यूट था।

जब भोला गाँव से उस बँगलेनुमा घर में आया, तो दीदे फाड़-फाड़कर सब कुछ देख रहा था। कुछ ही दिनों में उसका वहाँ दिल लग गया। कोई भी काम हो भोला तुरंत तैयार रहता, जैसे काम न हो उसके लिए कोई खेल हो। मालती देवी पूरी तरह से उस चौदह बरस के बालक के काम से संतुष्ट थीं। अब स्कूल में रहते हुए उन्हें घर में अपनी बेटियों को लेकर कोई चिंता नहीं थी।

लेकिन कुछ ही समय में भोला को अब यह घर, जैसे जेल लगने लगा था। वह दो महीनों में ही धीरे-धीरे सूखकर काँटा होने लगा था।

कभी बदन दबवाने के नाम पर तो कभी सिर की मालिश के नाम पर सारा-सारा दिन बंद दरवाज़ों के पीछे उसका दम घुट रहा था। बड़ी लड़की सीमा से शुरू हुए इस खेल को धीरे-धीरे छोटी लड़की पिंकी भी बाखूवी समझ गई थी। यह राज़, राज़ ही बना रहे, इसलिए सीमा ने छोटी बहन को भी मौन सहमति दे दी थी। भोलू को अब कोई भी आवाज़ देकर कमरे में बुला लेता।

"धीरे-धीरे वर्जनाएँ टूट गईं, और अब वह दोनों मिलकर, डरा धमकाकर भोलू का शोषण कर रही थीं। मालतीदेवी अपनी लड़कियों की तरफ से पूरी तरह से चिंतामुक्त थीं।

8

गोपाल का रिश्ता

यह कोई नयी व्यथा नहीं है। घर से दूर रहकर नौकरी करने वाले लोगों में ऐसी ही एक दूसरे से मिलती-जुलती पीड़ाएँ हो सकती हैं। जब आप इस घटना के बारे में पढ़ेंगे तब आपके मस्तिष्क में भी इससे मिलते-जुलते कई चरित्र उभर सकते हैं। मेरे लिए कोई अचरज की बात नहीं होगी, कि यदि आप खुद को इस घटना का हिस्सा मान बैठें। मैं इस घटना, या कहो दुर्घटना का हिस्सा तो नहीं रहा, लेकिन दुर्भाग्य से गवाह ज़रूर बन गया और अब कहानी के नाम पर चुग़ली कर रहा हूँ।

मेरा दोस्त गोपाल, मुम्बई की एक अंतर्राष्ट्रीय फिल्म कम्पनी में बतौर आर्टिस्ट नौकरी करता है। अब से तकरीबन चार साल पहले जब मैं मुंबई पहुँचा तो मुझे उसका फ्लैटमेट बनने का सौभाग्य प्राप्त हो गया। उन दिनों वह मेरी तरह ही घर से दूर रहकर नौकरी कर रहा था।

कहते हैं कि विचार अगर मिलते हों, तो दोस्ती जल्दी हो जाती है; लेकिन मुम्बई में इसके अलावा आप यह भी कह सकते हैं कि, अगर

आपको आधा रेंट मिलता हो तो दोस्ती जल्दी हो जाती है। बात का सार आप समझ ही गए होंगे।

वह शायद नवम्बर का शुरूआती सप्ताह था। गोपाल बेड, पर पसरा हुआ टैब की स्क्रीन में आँखें गड़ाए एक खूबसूरत कन्या की तस्वीर का चक्षुपान कर रहा था। वैसे तो उसका टैब हर तरह की देसी-विदेशी बालाओं की कामुक तस्वीरों और विडियो से भरा रहता था, जिसका पूरा श्रेय ऑफिस के व्हाट्सएप ग्रुप को जाता है, लेकिन यह एक ही लड़की की तीन चार तस्वीरें थीं, जिनको वह बार-बार स्लाइड करके देख रहा था। दरअस्ल यह तस्वीर बाकी लडकियों से अलग थी; उसके घर से रिश्ते के सम्बन्ध में आई थी, जो कि उसकी छोटी बहन ने व्हाट्सएप के द्वारा भेजी थी। साड़ी पहने, गुलदान के पास खड़ी हुई उस लड़की की तस्वीर ने गोपाल के दिल के तार को बेहद तीव्रता के साथ झंकृत किया था। उसके मन के मँजीरे आज एक बार फिर बज उठे।

'सभ्य लड़कियाँ ऐसी ही 'राजा रवि वर्मा' की कलाकृति की तरह गुलदान के पास खड़े होकर फोटो खिचवाती हैं, बाकी, दुनिया में बवाल तो जीभ निकाले सेल्फी वाली लड़कियों ने काट रखा है। ऐसा गोपाल का मानना था। मैं उसकी इस सोच से बिलकुल भी इत्तेफाक नहीं रखता था, इसलिए मैंने उसको सावधान करना चाहा, कि ज़रूरी नहीं कि जो लड़की साड़ी, सलवार कमीज़ पहनती हो, वह स्वभाव से तुम्हारे अनुरूप हो। भला किसी के कपड़ों से उसके चरित्र की कैसे तुलना की जा सकती है? दरअस्ल इससे पहले गोपाल, *'फलानी लड़की मिनी स्कर्ट में है चालू माल होगी।' 'ढिमाकी लड़की स्विमिंग करती है, बहुत एडवांस्ड होगी।'* जैसा बोल चुका था। मैंने उसको उसकी भाषा में समझाया, *"भाई, भला पैकिंग देखकर किसी भी माल की गुणवत्ता को कैसे जाँचा जा सकता है?"* लेकिन मेरी बात में उसको जलन की बू महसूस हुई, और उसने *'लिफ़ाफ़ा देखकर मज़मून भाँप लेते हैं।'* का बे-सिर पैर का ज्ञान पेलते हुए, पटबुद्धि जवाब दिया।

"ठीक है तो तू लिफ़ाफ़ा ही देख; मज़मून कितने लोगों ने पढ़ा है मुझे नहीं पता।" कहकर मैं खामोश हो गया।

वैसे तो उसने अब तक कितनी ही लड़कियाँ देख डाली थीं, लेकिन वह बात उसको किसी में नज़र नहीं आई, जो इस तस्वीर वाली लड़की में थी। ऐसा नहीं था कि कोई लड़की उसको पसंद नहीं आती थी। दरअस्ल कोई लड़की उसको पसंद आती थी, तो उसके घर वालों को पसंद नहीं आती थी; घर वालों को पसंद आती थी, तो उसको पसंद नहीं आती थी। उसको पसंद आ भी जाती थी तो लड़की को यह निरीह जीव पसंद नहीं आता था। इस पसंद न-पसंद के चक्कर में उसकी उम्र निकली जा रही थी। बालों में खिज़ाब लगाना तो दो साल पहले ही शुरू कर दिया था, अब तो बालों को बचाए रखने की नौबत आन पड़ी थी।

हालाँकि इस हेर-फेर के पीछे असल वजह कुछ और ही थी जो कि उसको अब धीरे-धीरे समझ आ चुकी थी, और मुझे तब मालूम पड़ी जब सारा कांड निपट चुका था।

वैसे तो अब तक कई लड़कियों के फोटोग्राफ्स देखे गए, कुंडलियाँ मिलाई गईं, लेकिन कहीं न कहीं कुछ न कुछ नुक्स निकल ही आता था। जैसे-तैसे गोपाल के घर वालों को एक लड़की पसंद आई; नाम था उर्वशी। रंग गोरा, तीखे नैन-नक्श, बदन एकदम सूखी लकड़ी। उर्वशी बिलकुल वैसी ही थी, जैसी गोपाल ने कल्पना की थी। उर्वशी, सुन्दर और सुशील ही नहीं बेहद संस्कारी भी थी। जितनी देर वह उसके पेरेंट्स के सामने रही, मजाल है कि सिर से दुपट्टा ढल जाए।

गोपाल ने मुझे बताया कि उर्वशी ने दिल्ली से होटल मैनेजमेंट की पढ़ाई की थी, और अभी बँगलुरू में रहकर किसी पाँच सितारा होटल में नौकरी कर रही थी, हर महीने तीस हज़ार कमा रही थी। गोपाल खुद तो वर्जिन नहीं था, लेकिन उसको शादी के लिए एक वर्जिन लड़की की तलाश थी, जो पढ़ी-लिखी नौकरी पेशा हो, कम उम्र भी हो, और सुन्दर भी हो। और साथ ही साथ उसका कोई बॉयफ्रेंड भी न रहा हो।

"तुम तो दूसरों का फीता काटने में बहुत आगे रहते हो, और अब अपनी बारी आई तो सील पैक माल चाहिए?" मैंने उसका मज़ाक उड़ाया।

"भूतनी के, शादी के मामले में बकैती मत करो समझे, गर्लफ्रेंड और वाइफ में फर्क होता है।" गोपाल ने चिढ़ते हुए जवाब दिया। उसकी अन्दर

तक सुलग गई थी।

"अबे, सुलग क्यों रही है तेरी, मैं तो बस ऐसे ही मज़ाक़ कर रहा था।"

"वो बात नहीं है यार; अधिकतर भारतीय परिवारों की यह सबसे बड़ी परेशानी होती है कि सब कुछ ठीक-ठाक होने पर भी लेन-देन पर आकर बात अटक जाती है; मैंने इस बार खुल्ला बोल दिया है कि शादी करूँगा तो इसी लड़की से करूँगा।"

मैंने यह महसूस किया कि बार-बार टलने के कारण इस बार गोपाल भी झल्ला गया था। अपनी ज़िद पर अड़ते हुए उसने घर में विद्रोह का बिगुल फूँक दिया, लेकिन उसके पिताजी चाहते थे कि लड़के की शादी में कम से कम दहेज़ में एक होंडा सिटी और दस लाख कैश तो मिले ही मिले, आखिर उनकी भी तो तीन लड़कियाँ हैं; तेल तो तिलों में से ही निकलता है, लेकिन गोपाल की ज़िद के आगे इस बार उसके बाप को झुकना पड़ा। फ़िलहाल आठ लाख कैश और 'आई ट्वेंटी कार' पर आकर दोनों परिवारों की जैसे-तैसे सहमति बन गई। उधर पंडित जी ने भी बोल दिया था कि सारे गुण मिलते हैं, यह रिश्ता दोनों परिवारों के लिए बहुत शुभ है।

बस फिर क्या था। घर से हरी झंडी मिलते ही उन दोनों के बीच प्यार की पींगें बढ़ने लगीं। दिन-रात व्हाट्सएप और फेसबुक से एक दूसरे के लिए ऑनलाइन रहते। रात-रात भर बातें होतीं। जीने-मरने की क़समें खाई जाने लगी थीं। व्हाट्सएप चैट, चुम्मियों वाले एमोजी से भरने लगी। यहाँ तक कि शादी के बाद हनीमून के लिए कहाँ जाना है, यह भी तय हो गया।

लेकिन अंदर की बात यह थी कि आठ लाख कैश में भी दो लाख कम थे, जिसका इंतज़ाम खुद लड़के ने किया था। मतलब गोपाल अपनी तरफ से उर्वशी को दे रहा था। परिवार के लोगों को इसकी भनक तक नहीं थी। सारा काम सूम में हुआ था। मुझे भी तब भनक लगी, जब सारा कांड हो चुका था। आखिरकार गोपाल का पैसा वापस आना तो उसके पास ही है, यह सोचकर उसने थोड़ा न नुकुर करते हुए उर्वशी के इस प्रस्ताव पर सशर्त हामी भर दी थी। सशर्त इसलिए कि गोपाल ने उर्वशी को छठ पूजा पर घर जाते हुए दिल्ली में मिलने के लिए राजी कर लिया था। गोपाल और उर्वशी

के बीच हर रोज़ दर्जनों फोटोज़ का आदान-प्रदान होने लगा था। दोनों देर रात तक बातें किया करते थे। एक महीने में ही दोनों एक-दूसरे से हर मामले में बेहद खुल गए थे, इसकी एक वजह यह भी थी कि उर्वशी खुले विचारों वाली लड़की थी। उसने बेझिझक गोपाल को बता दिया था कि कॉलेज के दिनों में उसका एक बॉयफ्रेंड था, लेकिन बात फिजिकल रिलेशन तक नहीं पहुँची थी, पहले ही खत्म हो गई थी। दिल पर पत्थर रखकर गोपाल ने इस बात को हज़म किया। उर्वशी, लिव-इन से लेकर सेक्स तक हर एक विषय पर खुलकर बेबाक बात कर लेती थी।

एक दिन गोपाल यूँ ही बात करते हुए उर्वशी की तस्वीरें देख रहा था। उसने बेहद डरते हुए उर्वशी से एक अनोखी माँग कर डाली।

"तुम पागल तो नहीं हो गए हो गोपाल? भला कोई इस तरह की फोटो निकालता है।" गोपाल की इस फ़रमाइश पर उर्वशी को बेहद आश्चर्य हुआ। उसने गोपाल को, 'अले मेला बेबी नालाज हो गया।' वाले स्टाइल में प्यार से डाँटा।

"अरे यार, बस ऊपर-ऊपर तक, एक फोटो तो भेज दो यार।"

"बकवास बंद करो! यार मैं तुम्हारी होने वाली बीवी हूँ, कोई गर्लफ्रेंड नहीं, जिससे तुम ऐसी उल्टी-सीधी फ़रमाइश करो। शादी के बाद जितने चाहो फोटो निकाल लेना।"

"अरे तुमने 'देव डी' फिल्म नहीं देखी क्या, जैसे उसमें पारो शीशे के सामने खोलकर लेती है, बस वैसे ही; अब तो सेल्फी का ज़माना है, बस एक सेल्फी।"

"उफ़्फ़! ठीक है बाबा, लेकिन एक शर्त पर।"

"वह क्या?" "मैं अपना चेहरा नहीं दिखाउँगी।"

"ओह, फिर कैसे मालूम पड़ेगा कि आप कितनी सुन्दर हो अन्दर से भी? तुम तो बोलती हो कि तुम मॉडर्न लड़की हो।" गोपाल ने बातों ही बातों में उर्वशी पर तंज़ कसा।

"मैं फेस का फोटो नहीं लूँगी समझे।" उर्वशी ने गुस्से से दो टूक जवाब दे दिया।

“हाँ ठीक है।” गोपाल को इस शर्त पर संतोष करना पड़ा। अगले दिन उर्वशी ने चेहरे को छुपाते हुए वाशरूम में कई सारी सेल्फ़ी लेकर उसको भेज दिए।

टैब पर एक-एक फोटो जैसे-जैसे डाउनलोड हो रही थी, गोपाल की हालत खराब होती जा रही थी। उर्वशी की कंचन काया ने उसको मन्त्रमुग्ध कर दिया था। वह उससे मिलने के लिए बेचैन हो उठा। उसके मुँह से बस एक ही सवाल निकला “साइज़ क्या है?”

“क्यों, तुमको खुद दिखाई नहीं दे रहा?”

“तुम किसी भी बात का सीधा जवाब नहीं देती हो यार।”

“तुमने भी तो मेरी बात नहीं मानी, दो दिन हो गए अकाउंट की डिटेल दिए हुए।”

“ठीक है यार, जल्द ही ट्रांसफर करता हूँ।” गोपाल उससे बार-बार मिलने की ज़िद करता रहा, लेकिन उर्वशी कई दिनों तक टालती रही। उसकी ज़िद थी कि पहले दो लाख रुपए ट्रान्सफर करो, ताकि कुछ ज़रूरी खरीदारी की जा सके। धीरे-धीरे एक महीना बीत गया। देर रात तक चैटिंग और दोनों तरफ से तस्वीरों का आदान-प्रदान जारी था। अब तस्वीरें पहले से भी ज़्यादा बोल्ड और कामुक होने लगी थीं। अपने पेट को आईने में देखते हुए गोपाल सोच रहा था कि उसको जिम जाने की ज़रूरत है। दिन में आठ घंटे कुर्सी पर बैठे रहने के कारण उसकी तोंद सी निकलने लगी थी। वह तो शुक्र है कि कोई लड़कों के बढ़े हुए पेट पर शक नहीं करता है।

छठ पूजा नज़दीक थी। गोपाल के बहुत ज़ोर देने पर उर्वशी ने उससे मिलने के लिए हाँ कर दी। वह बहुत खुश था। उर्वशी को बँगलूरू से पटना अपने घर जाना था, लेकिन उन दोनों ने दिल्ली में एक दिन रुककर मिलने की योजना बनाई, जिसकी खबर उन दोनों के अलावा किसी और को नहीं थी। गोपाल, अपनी भावी पत्नी से मिलने के लिए बेहद आतुर था, यहाँ तक कि उसके कहने पर उसने दो लाख उसके अकाउंट में ट्रान्सफर कर दिए थे। एक हफ्ते के बाद वह दोनों दिल्ली में स्टेशन पर मिले। गोपाल ने पहले ही एक होटल में कमरा बुक करवा रखा था।

होटल के रिसेप्शन पर गोपाल ने उर्वशी को अपनी पत्नी बताया।

उधर उर्वशी भी पूरी तरह से नव-विवाहित जोड़े की तरह से साड़ी में सज धज कर आई थी। दोनों 'जस्ट मैरिड कपल' लग रहे थे। होटल में फ्रेश होकर दोनों दिन भर घूमे फिरे। उर्वशी ने खूब सारी शॉपिंग की। तक़रीबन गोपाल को पहली मुलाक़ात में ही बीस हज़ार का फटका लगा था, रुकना-रुकाना सो अलग। फिर उन्होंने शाम को एक शानदार कैंडिल लाइट डिनर किया।

'कैंडिल लाइट डिनर, सब चोचले हैं बड़े लोगों के; छोटे-छोटे भुनगे खाने में गिरकर जान न दे दें, गोपाल को तो इसका डर सता रहा था।'' फिर दोनों वापस होटल में आ गए।

दोनों प्यार मुहब्बत के अथाह सागर में डूबने लगे। जैसे-जैसे रात गहराती गई, उन दोनों के बीच प्यार भी गहराता गया। वाइन के नशे में दोनों पूरी तरह से एक दूसरे में समा जाने को विचलित हो उठे। वर्जनाएँ टूटने लगीं। गोपाल, उर्वशी की कोमल काया को वास्तविक रूप से देखने के लिए मचल उठा। उर्वशी भी खुले विचारों में पली बढ़ी लड़की थी। उसने बिना किसी रोक-टोक के खुद को पूरी तरह से गोपाल की बाँहों में समर्पित कर दिया।

होटल के उस कमरे में जवां दिलों के बीच उठा तूफ़ान, कुछ ही समय में गर्म थपेड़ों के साथ कामुकता की गहराइयों को नापने लगा, जो धीरे-धीरे हिचकोले खाता हुआ तेज़ आवेग की ओर बढ़ने लगा। गोपाल की साँसें लोहार की धौंकनी की तरह चल रही थीं। कुछ ही देर में तूफ़ान अपने चरम पर पहुँचकर शांत हो गया। उर्वशी का चेहरा गोपाल के प्रेमरस से खिल उठा। वह तुरंत आँखें मिचमिचाती हुई वाशरूम की तरफ भाग गई। गोपाल भी टिशू पेपर ढूँढ़ने लगा।

गोपाल बहुत खुश था। यह उसकी ज़िन्दगी का पहला मौक़ा था कि जब वह किसी के इतनी गहराई से क़रीब आया था। लेकिन उर्वशी का मूड अंदर ही अंदर ख़राब था। मुँह धोकर उसने कपड़ों को दुरुस्त किया, और फिर करवट लेकर सो गई।

* * *

सुबह को दोनों एक दूसरे की क़समें खाते-खिलाते अपनी-अपनी

ट्रेन से घरों की तरफ़ बढ़ गए।

गोपाल ख़ुशी-ख़ुशी घर पर पहुँचा, लेकिन छठ पूजा से एक दिन पहले ही उसके सर पर लट्ठ पड़ गया।

लड़की वालों ने रिश्ता नामंज़ूर कर दिया था। इधर गोपाल के पापा को बहुत ज़्यादा अफ़सोस नहीं था, क्योंकि लड़की वाले पहले ही दहेज़ के मामले में कंजूसी कर रहे थे।

"अरे! ऐसे कैसे न कर दिया? अरे मैंने... मैंने उसको..." गोपाल की ज़बान लड़खड़ा गई। उसके शब्द मुँह में ही थूक के साथ चिपक गए। उसको अपने पैरों के नीचे से ज़मीन खिसकती हुई सी महसूस हुई।

"तू फिकर मत कर, लड़कियों की कोई कमी नहीं है दुनिया में; एक से बढ़कर एक लड़की मिलेगी तुझे।" मम्मी ने किचन से ही आवाज़ लगाकर उसको ढाँढस बँधाया।

"अरे, लेकिन इतना कुछ लेन-देन..."

"कोई लेन-देन नहीं हुआ है; जोड़े कपड़े तो आते-जाते रहते हैं; पंडित जी ने बोला था कि कुंडली मैच नहीं कर रही है।

"क्या? वह तो कह रहे थे कि सारे गुण मैच कर रहे हैं।"

"अरे भाई, वैसे भी वह मुझे कोई इतनी ख़ास नहीं लगी।" चिंकी बोली।

"तू अपना मुँह बंद रख।" गोपाल ने छोटी बहन चिंकी को डपट दिया। उसको बार-बार अपने दो लाख याद आ रहे थे। वह घर से बाहर दरवाज़े पर आ गया। तुरंत उर्वशी को फ़ोन लगाया, लेकिन नॉट रिचेबल आ रहा था। उसने व्हाट्सएप पर तुरंत कई मैसेज भेजे, लेकिन कोई जवाब नहीं आया।

आखिरकार शाम को फ़ोन लगा।

"कहाँ हो यार? पंडित जी ने हमारी शादी कैंसिल कर दी?" गोपाल ने झुँझलाते हुए पूछा।

"हाँ मालूम है।" उर्वशी ने बेहद ठंडेपन से जवाब दिया।

“ऐसे कैसे कैंसिल कर दी? अड़ जाओ तुम, इधर मैं भी ज़ोर देता हूँ अपने परिवार वालों पर।”

“इससे कोई फ़ायदा नहीं होगा गोपाल; अगर मुझे घर वालों के ख़िलाफ़ जाकर ही शादी करनी होती, तो मैं लव मैरिज भी कर सकती थी।’

“मतलब, तुम न कर रही हो?” गोपाल और ज़्यादा झुँझला गया।

“सॉरी गोपाल, कोई भी संस्कारी लड़की फेमिली के ख़िलाफ़ नहीं जा सकती।” कहते हुए उर्वशी ने फ़ोन काट दिया। गोपाल ने दोबारा कॉल लगाया।

‘उर्वशी।’

“हाँ गोपाल, बोलो।”

“प्लीज़ यार, ऐसा मत करो यार, बड़ी मुश्किल से मैंने अपने मम्मी पापा को मनाया था।”

“तुम्हारी सैलरी कितनी है गोपाल?”

“थर्टी फाइव थाउजेंड, तुम जानती हो, पहले ही बता चुका हूँ।”

“एक होंडा सिटी और दस लाख कैश तुमको जमा करने में कितना टाइम लगेगा?”

“यह क्या मज़ाक़ है यार?”

“मज़ाक नहीं. जिस दिन तुम दस लाख कैश और एक होंडा सिटी अपने दम पर ख़रीद लेना. उस दिन आकर मुझसे शादी की बात करना. ओके।”

“उफ़! अरे यार तो कम से कम मेरे दो लाख तो वापस कर दीं”

“कौन से दो लाख?”

“अरे! जो मैंने तुम्हारे अकाउंट में ट्रान्सफर किये थे।”

“और जो दिल्ली में रात भर मज़े लिए उसका क्या?” उसके इन शब्दों से गोपाल के कान सुन्न पड़ गए थे। एक पल के लिए वह जड़ हो गया था। उसको ऐसा महसूस हुआ कि जैसे उसके दिमाग़ से गोबर रेंगता हुआ कानों से बहने लगा था।

"चल साली कमीनी राँड़।" गोपाल ने ग़ुस्से से बौखलाते हुए फोन काट दिया।

दस दिन बाद बँगलुरू में

"अरे यार, सुना है तुमने शादी तोड़ दी? ठीक-ठाक तो था लड़का।"

"मुझे पसंद नहीं आया।" उर्वशी ने कॉफ़ी मशीन से कॉफ़ी लेते हुए अपनी सहकर्मी विभूति को जवाब दिया।

"अरे क्यों! तू तो बोली कि तुझे पसंद है, स्मार्ट है, हैंडसम है।" विभूति ने हाथ चलाते हुए तंज़ कसा, जैसे वह उसको उसकी पुरानी बातें याद दिला रही हो।

"हाँ, लेकिन घर जाते हुए, दिल्ली में हम लोग मिले थे; रात को वह बेड पर मुझे संतुष्ट नहीं कर पाया, एक राउंड में ही क्लीन बोल्ड हो गया था।" उर्वशी ने बुरा सा मुँह बनाते हुए जवाब दिया।

"ओह! तो यह वजह है शादी तोड़ने की?"

"हाँ, और क्या।"

इसी समय मुंबई में

"क्या हुआ भाई, आज तू पी नहीं रहा है।" मैंने परेशानी से गोपाल की तरफ देखते हुए पूछा। हम दोनों इस वक़्त अपने फ्लैट में बैठे दारू पी रहे थे।

"पी तो रहा हूँ, तू तो अपना पैग निबटा।"

"तेरी शादी फिक्स हुई है, कम से कम उसकी पार्टी तो बनती ही है।"

"तुझे किसने बोला?" गोपाल ने बुरा सा मुँह बनाते हुए पूछा, मानो मैंने उसकी दुखती रग पर हाथ रख दिया हो।

"अरे! पूरे ऑफिस को खबर है; तू नहीं बताएगा तो क्या मुझे मालूम नहीं पड़ेगा?"

"टूट गई शादी।" गोपाल ने बेहद बुझे दिल से जवाब दिया, ऐसे जैसे कि वह किन्हीं यादों में डूब सा गया हो।

"अरे! ऐसे कैसे टूट गई यार?"

"अबे जैसे सबकी टूटती है; पंडित जी ने उँगली कर दी और क्या।"

"अच्छा भाई, आज तेरा मूड ठीक नहीं है, तू बोल तो तेरे लिए कोई पटाखा सा माल बुलवाता हूँ।"

"मैं यह सब नहीं करता।"

"करना तो तू सब कुछ चाहता है, लेकिन पैसा खर्च होता है।" मैंने उसके जले पर नमक छिड़का, लेकिन वह अभी भी अपना पैग पकड़े कहीं खोया हुआ था। मेरी बात का जैसे उस पर कोई फर्क ही नहीं हुआ था।

"तीन से पाँच हज़ार लगते हैं; तेरे अंदर इतना गूदा नहीं है, तू रहने दे, मुड्डल।"

"तूने अब तक कितने वाली ली है?"

"दो हज़ार वाली, चार हज़ार वाली।"

'और?'

"एक बार वह मीरा रोड बार की, पाँच हज़ार वाली।"

"मैंने दो लाख वाली ली है, समझा।" गोपाल ने इस बार मेरी आँखों में आँखें डालते हुए जवाब दिया। उसकी इस बात पर मेरा मुँह खुला का खुला रह गया।

"चल झुट्ठा।"

"अबे भोसणु, झूठ नहीं बोलता मैं।"

"तो कैसे यार? दो लाख वाली? कैसे? कोई डिस्काउन्ट ऑफर चल रहा था क्या?"

"हाँ, चूतिया बनाने का ऑफर चल रहा था; लम्बी कहानी है।"

"तो सुना न, यहाँ कौन सी मौत पड़ी है।"

"तो सुन!"

9

कुम्हैड़ी

बचपन से ही मुझे हर त्यौहार बहुत पसंद हैं। मेरे लिए त्यौहार का मतलब है मौज-मस्ती हुल्लड़बाज़ी। फिर चाहे होली की हुड़दंग हो या दीवाली का धूम-धड़ाका। दशहरे की रामलीला से लेकर रावण दहन तक। मुझे शुरू से ही यह सब त्यौहार बहुत आकर्षित करते रहे हैं, लेकिन इन सब में दीवाली मेरा सबसे प्रिय त्यौहार है।

बचपन के दिनों को याद करता हूँ तो ऐसा महसूस होता है जैसे आज त्यौहारों के मतलब ही बदल गए हैं। आजकल त्यौहारों का मतलब है ऑफिस से एक दिन की छुट्टी या शायद थोड़ा बहुत इससे ज़्यादा। आधुनिकता की अंधी दौड़ में महँगाई के कन्धों पर सवार दौड़ते हुए शहरों में, त्यौहारों का पूरी तरह से बाज़ारीकरण हो चुका है। मेरी आँखें उस वक़्त फटी की फटी रह गईं, जब मैंने डोर मैट की तरह प्लास्टिक की बिछाई जाने वाली रंगोली देखी।

यही वजह है कि मेट्रोपोलिटन शहरों में दड़बेनुमा फ़्लैट में रह रहे

परिवारों के बीच त्योहारों की खुशियाँ अधूरी सी जान पड़ती हैं। मुझे तो ऐसा लगता है कि जितना बड़ा शहर उतनी बड़ी वीरानियाँ। आभासी दुनिया से जुड़ा, अपनी तनहाई को छुपाता भीड़ में अकेला इंसान, जिसके आस-पास सब कुछ बनावटी और फीका सा जान पड़ता है। घर परिवार से दूर, रहकर अपनों के बिना कोई ख़ुशी कैसे मना सकता है।

कई दिनों से यही विचार मेरे मन में बार-बार कौंध रहे थे, इसलिए इस बार मैंने दीवाली को अपने पुश्तैनी गाँव बिलारी में मनाने का निर्णय लिया।

मीलों का लम्बा सफ़र तय करके, कई सालों के बाद आज मैं गाँव में पहुँचा था; लेकिन यह वह गाँव नहीं था, जहाँ मैंने अपना बचपन गुज़ारा था। मेरी कल्पनाओं से परे गाँव में जैसे सब कुछ बहुत पीछे छूट गया था। पीठ पर बैग डाले, बस से उतरकर मैं धूल उड़ाती गाँव की कच्ची पगडण्डी पर बढ़ता जा रहा था। यहाँ वहाँ ताकता मैं हर एक जगह में अपने बचपन की कोई न कोई याद ढूँढ़ ही लेता। गाँव के आस-पास तालाब थे, लेकिन उनमें पानी सूख चुका था। हरे-हरे पेड़ थे, लेकिन उनमें झूले डाले हुड़दंग मचाते बच्चे नहीं थे। सड़क के किनारे, सुखन लाल का गुड़ बनाने का पुराना कोल्हू वीरान पड़ा था। बग्गर का वह ठिया आज भी मौजूद था, जिसमें इमाम चचा अपने ढोर डंगर बाँधा करते थे, लेकिन अब उसके आस-पास ऊँची-ऊँची झाड़-झक्कड़ के अलावा कुछ भी नहीं था।

पगडण्डी से गुज़रते हुए चमार बस्ती पर नज़र पड़ गई। कुछ बूढ़े और बच्चे नज़र तो आये लेकिन कोई जाना पहचाना चेहरा नज़र नहीं आया। दिल में उम्मीद थी कि कोई मिले न मिले लेकिन कुम्हैड़ी ज़रूर मिलेगी, लेकिन वह भी वहाँ नज़र नहीं आई। किसी से पूछने की हिम्मत न कर सका। एक पल के लिए ठहरकर तिरछी नज़र से उसकी झोपड़ी की तरफ देखा, लेकिन वीरानी के सिवा वहाँ कुछ न था।

वह बचपन का गाँव जिसकी कल्पना मैं अपने मन में लेकर आया था, वैसा अब कुछ नहीं था। बचपन की यादों पर जमी वक़्त की धूल को जब साफ़ करना चाहा तो एहसास हुआ कि वे चेहरे, जिनको मैंने आज तक यादों की संदूक में सहेजकर रखा हुआ था, अब धुँधले पड़ गए थे। मैं पुरानी यादों में खोया हुआ धीरे-धीरे गाँव की पगडण्डी पर बढ़ता जा रहा था।

* * *

बचपन में मुझे किस तरह उसके साथ न खेलने की बेहद सख्त हिदायत दी जाती थी, लेकिन फिर भी कुम्हैड़ी के साथ मैं खूब खेलता था। पाठशाला के मास्साब देख लेते तो घुड़क देते। मैं नज़रें झुका लेता। कुम्हैड़ी को डपटकर भगा दिया जाता। कई बार उसको मेरे कारण एक दो धौल भी जमा दी जाती, लेकिन वह भी ढीठ थी। मास्साब के हटते ही वापस आ जाती। कुम्हैड़ी, मास्साब को फूटी आँख नहीं सुहाती थी। वह उसको कभी यह काम, तो कभी वह काम बोलकर कक्षा से बाहर ही रखते थे। मास्साब के उपले पाथने से लेकर घास काटने तक का काम कुम्हैड़ी करती थी। किसी दिन कुछ नहीं समझ में आया तो बोल दिया-

"जा कुम्हैड़ी, नीम की झाड़ू बना ले और पाठशाला बुहार दे।" कुम्हैड़ी, ख़ुशी-ख़ुशी दौड़ जाती और सारा दिन लगकर चिलचिलाती धूप में भूत बनी पाठशाला का आँगन बुहारती रहती।

"आ गए।" अम्मा की आवाज़ पर मैं यादों की गहराइयों से वापस आया। एहसास हुआ कि मैं घर के द्वार पर खड़ा हूँ। मैंने तुरंत झुककर अम्मा के पैर छुए। अम्मा ने मुझे अपने सीने से लगा लिया। हाथ में थाली लिए खड़ी दीदी ने मेरे माथे पर टीका लगाया।

मैं नहा-धोकर आराम करने लगा। आराम क्या, मोबाइल में नेटवर्क ढूँढ़ने की कोशिश कर रहा था। अम्मा वापस रसोई में चली गईं, दीदी घर के कामों में लग गई। मैं लेटा हुआ रसोई की तरफ निहार रहा था। अपने बचपन में खोया, खुद को रसोई के पास उछलता कूदता देख रहा था।

मुझे याद है, बचपन में गाँव में रहते हुए मैं दीवाली के आने का कितनी बेसब्री से इंतज़ार किया करता था। हफ्ता भर पहले ही मेरे अन्दर दीवाली को लेकर एक उत्साह भर जाता था। घर की साफ़-सफाई से लेकर रंग-रँगाई में, मैं अम्मा और दीदी के साथ बढ़-चढ़कर हिस्सा लेता। अम्मा और दीदी घर की साफ़ सफाई करतीं, फिर आँगन को गोबर से लीप पोतकर चूने गेरू और नील से तरह-तरह के बेल बूटे उकेरतीं। मैं भी उनके साथ हाथ बँटाता जाता। फिर शाम को अम्मा मुझे नहला-धुलाकर नए कपड़े पहनातीं, और सुरमा काजल करके मेरे माथे पर काला दिठौना

लगातीं, ताकि किसी की बुरी नज़र न लगे; साथ ही साथ बाहर मिट्टी में न खेलने की सख्त हिदायत भी देतीं।

अम्मा रसोई को सँभालतीं। मैं बेहद बेसब्री से दिन के ढलने का इंतज़ार करता। दीदी को रंगोली बनाते हुए देखता। मुझे याद है, दीदी घर के द्वारे पर गणपति बनातीं। कोनों पर स्वास्तिक और आँगन में क्यारियों के आस-पास बेल बूटे उकेरती थीं। कहीं मेरा पैर रंगोली पर न पड़ जाए, वह मुझे बार-बार आखें दिखातीं और डाँटकर दूर भगातीं। दीदी की तरफ से भगाया जाता तो रसोई में झाँकने पहुँच जाता। रसोई से तरह-तरह के पकवानों की उड़ती सुगंध से मेरे मुँह में पानी आने लगता। मैं बार-बार रसोई की तरफ झाँकता। अम्मा मुझे प्यार से डाँट देती। उसका ऐसा मानना था, कि किसी के कढ़ाई के आस-पास आने से तेल तड़बड़ाने लगता है। कहीं गर्म तेल की छींट मेरे ऊपर न पड़ जाए, वह मुझे *'दूर हटो! दूर हटो!'* बोलकर वहाँ से भगा देतीं।

जैसे ही अँधेरा छाता, मैं दीदी के साथ दिये लेकर यहाँ वहाँ पूरे घर में जलाने लगता। दीदी उनमें तेल और बाती डालती जाती और मैं दियासलाई से जलाता जाता। कुछ पेड़ों के पास, कुछ नीची वाली मुँडेर पर, कुछ कुँएँ के पास और कुछ दरवाज़े के बाहर चबूतरे पर। ऐसा प्रतीत होता कि आज आसमान ने चाँद-सितारे मेरे आँगन में बिखेर दिए हों।

दलित बस्ती के नंग धडंग बच्चे बेहद ललचाई हुई नज़रों से घर के दरवाज़े पर जलते हुए दियों को देखा करते थे। मैली-कुचैली फटी हुई फ्रॉक पहने कुम्हैड़ी भी उस टोली में हुआ करती थी। वह मेरी तरफ ललचाई नज़रों से देखती, मैं अम्मा की तरफ देखता। मैं जानता था कि जैसे ही नज़र हटेगी, यह बस्ती के बच्चे मेरे दीये चुराकर भाग जायेंगे। मैं दरवाज़े पर किसी द्वारपाल की तरह खड़ा रहता, और हर एक बच्चे की तरफ़ घूर-घूरकर देखता। वह सब ललचाई नज़रों से मेरे दियों को ही देखते रहते। कौन सा तेज़ जल रहा है, कौन सा धीमा जल रहा है, आपस में चर्चा करते।

"चुन्नू! अन्दर आओ बेटा।" अम्मा ने अन्दर से आवाज़ लगाई। मैंने एक बार अन्दर की तरफ़ देखा लेकिन वहाँ से टस से मस नहीं हुआ।

"चुन्नू! अन्दर आओ, अम्मा बुला रही हैं।" इस बार दीदी ने आवाज़

लगाई, लेकिन मैंने सुना अनसुना कर दिया। मुझे अपने दियों की फिकर थी।

"अन्दर आओ बेटा, हलवा पूड़ी तैयार है।" इस बार मैं, अम्मा की आवाज़ को अनसुना न कर सका। द्वारे पर सजे अपने दीयों को देखते हुए अन्दर की तरफ़ बढ़ गया। मैं बरामदे में था, लेकिन मेरी नज़रें अभी भी द्वारे पर रखे दीयों पर टिकी थीं।

तभी एक तेज़ हवा का झोंका आया और दरवाज़े पर टिमटिमाते हुए सारे दीये बुझ गए। कुम्हैड़ी और बस्ती के बच्चे तुरंत उन पर टूट पड़े। एक दूसरे से छीना-झपटी करते हुए उन्होंने आटे के बने कडुआ तेल में जलकर फूल गए कच्चे पक्के दीये अपने मुँह में ठूँस लिए थे।

मैं अम्मा और दीदी के साथ भगवान् के सामने हाथ जोड़े खड़ा था। बेबस निगाहों से पलटकर उनको देख रहा था। मेरे सामने तरह-तरह की मिठाई से भरी हुई थाली थी। अम्मा, भगवान् को भोग लगाकर मेरे मुँह में मिठाई ठूँस रही थीं। कुम्हैड़ी, मुँह में दीये भरे, टोली के साथ किसी और द्वारे को बढ़ चुकी थी।

* * *

"क्या हुआ?"

"आँ...कुछ नहीं।"

"कहाँ खोये हुए हो?"

"नहीं तो।" मैं दीदी के टोकने पर एक बार फिर पुरानी यादों से वापस आया।

वह पास में ही बैठी खिड़कियों के धुले हुए पर्दों में हुक डाल रही थी।

'दीदी!'

'हाँ।'

"याद है गाँव में एक लड़की रहती थी कुम्हैड़ी।" इतना सुनते ही दीदी के हाथ रुक गए। उसने गौर से आँखें फाड़कर मेरी तरफ देखा, जैसे मैंने कुम्हैड़ी नहीं, मैमथ के बारे में पूछ लिया हो।

“अम्मा, देखो कुम्हैड़ी को पूछ रहा।” दीदी ने मुझे जवाब न देकर रसोई की तरफ अम्मा को आवाज़ दे दी।

“इसको अभी भी याद है वह कुम्हैड़ी; शादी न करवा दें तेरी उससे?” अम्मा ने रसोई से निकलकर बराबर से मेरी खिंचाई की। मैं मुस्कुराया और फिर हँसने लगा।

खैर, शाम हो गई। मोबाइल में नेटवर्क न आना था, न आया। फिर आधी रात पुरानी यादों को सुलझाते हुए ही कट गई। कब नींद ने आ घेरा पता ही न चला। सुबह मुँह अँधियारे ही उठ गया। जॉगिंग के बहाने पगडंडी से होता हुआ पुराने कुएँ की तरफ बढ़ गया। न जाने कितने सालों के बाद मैं आज उगते हुए सूरज को देख रहा था। मुंबई में रहते हुए मैंने कभी उगते हुए सूरज को देखा हो, ऐसा कुछ याद नहीं।

“हे रमेश!” किसी ने मुझे दूर से आवाज़ दी तो मैंने पलटकर देखा। कोई महिला खेतों के बीच से मेरी तरफ बढ़ती आ रही थी। मैं उसको पहचानने की कोशिश कर रहा था।

‘कुम्हैड़ी!’ मैंने मुस्कुराते हुए अचरज से उसको देखकर कहा। वह मेरे करीब आ चुकी थी।

“अच्छा, अभी भी कुम्हैड़ी बोलोगे?”

“अरे नहीं, बिमला।”

“कैसे हो? सहर जाकर एकदम बदल गए, मार पहचाने में नहीं आ रहे।”

“तुम भी तो बदल गई, मोटी हो गई और ज़्यादा।”

“हाँ, हम तो मार फटे पड़ रहे।”

“शादी हो गई क्या?”

“अभी कहाँ; रधोला गाँव में लगी थी, छूट गई।”

‘क्यों?’

“हरामी को दहेज़ में मोटरसाइकिल चाहिए थी।” कुम्हैड़ी ने एक

तरफ थूकते हुए जवाब दिया।

“तुम क्या करते हो सहर में?”

“मैं मुंबई में हाइवे इंजीनियर हूँ, मतलब सड़कें बनाता हूँ।”

“ओहो, तनिक हमारे गाँव का रोड बना दो बाबू जी।” उसकी इस हरकत पर मैं मुस्कुरा दिया।

“क्या हो गया यहाँ के लोगों को? गाँव में अब कोई पहले जैसा नज़र नहीं आता।”

“यहाँ रहकर क्या करेंगे? सब सहरों को निकल गए रोज़ी-रोटी कमाने।”

“और बच्चे?”

“बच्चे! जब से सीडी चली है उसमें ही लगे रहते हैं। वो है पटवारी का लौंडा, उसके पास कम्प्यूटर है, दस रुपये दो, कित्तान गाने, वीडियो भरवा लो; यह रमलुआ का गुलुआ, हरामी पूरे गाँव के बच्चे बिगारे तुला है; गन्दी गन्दी विडियो भरवा के लाता है, खेतों में चठिया लगा के सबको दिखाता है।” कुम्हैड़ी के जवाब से मैं खामोश हो गया कुछ देर हम यूँ ही खामोश खेत की मुँडेर पर बैठे रहे।

“वह इमाम चचा का बग्गर; गय्या, बकरी?”

“हे देखो, गय्या अब कौन पालता है... गाँव में बवाल करइया हो का? हम लोग तो मरी गय्या को अब हाथ भी नहीं लगाते।” कुम्हैड़ी के जवाब से मेरे चेहरे पर एक बोझिल सी मुस्कान आ गई, लेकिन मैं एक बार फिर सोच में डूब गया। शायद कुम्हैड़ी इतनी समझदार नहीं थी कि मेरी ख़ामोशी को समझ पाती।

“यह हाथ में क्या है?”

“उधर जुग्गन की तरफ से आ रही थी तो उनकी अम्मा ने अमरूद दे दिए।”

“हमें नहीं खिलाओगी?”

"ए खें, इन्हें देखो; हमारे हाथ का खाओगे?"

"क्यों, बचपन में तो खाया था।"

"बचपन की बात और थी, अब थोड़ी।"

मैंने मुस्कुराकर कुम्हैड़ी की तरफ देखा, बिना कुछ बोले उठा और घर की तरफ बढ़ने लगा।

"हे रमेश!" अभी दो कदम ही चला था कि कुम्हैड़ी दौड़कर वापस आई।

"ग़ुस्सा अभी भी नाक पे धरा रहता है; यह लो, किसी को बतैय्यो मति।" कुम्हैड़ी ने एक बड़ा सा अमरूद मेरे हाथ पर रखा और वहाँ से वापस भाग गई। मैं अमरूद खाता हुआ घर को आ गया।

* * *

"अमरूद किसने दे दिया?"

हाथ में पूजा की थाली लिए हुए अम्मा ने मुझे देखकर पूछा।

"कहीं कुम्हैड़ी ने तो नहीं दे दिया?" दीदी ने खिलखिलाते हुए एक बार फिर सुबह-सुबह मेरी खिंचाई शुरू कर दी। कुम्हैड़ी के नाम पर अम्मा और दीदी जोर-जोर से हँसने लगीं; मैं भी उनके साथ हँसने लगा।

तभी मेरे मोबाइल ने एक बीप दी। देखा तो थोड़ा बहुत नेटवर्क आने लगा था। फेसबुक नोटिफिकेशन का मैसेज था। खोलकर देखा तो लोग डिजिटल इंडिया के नाम से प्रोफाइल पिक्चर बदल रहे थे। मैंने भी तुरंत प्रोफाइल पिक्चर बदला और रेवड़ में घुस गया।

10

फेकूआ हरामी

जिस क़ौम का कोई रहबर नहीं होता है, वह क़ौम तितर-बितर होकर बिखर जाती है, चार पीढ़ियों से ज्यादा उसका बने रहना मुश्किल हो ज़ाता है। पहली पीढ़ी अपनी मेहनत से क़ौम को पालती है, दूसरी पीढ़ी उसको आगे बढ़ाती है, तीसरी पीढ़ी उसको भोगती है और चौथी पीढ़ी उसको अय्याशी करके बर्बाद कर देती है। किसी भी क़ौम को हथियार के दम पर ख़त्म नहीं किया जा सकता; अगर ऐसा होता तो आज दुनिया में न हुतू होते न तुत्सी, और न फ़िलिस्तीन बचता।

किसी भी क़ौम को ख़त्म करने का माक़ूल तरीक़ा है कि उनसे उनके असल कल्चर को छीन लिया जाए, उनमें कल्चर के नाम से बेहयाई नंगई और अज्ञानता भर दी जाए, और हर एक शग़ल को धर्म से जोड़कर परोसा जाए। ऐसी क़ौम, वक़्त के साथ-साथ अपने आप ही ख़त्म हो जाएगी।

आज के दौर में आप सोशल मीडिया के दम पर जब चाहें जिसको

चाहें, ख़ुद ही जज, ख़ुद ही वकील, ख़ुद ही जल्लाद बनकर सज़ा सुना सकते हैं, सवालों के कटघरे में खड़ा कर सकते हैं। किसको क्या खाना है क्या नहीं, से लेकर किसको क्या पहनना है, किसको क्या नहीं पहनना है तक का फरमान सुना सकते हैं; इस बात से अंजान कि आप जो वातावरण आज बनायेंगे कल आपके बच्चे उसमें साँस लेंगे।

सच तो यह है कि ज़मीनी स्तर पर रहकर काम कर पाना आज के दौर में कम लोग ही गवारा करते हैं। सोशल मीडिया पर बड़ी-बड़ी बातें करने वालों की सच्चाई मैंने बेहद क़रीब से देखी है। मैंने ऐसे लोग देखे हैं, जो मदर डे से लेकर वूमेन्स डे तक औरतों के अधिकारों को लेकर क़िस्से कहानियाँ कविताएँ भाषण पोस्ट करते नहीं थकते, वहीं वास्तविकता यह है कि उनकी ऊँची आवाज़ के सामने माँ, बहन, पत्नी भी ख़ामोशी अख्तियार कर लेती हैं। मैं ऐसे लोगों से मिला हूँ, जिनकी देशभक्ति, आस्तिकता सोशल मीडिया पर हिलोरें मारती रहती है, लेकिन वास्तविक दुनिया में यह बेहद दिवालिया मानसिकता से ग्रस्त रहते हैं। ऐसे लोगों की भरमार है जिन्होंने सच को छोड़कर एक ख़ास मानसिकता, विचारधारा का दामन थाम लिया है। उनका नेता ही उनका सच है, उनका फ़िरक़ा ही उनका ख़ुदा है, उनकी सोच ही सबसे श्रेष्ठ है। ऐसे लोग कभी अपने अंतर्मन में झाँककर नहीं देख पाते कि वह किस मानसिकता के साथ जी रहे हैं। ऐसी मानसिकता, जो उनकी सोच को खत्म करके चारों तरफ एक भ्रम का काला जाल फैलाये हुए है। यह दज्जालियत ही उनकी आने वाली नस्लों की दुश्मन है।

हर क़ौम को उस दरख़्त की तरह होना चाहिए जो फल-फूल, बीज, दवा लकड़ी देता है, लेकिन माँगता कुछ नहीं। इसका साया राहगीरों को अपनी छाँव से सुकून पहुँचाये, परिंदों को ख़ुद में समा ले, और जानवरों को उनका हक़ दे, लेकिन इस दरख़्त से अगर इल्म के पानी को रोक दिया जाए तो बदकारी और नंगेपन की दीमक उसमें ऐसी घुसेगी कि वह बाहर से भरापूरा दिखाई तो देगा, लेकिन अन्दर से खोखला होगा। ऐसे दरख़्त, जिनकी जड़े खोखली हो जाती हैं, उनको ज़ुल्म की आँधियाँ पल भर में ज़मींदोज़ कर देती हैं।

खोखली क़ौम की पहचान इस बात से भी लगाई जा सकती है कि उनके बच्चों को अपने वक़्त के दो वैज्ञानिकों के नाम भी नहीं मालूम होते हैं, लेकिन उनसे आप वक़्त के ढोंगी धर्मगुरुओं के नाम ज़रूर पूछ सकते हैं।

लेकिन उस क़ौम के बारे में क्या कहा जाए, जिसके पास रहबर भी है, इल्म का ज़खीरा भी है, सुनहरा इतिहास भी है; लेकिन फिर भी वह अँधेरी गलियों में भटकने को मजबूर हैं। यह कहानी एक ऐसे ही बच्चे की है जो हमारे आस-पास गली-मोहल्ले कहीं न कहीं आते-जाते ज़रूर मिला होगा। यक़ीन मानिये आप उसको जानते हैं।

फेकुआ एक नंबर का हरामी, बरेली के एक छोटे से क़स्बे में रहता था। उसका असली नाम शायद ही कोई जानता हो। दूर-दूर तक गली मोहल्ले वह फ़ेकुआ के नाम से मशहूर था। कहते हैं कि दुनिया में एक जैसी शक्ल सूरत वाले सात जने कहीं न कहीं होते हैं, लेकिन यह बात फेकुआ को देखकर मुँह चिढ़ाती जान पड़ती थी। वह अपने आप में एक नायाब नमूना था। सूरत ऐसी कि जैसे हड्डी का ढाँचा। एक-एक पसली गिन ली जाए। कपड़े भी ऐसे पहनता था जैसे हैंगर पर टी शर्ट टँगी हो, और नीचे निक्कर झूल रही हो। कई बार उसको देखकर ऐसा आभास होता जैसे गेहूँ के खेत में किसी ने मुँह चिढ़ाता बिजूका खड़ा कर दिया हो। वैसे तो उसका नाम शाबान मुर्तज़ा था, लेकिन गली-मोहल्ले के बच्चों के बीच उसके कई सारे नाम थे; जैसी ज़रूरत होती, वैसा ही उसका नाम बदल जाता था। कभी फेकुआ, कभी मैलुआ, कभी छोटे, तो कभी लंगड़दीन।

मोहल्ले भर में वह अपने अजब-गजब कारनामों के कारण काफी मशहूर था। उसके बिना न क्रिकेट खेला जा सकता था और न ही कंचे।

जैसे ही कोई ज़ोर का शॉट मारता, और गेंद गली को पार करती हुई मास्टर साहब की सर्पीली नाली में जाती, तुरंत 'फेकुआ फेकुआ।' आवाज़ देकर फेकुआ को बुलवाया जाता। गलीज़ बजबजाती हुई नाली में फेकुआ हाथ डालकर गेंद निकाल लेता और हैंडपम्प पे ले जा के साफ कर देता। बच्चे, हो हल्ला मचाते हुए गेंद को लेकर वापस बढ़ जाते। इसके बदले में

उसको कोई गुटखे, पुड़िया दे देता या फिर पतंग, माँझा वग़ैरह देने का वादा करके आगे बढ़ जाता। फेकुआ ख़ुशी-ख़ुशी गली के कोने में लगे सरकारी हैण्ड पम्प पर लटक-लटककर हाथ पैर धोता रहता।

कोई भी खेल हो, फेकुआ को ज़रूर शामिल किया जाता, लेकिन गुइयाँ को कुछ इस तरह से मैदान में उतारा जाता कि ऐसा दुर्लभ ही होता कि फेकुआ को क्रिकेट का बल्ला छूने को मिलता हो। अगर ग़लती से फेकुआ का नंबर आ भी जाता तो फेकुआ का ढाई हड्डी शरीर साथ नहीं देता। साँय करती हुई गेंद उसके पास से तीर की तरह गुज़र जाती, और दीवार पर कोयले से खींचे गए स्टंप पर कीचड़ से उसके आउट होने का सबूत छोड़ जाती। वह बहुत कोशिश करने के बाद भी पहली या दूसरी गेंद में ही घुस्स हो जाता।

"अरे यार, ऐसा कैसे डालते हो बाल, बताकर डालो।" ढाई हड्डी फेकुआ गुस्से से बल्ला पटक देता, और माँ-बहन की गंदी-गंदी गालियाँ देता हुआ वहाँ से निकल जाता।

फेकुआ जैसा दुर्लभ जीव इस दुनिया में कैसे आया, यह बताये बिना बात आगे बढ़ाना बेमानी है... तो सुनो, बात काफी पुरानी है, फेकुआ की अम्मा हुसनआरा की कोई औलाद नहीं थी। हुसनआरा का जब भी कोई बच्चा होता, तुरंत किसी न किसी बीमारी की चपेट में आकर अल्लाह को प्यारा हो जाता।

हुसनआरा ने बहुत जतन किए। जिसने जो मज़ार बताई, उसकी चौखट घिस दी, जिसने जहाँ बताया, वहाँ चादर चढ़ाई। उर्स में भी शिरकत की, लेकिन एक के बाद एक चार बच्चे होने के बाद भी हुसनआरा की झोली ख़ाली ही रही।

धीरे-धीरे लोगों ने दबी जुबान से यह कहना शुरू कर दिया था कि हुसनआरा के ऊपर साया है, या फिर उसके टूटे-फूटे एक कमरे के घर में ऊपरी हवा का असर है।

हुसनआरा जब पेट से होती, तो बेहद अजीब-अजीब ख्वाब देखा करती। कभी देखती कि वह एक बड़े से गोल पिंजरे में बहुत सारी बदहवास

औरतों के साथ फँस गई है, चारों तरफ तरह-तरह के साँप बिजबिजा रहे हैं, जो धीरे-धीरे उसकी तरफ आ रहे हैं। साँप की आखों में उसका अपना अक्स है, जिसमें वह पूरी तरह से बाल खोले नंगी है। ऊपर, किताब की तरह एक खुली खिड़की है, जिससे रौशनी फूट रही है। उस रौशनी से बहत्तर रस्सियाँ लटक रही हैं। वह जिस रस्सी को पकड़ती है, कुछ ही देर में वह रेत की तरह भरभराकर उसके ऊपर गिर पड़ती है। फिर बदहवास वह इधर उधर भागने लगती है। उनमें से एक रस्सी बहुत धारदार और काँटो भरी है।

तो कभी देखती कि वह रात में कुएँ के पास नंग-धड़ंग खाट पर लेटी है। एक साँप आकर उस पर छाता चला जाता है। पास ही कुत्ता भौंक रहा है और गधा रेंक रहा है।

सुबह होते ही वह अपना हर ख्वाब पड़ोस की नगीना आपा को बताना नहीं भूलती, और फिर नगीना आपा दिन भर जमघट लगाये जुएँ दिखवाती, सूत निकालती, उपले थोपती आस-पड़ोस की औरतों को डरा-डराकर क़िस्से सुनाया करती। सबके मुँह से बस यही निकलता "इस बार अल्लाह रहम करे।"

जैसे-जैसे हुसनआरा के दिन करीब आते थे, उसकी बेचैनी बढ़ती जाती। टुल्ली चप्पल में वह एक दरगाह से दूसरी दरगाह चबूतरे नापती रहती। इस बार हुसनआरा ने सात जुमराते करने के साथ ही अध्जीते मियाँ के हुजरे पर भी पूरी अक़ीदत के साथ हाज़री देनी शुरू कर दी थी। अध्जीते मियाँ के जिस्म का आधा हिस्सा पोलियो से बेकार था। टाँग बाँस की लाठी के जैसी और हाथ अकड़ टुंडा था। सुना था कि अध्जीते मियाँ की माँ ने उनको जिन्नों के क़ब्ज़े से छुड़ाया था। जब वह पैदा हुए थे तो जिन्न उनको अपने साथ ले जाना चाहते थे; कोयला और हड्डियों के लालच में बच्चा छोड़ गए थे।

खैर, हर जुमेरात, हुसनआरा नहा-धोकर बालों में कड़ुआ तेल और कपड़ों में इत्र मलकर पहले फकीरे-मियाँ की दरगाह को जाती, खीले-बताशे पर नियाज़ कराती, अगरबत्ती सुलगाती; फिर कुछ देर बैठकर मियाँ जी से दुआ माँगती। फिर दरगाह के गद्दी नशीन मुजाबिर, अध्जीते मियाँ

के हुजरे में हाज़िरी देती।

"फकीरे मियाँ की नियाज़ बड़े जानवर पर नहीं होती है। या तो मुर्गा या फिर बकरा।" अध्जीते मियाँ, पान भरे मुँह को हुडुकचुल्लू की तरह ऊपर करके कभी उससे मुर्ग़े पर नियाज़ करने के लिए बोलते तो कभी 'खीर पकाकर लाओ' बोलते। हुसनआरा इसी जोड़-तोड़ में लगी रहती।

"अगली जुमेरात से मैं एक ख़ास अमल करूँगा, इंशाल्लाह तेरी गोद इस बार सूनी नहीं रहेगी; नहा-धोकर साफ़ सुथरी बनकर आना, साथ में लोबान भी ले आना।" अध्जीते मियाँ ने हुसनआरा की पीठ पर हाथ फिराते हुए कहा।

"हाँ मियाँ जी।"

"और हाँ, सुनो! औरत हो या मर्द, दोनों को अपनी शर्मगाह के बाल महीने में एक बार ज़रूर साफ़ करना चहिये।" हाँ में गर्दन हिलाती हुई हुसनआरा लजा गई, फिर वह वहाँ से निकल गई।

* * *

दिन भर ठेला खींचकर जब नज़रुल वापस आता, तो हुसनआरा ग़ायब मिलती। एक औलाद की चाह में सब्र करते हुए भूखे पेट बीड़ी पीकर सो जाता; देर सबेर हुसनआरा जब आती तब उसके पेट को निवाला मिलता।

"क्या बताया मियाँ जी ने?" चूल्हे के पास उकडूँ बैठे नज़रुल ने पूछा।

"बोले, इस बार गोद सूनी नहीं रहेगी; कोई ख़ास अमल करेंगे अगली जुमेरात से।"

"क्या अमल?"

"हमें क्या मालूम? वो मियाँ जी को मालूम होगा; कैया लोबान लेकर आना और..." हुसनआरा ने चूल्हे से रोटी निकालते हुए अपने बाक़ी के शब्द अधूरे ही छोड़ दिए।

“हमें समझ नहीं आता यह सब, तुम जानो और तुम्हारा काम।”

“अरे! तो हम क्या अनोखे जाते हैं? जुमेरात को देखो, मुसलमान तो मुसलमान, कित्तान हिन्दुनियाँ आती हैं दरगाह पे।” नज़रुल को कोई जवाब देते नहीं बना। सर झुकाकर वह निवाला तोड़ने लगा।

* * *

अगले दिन जुमेरात थी। मग़रिब का वक़्त था। हुसनआरा, फकीरे मियाँ की दरगाह से फारिग होकर अध्जीते पीर के हुजरे में पहुच गई थी। बाक़ी सभी ज़ियारत करने वाले लोग भी अँधेरा होते-होते वहाँ से जा चुके थे।

“हुसनआरा बहुत मेहनत की है इस बार तूने, अब कोई कोर-कसर बाक़ी मत रख, बस यह अमल पूरा होते ही तेरी गोद भर जाएगी।”

“हाँ पीर जी, एक चिराग जलाने वाला तो होना ही चाहिए घर में; मैं हर अमल के लिए तैयार हूँ।”

“ऐसा कर, सात जुमेरात और मान ले; बस यह समझ, सच्चे फकीरे मियाँ ने इस बार तेरी मुराद सुन ही ली है।”

“जी पीर जी, जहाँ सात जुमेराते करी है, वहाँ सात और सही।” हुसनआरा को भी पीर जी की बात में पूरा अक़ीदा था। वह भी इस बार कोई कोर-कसर बाक़ी नहीं रखना चाहती थी। उसने हुजरे के पास बनी फकीरे मियाँ की मज़ार की तरफ झोली फैलाते हुए हाँ कर दी।

हर जुमेरात वह मग़रिब को आती और पीर जी के हुजरे में रहकर बच्चे के लिए मियाँजी से दुआ करवाती। मियाँ जी भी तरह-तरह के गंडे ताबीज़ उसको देते। ताबीज़ का असर होता रहे, बच्चे को कोई बुरी शय पेट में नुक़्सान न करे। मियाँ जी कभी ताबीज़ खुद अपने हाथों से उसकी कमर में बाँधते, तो कभी गले में; और पेट पर हाथ रखकर तरह-तरह की दुआ पढ़ते। चटाई पर लेटी हुसनआरा को कुछ समझ नहीं आता। बस वह इतना समझती थी कि वह दुआएँ क़ुरान से बिलकुल भी नहीं मिलती थीं। किसी ख़ास किताब से थीं, जो बरेली के किसी मरकज़ से ही शाया हुई थी।

इज़ारबंद के जैसे ही पेट पर बाँधे काले ताबीज़ में सात गाँठें थीं, जिनको मियाँजी ने हर एक जुमेरात के साथ बढ़ाते रहने को बोला था।

जब हुसनआरा पीरजी के पास आती, अध्जीते पीर, बेहद अक़ीदत के साथ उसके पेट पर नूरानी तेल मलते और ताबीज़ की गाँठ को आगे बढ़ा देते।

लेकिन इन सबमें वह एक ख़ास अमल भी करते, जो कि हुसनआरा को किसी को भी बताने की इजाज़त नहीं थी। बच्चे की चाह में हुसनआरा बिलकुल बकरी बनी, पीर जी के हुजरे में, चटाई पर सलवार खोले पड़ी रहती। अमल पूरा होने पर अध्जीते पीर, पसीने से लथपथ उठते और ख़ुद को दुरुस्त करके तहमद कसते वहीं पसर जाते। ख़ुद को सँभालती, बुरखे में मुँह दबाये, धड़कते दिल से हुसनआरा वहाँ से निकल जाती।

जैसे जैसे गाँठें आगे बढ़ती जा रही थीं, हुसनआरा के चेहरे पर खुशियाँ खिलती जा रही थीं। पहले महीने से ही हैज़ आना रुक गए। हुसनआरा बहुत खुश थी। तीसरे महीने में ज़ाहिर हो गया कि हुसनआरा एक बार फिर पेट से है। इतने ख़ुफ़िया तरह से उसने नज़रुल को यह बात बताई कि कहीं कोई बुरी शय न सुन ले।

दिन बीतते गए। आख़िरकार नौ महीने पूरे होने से सात दिन पहले ही ढीठ फेकुआ इस दुनिया में आ ही गया। लेकिन यह क्या! ज़रूरत से ज़्यादा कमज़ोर, और एक पैर इतना सूखा कि जैसे नीम की लकड़ी। पूरे चेहरे पर बाल और... अल्लाह माफ़ करे, बला का बदसूरत।

अमल के अनुसार जैसा कि पीर जी ने बताया था, फेकुआ को पैदा होते ही दाई से घूरे पर फिंकवाया गया, और फिर उठाया गया। घर में लाने से पहले उसे पड़ोसी नसरीना खाला को अठन्नी में बेच दिया गया। बुरी शय फेकुआ के साथ घूरे तक गई, लेकिन वापस घर में नहीं आ पाई। मियाँ जी ने पहले ही पूरा घर कील दिया था। टोटका कामयाब रहा। फेकुआ बच गया।

* * *

छह दिन बाद हुसनआरा बच्चे को लेकर अध्जीते पीर के हुजरे पर गई, साथ में पड़ोस की नगीना आपा थीं, लेकिन अन्दर आने की इजाज़त सिर्फ हुसनआरा को ही थी।

"माशाल्लाह! आख़िरकार तेरी गोद भर ही गई हुसनआरा; फकीरे मियाँ की चौखट से कोई ख़ाली हाथ नहीं जाता।"

"हाँ पीर जी, लेकिन इसका पैर बिलकुल भी नहीं हिलता है, एकदम लकड़ी के जैसा।"

"जो दिया है ऊपर वाले ने उसको नेमत समझ; कड़ुए तेल से आटे की लोई बनाकर मालिश कर, वक़्त के साथ-साथ ठीक हो जायेगा।"

"लेकिन यह तो आपका है।"

"अल्लाह की मर्ज़ी के बिना पत्ता भी नहीं हिलता है, फिर यह मेरा कैसे हो गया? मैं जिस्म से बेकार भला किसी को क्या दे सकता हूँ?" अध्जीते मियाँ भड़क उठे। हुसनआरा, मियाँजी की बात पर कुछ न बोली। उसने साथ लाई हुई मिठाई और चादर पास रख दी। मियाँ जी कुछ पढ़ते रहे, फिर उन्होंने बच्चे के मुँह पर फूँक मार दी, और एक ताबीज़ गले में डाल दिया।

"इसका नाम रख देते।"

"इसका नाम... शाबान के महीने में पैदा हुआ है तो शाबान मुर्तज़ा।" पीर जी ने दिमाग़ पर ज़ोर देते हुए नाम सुझाया। हुसनआरा ख़ुशी से सर हिलाती हुई वहाँ से निकल गई, लेकिन सारे रास्ते बहुत सारे सवाल उसके मन को कचोटते रहे।

* * *

वक़्त के साथ साथ बच्चा बड़ा होता गया। किसी को भी बच्चे का नाम शाबान मुर्तज़ा याद नहीं रहा, क्योंकि उसको पैदा होते ही कूड़े पर फ़िकवाया गया था, इस टोटके के कारण उसका नाम फेकुआ पड़ गया। उसको कई महीनों तक माँगकर कपड़े पहनाये गए।

फेकुआ रात को ऐसा रोता कि पूरा मोहल्ला सिर पर उठा लेता। कुत्ते बिल्ली तक जान जाते कि फेकुआ रो रहा है। कुछ महीनों के बाद फेकुआ रगड़-रगड़कर घुटनों-घुटनों चलने लगा। बैल की घंटी की तरह उसके गले में उसके कुल वज़न से ज़्यादा गंडे-ताबीज़ लटकते रहते।

वक़्त गुज़रता गया, फेकुआ बड़ा होता गया। वक़्त के साथ-साथ फेकुआ ने हर वह हुनर सीखा, जो मोहल्ले के कई लड़के जानते थे। पतंगों के पीछे झाड़-झक्कड़ लेकर भागना, लग्घड़ लड़ाना, कब्रिस्तान में लगे इमली के पेड़ से ढेला मारकर इमलियाँ तोड़ना, कुत्ते-कुतिया के फ़ँस गए भिंडू को गिटकरियाँ मारकर छुड़ाना।

इन सबके अलावा फेकुआ ने अपने दोस्त घसीटे और शानू से एक और ख़ास हुनर सीखा था। वह था चारपाई की आड़ लेकर नहा रही आस-पड़ोस की औरतों को छुपकर देखना।

गली के बाहर बनी सीमेंट की पुलिया पर बैठा फेकुआ जैसे ही किसी के घर की नाली से पानी के साथ साबुन का झाग निकलकर बहता देखता, तुरंत उसके दिमाग़ में चीटियाँ रेंगने लगती थीं। पतंग के बहाने वह तुरंत किसी न किसी की छत पर डेढ़ टाँग उचकाता हुआ चढ़ जाता, और खड़ी खाट के पीछे नहाती उस औरत को तब तक ताड़ता रहता, जब तक वह नहाकर कपड़े नहीं पहन लेती। फेकुआ को इसमें असीम आनंद मिलता।

फेकुआ बदनसीब, ऐसे ज़माने में पैदा हुआ था कि जब न मोबाइल चलन में थे और न ही घर-घर केबल टीवी आम हुआ था।

जब फेकुआ की हल्की दाढ़ी मूँछ आने लगी तो पहली बार उसने अपने दोस्त घसीटे और शानू के साथ एक लुगदी किताब पढ़ी। किताब क्या, बस यह समझो, ज़िंदा आग थी। हर पन्ना अपने आप में सुलगता हुआ था। मोहल्ले की भाभी चाची से लेकर माधुरी, करिश्मा, रवीना, दिव्या भारती तक को वह अपनी कल्पनाओं में सराबोर कर चुका था। कहानी खत्म होते-होते किताब के कई सारे पेज फेकुआ जोश से आपस में चिपक गए। गहरी-गहरी साँसें लेता हुआ फेकुआ खंडहर से उठा और कपड़े झाड़ता हुआ घर की तरफ बढ़ गया।

* * *

एक दिन फेकुआ हँसता हुआ घर में आया और शेखी बघारने लगा कि "आज सालों को मार-मारकर खदेड़ दिया मोहल्ले से।"

"किससे लड़कर आया रे हरामी? तू डेढ़ पसली, भला किसको खदेड़ने लगा। परवीना के लौंडे से तो तू पिटकर आया था, उसने तो तुझे चौह्बच्चे में घुसेड़ दिया था।" हुसनआरा जैसे उसको देखते ही बरस पड़ी। वह बाक़ी लड़कों से हर मामले में कमज़ोर था। इस वजह से वह दिल ही दिल में कुढ़ती थी।

"अरे, वह नहीं, तुम भी अम्मा पुरानी बात लेकर बैठ जाती हो; तब हम बीमार थे, इसलिए हार गए थे, अब लड़ के दिखाए हमसे, न नाली में टूम दिया तो कहियो; लेकिन आज तो हमने भी धकियाया सालों को, मोहल्ले से दूर तक खदेड़ दिया।"

"अरे किसको रे हरामी?"

"अरे वही साले जमातियों को; मार पूरे कसबे में उधम काटते फिरते हैं साले।"

"ऐसा मत बोल, गुनाह पड़ेगा तुझे।"

"घंटा गुनाह पड़ेगा। मियाँ जी कह रहे थे यह साले जिसको भी अपने साथ चालीस दिन के लिए लिये जाएँ वह इनका ही हो जाता है, पूरा कब्ज़े में कर लेते हैं।"

"और फिर?"

"फिर क्या? उसको ही देख लो, जुम्मन के लड़के अलीम को। तीन दिन गया था इनके साथ, साला कमलापसंद खाना छोड़ दी, जब देखो दीन हदीस की बातें ही पेलता रहता है... यहीं खड़े-खड़े नाली पर मूतते थे साथ में, अब टोपी लगाकर बड़े भारी मुल्ला बन गए चार दिन में।" फेकुआ बात पूरी करते-करते खी खी करके हँस दिया।

"तो क्या ग़लत कर दिया उसने? तू क्यों नहीं चला जाता है उनके

साथ? कुछ पढ़ लिख जायेगा रे।''

''अरे हटो! हम शाम को जुलूस में जा रहे हैं।'' जवाब देकर फेकुआ कटकर आसमान में गोते खाती पतंग की तरफ भाग गया। हुसनआरा वापस साग काटते हुए टीवी में लग गई।

* * *

एक जुमे के दिन अचानक फेकुआ सेंटी हो गया। नहा-धोकर टोपी लगाकर मस्जिद की तरफ बढ़ गया। तभी रास्ते में अलीम मिल गया।

''कैसे हो शाबान भाई?'' अलीम ने फेकुआ को देखकर सवाल किया। अलीम एक मात्र लड़का था, जो उसको उसके नाम से बुलाता था।

''मैं ठीक हूँ, तू अपनी सुना?''

''अल्हम्दोलिल्लाह।'' कुछ ही देर में फेकुआ अलीम के साथ मस्जिद में दाख़िल हो गया। अलीम, वुज़ू के लिए नल की तरफ बढ़ गया। फेकुआ, दीवार पर लिखी अरबी की इबारत को आँखें लगाते हुए पूरी अक़ीदत से चूमने लगा।

''अरे! यह क्या कर रहे हो?''

''अरबी में लिखा है।''

''अरे! 'एरो' नहीं देखते क्या? बैतूलखिला लिखा है।''

''बैतूलखिला मतलब?''

''मतलब, पैखाना है उधर।'' अलीम ने हाथ से 'एरो' की दिशा में इशारा किया। फेकुआ ने झेंपते हुए खीसें निपोर दीं। फिर वह अलीम के साथ वुज़ू के लिए बैठ गया।

सामने दीवार पर एक हदीस लिखी थी, 'इल्म को हासिल करना हर मुसलमान पर फ़र्ज़ है।' फेकुआ उस कुनबे से आता था जो इस हदीस से कोसों दूर थे।

11

तुमसे किसने पूछा

ज़िंदगी में कई बार ऐसे मोड़ आते हैं, जब हम इतने हताश और निराश हो जाते हैं कि लगने लगता है मानो सब कुछ टूटकर बिखर गया है। लेकिन जो टूटकर बिखर जाने के बाद फिर से खड़े होते हैं और मंजिल की तरफ़ बढ़ते हैं, वही लोग ज़िन्दगी को सही मायनों में जीते हैं।

ज़िन्दगी के किसी मोड़ पर जब आप खुद को बेहद टूटा हुआ सा महसूस करें, तो याद रखें, एक जापानी परम्परा के अनुसार, जब कोई वस्तु टूट जाती है, तो उसे कई बार सोने से जोड़ा जाता है। इससे टूटी हुई वस्तु की ख़राबी, खूबी में तब्दील हो जाती है, और वस्तु की क़ीमत बढ़ जाती है। ठीक उसी प्रकार कभी-कभी टूटने से ज़िंदगी और ज़्यादा कीमती बन जाती है। टूटकर जुड़ने में इंसान को जो लगन लगती है, वही इंसान को मूल्यवान बनाती है।

शुरूआत तो तक़रीबन पाँच साल पहले एक अनजानी मुलाक़ात से हुई थी। तुम मेरी यूनिवर्सिटी में आये थे, और तुमने विश्व महिला दिवस पर

महिलाओं के अधिकारों की जमकर वकालत की थी। 'महिलाएँ हर मामले में पुरुष के बराबर हैं।' यह बताते हुए तुमने कल्पना चावला, ज्योतिबा फुले, फ़ातिमा शेख़ से लेकर न जाने कितनी महिलाओं के नाम गिना दिए थे। मैं स्टूडेंट थी। तुम्हारी बातों ने मुझ पर जादू जैसा असर किया था। तुम्हारे दिल में महिलाओं को लेकर सम्मान; और जो तुम्हारा नज़रिया था, उसने मुझे बहुत प्रभावित किया था, और न जाने कब मैं तुमसे प्यार कर बैठी, पता ही नहीं चला।

लेकिन उन सब बातों को अब मैं याद नहीं करना चाहती हूँ। वह सब अब बीत चुका है, जिनको दोहराने का मतलब है ख़ुद के ज़ख्मों को नाखून से कुरेदना।

मुझे याद है वह दिसम्बर की सर्दियाँ ही थीं। अचानक तुमने मुझसे धीरे-धीरे किनारा कर लिया था। उन दिनों मैं बेहद तनहा रहती थी। कई बार इतनी तनहा कि कई-कई दिन गुज़र जाते थे, मेरे पास बात करने तक को कोई नहीं होता था। तब अक्सर मैं ज़ोर-ज़ोर से ख़ुद से बातें करने लगती थी, घंटों पुराने ख्यालों में खोई रहती। ज़िन्दगी जैसे बँध सी गई थी। सुबह को भाग-भागकर, दिल्ली मेट्रो के नीले प्लेटफ़ॉर्म से पीले प्लेटफ़ॉर्म को साँप-सीढ़ी के जैसे बदलते हुए ऑफिस, और शाम को फिर वही कंधे से कंधा ठेलते ऑफिस से घर, उल्टा-सीधा खाना खाना, और देर रात जागते हुए सो जाना... बस यही ज़िंदगी के कुछ हिस्से थे जिन्हें मैं जिए जा रही थी। कहना मुश्किल है कि मैं ज़िंदगी जी रही थी या ज़िंदगी गुज़ार रही थी। इतना तनहा पहले कभी मैंने खुद को महसूस नहीं किया था। अचानक से सब कुछ इतना दूर चला जायेगा मैंने सोचा न था। तुम मेरे पास नहीं थे, लेकिन तुम्हारा एहसास आज भी हर पल मेरे पास है।

* * *

ऐसी ही एक रात जब मैं, मेट्रो से निकलकर सुनसान बस स्टैंड पर खड़ी किसी ऑटो के आने का का इंतज़ार कर रही थी, तो अचानक वह मुझे मिल गया। मैं उसको कनखियों से देखने लगी। एक दो बार के बाद उसको एहसास हो गया कि मैं उसको देख रही हूँ। उस सुनसान बस स्टैंड

पर मेरे और उसके अलावा और कोई नहीं था। स्ट्रीट लाइट की रौशनी बेहद मद्धम थी। वह जीन्स टी शर्ट पहने था, जिस पर उसने एक खुला हुआ हुड वाला स्वेट शर्ट पहना हुआ था। कंधे पर एक छोटा सा बैग था, और सर पर ऊनी कैप। शायद उसको भी मेरी तरह किसी ऑटो के आने का इंतज़ार था। मेरा दिल चाह रहा था कि मैं उससे बात करूँ, लेकिन न जाने क्यों हिम्मत नहीं जुटा पाई।

"आप नेहा हो?" मैंने उससे इस तरह अचानक सवाल की उम्मीद नहीं की थी, वह भी सीधा मेरे नाम के साथ। लेकिन ऐसा होना कोई ताज्जुब की बात नहीं है। अक्सर ऐसा होता है कि हम किसी जानने वाले से अचानक कहीं न कहीं मिल जाते हैं। मैंने उसके चेहरे को देखते हुए धीरे से 'जी' बोला, और अपने दिमाग़ पर ज़ोर देने लगी कि वह कौन है? मुझे कैसे जानता है?

"आप रोज़ यहाँ से निकलकर साउथ एक्सटेंशन तक जाती हो, फिर देर रात तक जागती हो, और भाग-भागकर सुबह फिर ऑफिस आती हो; दिन भर सब पे ग़ुस्सा करती हो, और यहाँ तक कि कैंटीन के खाने तक पर ग़ुस्सा निकालती हो; इनसे जो बच जाता है वह भड़ास फेसबुक पर लिखकर निकालती हो।"

"आप... आप कौन हो? इतना कुछ कैसे जानते हो..." वह अब बिलकुल मेरे पास खड़ा था। मैं उसको आँखे फाड़-फाड़कर देख रही थी, और जानने की कोशिश कर रही थी कि आख़िर वह कौन है? मैं अपने दिमाग़ पर ज़ोर दे रही थी, कि कहीं यह मेरा कोई स्टूडेंट तो नहीं है, जिससे मैं चार साल पहले ही पीछा छुड़ा चुकी थी... या शायद मेरे साथ किसी ऑफिस में जॉब करता था। एक पल में ही मैंने कई चेहरे खँगाल डाले, लेकिन उसका चेहरा उनमें नज़र नहीं आया। तब आख़िरी उम्मीद के साथ दिमाग़ पर ज़ोर देते हुए मैंने मान लिया कि ज़रूर कोई फेसबुक फ्रेंड है, जो मेरी पोस्ट पढ़ता है। मैंने फिर वही सवाल दोहराया "आप कौन हो?"

"छोड़ो न... मुझे कोई कहानी सुनाओ न।" यह बेहद अजीब सी फ़रमाइश थी, वह भी एक अनजान लड़के के द्वारा, जिसको मैं दिमाग़ पर काफ़ी ज़ोर देने के बाद भी नहीं पहचान पाई थी, और उसकी पहचान को

ख़ारिज़ कर चुकी थी, कि मैं इसको पहले से जानती हूँ।

“कहानी? इस वक़्त? और आप कौन हो... आपका नाम?” न जाने क्यों मैं एक अजीब सी कैफ़ियत खुद में महसूस कर रही थी। मैंने फिर वही सवाल दोहराया।

“नेहा, वह सब छोड़ो... अभी बहुत वक़्त बाक़ी है; कोई कहानी सुनाओ, लेकिन पुरानी या सुनी सुनाई नहीं।”

“तो फिर...?” मुझे अपने सीने में एक जलन सी महसूस हो रही थी। दिल कर रहा था कि इस जलन को आँसुओं से धो दूँ। यह सब बेहद अजीब था। दिल कर रहा था कि मैं फूट-फूटकर रो दूँ।

“अभी... अभी सुनाओ तुरंत कोई कहानी बनाकर सुनाओ।” यह बेहद अविश्वसनीय सा था। वह अगले ही पल किसी बच्चे के जैसा ठुनकने लगा। अगर मैं एक पल की और देर करती तो शायद वह रो देता। वह मेरा चेहरा देख रहा था, और मेरे लबों के खुलने का इंतज़ार कर रहा था।

“ठीक है बाबा सुनो!” कहकर मैंने बोलना शुरू किया। वह मेरा चेहरा देख रहा था।

“उन दिनों मैं दसवीं क्लास में पढ़ती थी। मेरे पड़ोस में सड़क के पार एक लड़का रहता था, जो कि मुझसे काफ़ी छोटा था। वह अनाथ था। उसके माँ-बाप दोनों ही मर चुके थे, और दूर के रिश्तेदारों के लिए वह एक बोझ से ज्यादा कुछ नहीं था, इसलिए किसी ने उसकी कोई सुध नहीं ली। वह सड़क के किनारे बनी दुकानों के शेड के नीचे रहता था। रात को वहीं सोता था, और दिन में लोगों के छोटे-मोटे काम कर देता था, जिससे कि लोग उसको खाने को दे देते... कोई उसको चाय पिला देता था, तो कोई उसको पुराने कपड़े पहनने को दे देता।

क्योंकि उसकी परवरिश सड़क पर हो रही थी, जिसकी वजह से गालियाँ देना, चोरी करना, लड़ाई-झगड़ा करना, कंचे खेलना, धीरे-धीरे उसकी आदत बनती जा रही थी। इतनी कम उम्र में भी उसके दाँत हर वक़्त गुटखे से बदरंग रहते। वह जब भी किसी के पास जाता, लोग उससे जमकर काम करवाते, और बदले में घर का बासी खाना दे देते, या फिर चाय।

क़िस्मत अच्छी रही तो कभी-कभार कोई मिठाई भी मिल जाती। कई बार वह सीधा खाना या चाय न लेकर पैसे माँगता। तब कोई उसके हाथ पर एक-दो रुपए का सिक्का रख देता।

उसका असली नाम क्या था, मैं आज भी नहीं जानती... बस सब उसको किद्दू कहते थे। अनाथ होने के बावजूद वह खाना खाने में बेहद नखरे करता था। ऐसा नहीं था कि आप उसको जो दोगे खा लेगा; जो उसको पसंद होता था वही खाता था, जो नहीं पसंद आता, उसको अपने कुत्ते को खिला देता। इन नखरों के कारण वहाँ उसको लोग दूर दूर तक "किद्दू क्या खाएगा?" बोलकर चिढ़ाते। वह भर-भर कर माँ-बहन की गालियाँ देता। आस-पास के सभी दुकान वाले, ठेले वाले, पटरी वाले, बुक्का फाड़कर ज़ोर-ज़ोर से हँसते। जितना वह गालियाँ देता, लोग उतना ही उसको छेड़ते। उन छेड़ने वालों में मैं भी शुमार थी। जब भी किद्दू दिखता, बाक़ी लोगों के जैसे ही मैं भी उसको "किद्दू क्या खायेगा?" बोलकर छेड़ती, और तेज़ी से अपने घर के दरवाज़े की तरफ भाग जाती। लेकिन न जाने क्यों, किद्दू मुझको गालियाँ नहीं देता। वह "अले जाओ याल।" बोलकर निकल जाता। उसकी ज़िंदगी सड़क पर ठोकर खाते पत्थर से ज़्यादा कुछ नहीं थी, लेकिन फिर भी वह मेरे लड़की होने का मान रखता।

लोग उसको अठन्नी-चवन्नी देने से पहले, जमकर परेशान करते, फिर कोई चाट के ठेले वाले से कहता "अरे काले, ज़रा किद्दू को मेरी तरफ से आलू खिला देना, अठन्नी मुझसे ले लियो।" इतना होने के बाद भी किद्दू, चटपटे आलू खाने के लालच में तुरन्त सब भूल जाता, और ठेले की तरफ़ ख़ुशी-ख़ुशी दौड़ जाता। उसको छेड़ने में जो शब्द वह इस्तेमाल करते, वह बेहद तकलीफ़देह होते थे, लेकिन किद्दू अभी इतना बड़ा नहीं था कि उन शब्दों को समझ पाता... वह तो बस, जो जैसा कहता, नाक सुड़कते हुए उसको पलटकर वही गाली दे देता।

कोई कहता 'वह बड़े दाँत वाली खप्पड़ रंडी तेरी अम्मा है, वही तुझे नाले के पास डाल गई थी।' तो कोई कहता 'किद्दू गुड़वंती है, दो रुपये के बदले इसने खेत में बंगाली के लौंडे को दी थी।' किद्दू उनकी बात का वही मुँहतोड़ जवाब दोहरा देता कि खप्पड़ रंडी की तू औलाद, मैं नहीं। तूने

बंगाली के लौंडे से मरवाई है, मैंने नहीं, मैं गुड़ नहीं हूँ।

दिन ऐसे ही बीत रहे थे। सब किद्दू को चिढ़ाते, छेड़ते, या फिर किद्दू के ज़रिये किसी बुड्ढे-ठुड्डे को छेड़ते। जैसा कि मैंने बताया, उन छेड़ने वाले लोगों की जमात में मैं भी शामिल थी। जब भी किद्दू को देखती, तुरंत ज़ोर से, कभी छत के छज्जे से तो कभी दरवाज़े से 'किद्दू क्या खायेगा?' आवाज़ लगा देती। किद्दू "अले जाओ याल।" बोलता हुआ हाथ झटकता हुआ वहाँ से निकल जाता।

एक शाम बहुत तेज़ बारिश हुई। मैं और मेरे चचेरे भाई-बहन, मोहल्ले के बाकी बच्चों के साथ इकट्ठा खड़े थे। हम लोग भरे हुए गंदे पानी में अठखेलियाँ कर रहे थे।

तभी एक साथी लड़के ने फुसफुसाते हुए कहा "देख-देख, किद्दू आ रहा है।" सबने उधर देखा।

एक हाथ में खाने की पॉलीथीन और एक हाथ में हवाई चप्पलें थामे किद्दू, भरे हुए गंदे पानी में छपड़-छपड़ करता हुआ बढ़ता जा रहा था। हम सबने एक साथ आवाज़ लगाई "किद्दू क्या खायेगा...?"

"अले याल... हम मर भी जायेंगे तब भी तुम लोग मेरी कबर पर आकर यही कहना।" कहता हुआ किद्दू बढ़ गया। हम सब ज़ोर-ज़ोर से बुक्का फाड़कर हँस दिए।

* * *

अगले दिन दोपहर का वक़्त था। दुआ पढ़ते हुए सबने बारी-बारी से तीन बार क़ब्र पर मिट्टी डाली, उसके बाद उस छोटी सी क़ब्र को फावड़े से बराबर कर दिया गया। मेरे ज़हन में किद्दू के कहे आख़िरी शब्द बार-बार घूम रहे थे। *'अले याल, हम मर भी जायेंगे तब भी तुम लोग मेरी कबर पर आकर यही कहना।'*

उस रात तेज़ बारिश में नाले के पास लगे ट्रांसफॉर्मर से करंट उतरकर पानी में आने लगा था। किद्दू उसकी चपेट में ऐसा आया, कि जब तक उसको बचाने की कोशिश की गई, वह इस दुनिया से जा चुका था। बताने

वाले लोग कहते हैं कि किद्दू का कुत्ता बारह दिन तक उसकी क़ब्र पर जाकर रोता रहा। तेहरवें दिन वह किद्दू की क़ब्र पर ही मरा मिला था।

* * *

एक ज़ोर की आवाज़ के साथ मैं हडबड़ा के उस बस स्टैंड से उठी। यह ऑटो की आवाज़ थी। मैंने यहाँ-वहाँ देखा, लेकिन वह लड़का मेरे पास नहीं था। एक ऑटो वाला रोज़ मेरे उस रूट पर जाने की वजह से मेरा चेहरा पहचानता था। वह मेरी तरफ देख रहा था, जैसे कि वह मेरे ऑटो में बैठने का इंतज़ार कर रहा हो। मैंने फिर यहाँ-वहाँ नज़रें दौड़ाई, लेकिन वह लड़का मुझे नज़र नहीं आया। मैं तुरंत शेयरिंग ऑटो में बैठ गई। रात का समय था, लेकिन फिर भी ऑटो में कोई सीट ख़ाली नहीं थी। मैं ख़ुद को सँभालती, एक साइड गुचुड़-मुचुड़ होती हुई बैठ गई, लेकिन जब तक बस स्टैण्ड, कोहरे की चादर के पीछे ओझल नहीं हो गया मैं उसको देखती रही। पूरे रास्ते मैं अपनी कहानी और उस लड़के के बारे में ही सोचती रही।

* * *

अगले दिन, हर रोज़ की तरह मैं दौड़-दौड़कर ऑफिस गई थी। वॉशरूम में जाकर खुद को दुरुस्त किया। अभी अपनी सीट पर आकर कम्प्यूटर ऑन किया ही था, कि मुझे तुरंत सब-एडिटर के केबिन में बुलाया गया। मैं ऑफिस लेट पहुँची थी। इस वक़्त तक़रीबन ग्यारह बज रहे थे, लेकिन यह वजह नहीं थी। कुछ ही देर में मैं एडिटर के केबिन से जली-भुनी सी निकली थी। मुझे जमकर लताड़ लगाई गई थी। ऐसा पहले कभी नहीं हुआ था। मैंने अपना काम समय पर नहीं किया था, और न ही ठीक से किया था। कल के सारे ड्रॉफ्ट अभी भी अधूरे पड़े थे। सच बोलूँ तो मैंने काम किया ही नहीं था, बेहद उठल्लू ढंग से खानापूर्ति की थी, जिसकी वजह से एडिटर ने मुझे जमकर लताड़ा था। मैं अपने ग़ुस्से को अन्दर ही अन्दर समेटे ऑफिस से बाहर निकलकर साइड में बनी, एक बंद सड़क पर चली गई। दरअस्ल उस सड़क के आगे काम चल रहा था, जिसकी वजह से उसको आगे से बंद किया गया था। सड़क के किनारे पहुँचकर मैंने अपनी जैकेट की पॉकेट से सिगरेट निकालकर जलाई और वहीं एक छोटे से चबूतरे पर बैठकर, अपने बालों को सँभालती हुई कश लेने लगी।

मेरे अन्दर ग़ुस्सा था। अभी जो कुछ मिनट पहले केबिन में हुआ, वह सब बार-बार मेरे दिमाग़ में घुमड़ रहा था। मेरे अन्दर का इंसान कह रहा था कि रिजाइन लेटर लिखकर अभी इस सड़ियल टकलू के मुँह पर मारकर आऊँ। सिगरेट के आख़िरी कश के बाद भी मैं काफी देर तक वहीं खड़ी रही, फिर वापस अपनी सीट पर आ गई। सच पूछो तो मैं वहाँ थी ही नहीं। ऐसा लग रहा था कि जैसे सिर्फ मेरा जिस्म ही वहाँ था। मैं अपने सर को पकड़े गहरी सोच में डूबी थी।

तभी कोई मेरे पास आकर खड़ा हो गया।

"अरे आप! उस रात को अचानक से कहाँ चले गए थे...आप? क्या आप इसी बिल्डिंग में हो?" बिल्डिंग में हो से मेरा मतलब उस बिल्डिंग में बने किसी मीडिया न्यूज़ चैनल के ऑफिस से था। मैं उसको देखकर अचानक भौचक्की सी हो गई थी। मैंने सोचा नहीं था कि वह लड़का मुझे अचानक इस तरह से दोबारा मिलेगा। आज उसने गहरे मैरून रंग के कोट के साथ नीली जीन्स पहनी हुई थी। आज उसने कैप नहीं लगाई थी, लेकिन उसका बैग आज भी वही था।

"नेहा... उस दिन किद्दू के बारे में जानकार मैं बहुत रोया। आप कैसी हो? चाय पी आपने? कुछ खाया सुबह से या नहीं?"

"हाँ खाया, अच्छी हूँ।" मैंने उससे नज़रें बचाते हुए धीरे से झूठ बोला। शायद उसकी आँखों में आँखें डालकर मैं यह झूठ नहीं बोल पाती।

"नेहा, मुझे कहानी सुनाओ न।" उसने उस रात के जैसे आज भी वही फरमाइश की। वह मेरे चेहरे को देख रहा था, मैं उसके चेहरे को देख रही थी। जैसे मैं दुनिया से बेख़बर थी।

"आपने मुझे अपना नाम भी नहीं बताया... कहाँ रहते हो आप, और यहाँ इस वक़्त?"

"नेहा कहानी सुनाओ न प्लीज़! वह सब छोड़ो।" उसने एक बार फिर रोनी सी सूरत बना ली, जैसे कि अगले ही पल में वह फूट-फूटकर रो देगा। न जाने क्यों मेरे दिल में आया कि उसके सिर को सहला दूँ, लेकिन उसने पीछे हटते हुए मना कर दिया।

"अरे, लेकिन मैं इस वक़्त ऑफिस में हूँ, कैसे कोई कहानी सुनाऊँ? फिर कभी फुर्सत से..."

"तुम आजकल मेरी सुनती ही नहीं हो... सुनाओ न प्लीज़ कोई कहानी।"

यह बेहद अजीब था, कि जिससे मैं दो दिन पहले ही मिली थी, वह कह रहा था कि तुम आजकल मेरी सुनती ही नहीं हो। उसने एक बार फिर मेरी तरफ प्यार भरी नज़रों से देखा, जैसे मेरे लबों की जुम्बिश का इंतज़ार कर रहा हो। मैं अपने ज़हन में उन पलों में कोई कहानी बुनने लगी। वह बदस्तूर मेरे चेहरे को देखे ही जा रहा था। मैं ख़ुद को गहरे ख़यालों में खोता हुआ सा महसूस कर रही थी। मैंने बोलना शुरू किया।

"वह अभी-अभी जवान हुई थी, लेकिन वह नहीं जानती थी कि वह जवान हो रही है। वह जानती ही नहीं थी कि आवाज़ का भारीपन और जिस्म के सुडौल उभार के साथ उन ख़ास हिस्सों पर बालों का आना, बचपन के लड़कपन से जवानी की दहलीज़ में दाख़िल होने की निशानी है। उसके पास दुनिया की हर चीज़ थी, वह बेहद महँगे शाही कपड़े पहना करती थी, छोटी-छोटी बात पर खुद को सँवारने में घंटों खर्च कर देती थी; लेकिन उसको हमेशा इस बात से कुढ़न होती थी कि जब वह अपनी खुली हुई राजसी बग्घी से गुज़रती है तो लोगों के सर झुकते चले जाते हैं। कोई उसको सर उठाकर भी नहीं देखता है। वह बारी-बारी से सबको देखती और कोचवान को बग्घी धीमी रखने को बोलती। बहुत सारे नौजवान, बच्चे, बूढ़े, औरतें, लड़कियाँ, सब उसको रास्ते में मिलते; लेकिन जैसे-जैसे वह आगे बढ़ती, सबके सर झुकते चले जाते। कोई उससे बात करने की हिम्मत भी नहीं करता था। वह उदास होकर वापस लौट आती।

उसके कमरे की सजावट बेहद क़ीमती थी। उसके खाने-पीने के बर्तन महँगे काँच और सोने चाँदी के थे। उसके सुनहरे कपड़ों में हीरे जड़े थे। बात करने और खेलने को सखियाँ थीं, दरवाज़े पर सर झुकाए उसके हुक्म की तामील को ग़ुलाम तैनात थे... लेकिन इन सबके बाद भी उसको लगता था कि जैसे वह नरक की सी ज़िंदगी गुज़ार रही है। खिड़की खोलते ही जिस पर भी नज़र पड़ती है, वह तुरंत सर झुका लेता। कोई निपट जाहिल हुआ तो

सड़क पर ही दंडवत हो जाता है। 'यह कैसी ज़िंदगी है?' वह मन मसोसकर खिड़की बंद कर लेती।

* * *

उसी राज्य में कहीं फिटकरी नाम की एक और लड़की रहती थी। उसका जीवन इसके बिलकुल उलट था। वह मुँह अँधियारे उठती, अपने गधे को लेकर तालाब को जाती, और वहाँ से मिट्टी खोदकर लाती। तरह तरह के खेल-खिलौने, बर्तन, मटके, मूर्तियाँ और न जाने क्या-क्या बनाती, फिर उनको जंगल से बीनकर लाई हुई लकड़ियाँ जलाकर पकाती। जब वह पक जाते तो उनमें तरह-तरह के चटख रंग भरती, फिर बाज़ार में ले जाकर बेचती। एक सुग्गे के सिवा उसका इस दुनिया में कोई नहीं था। वह जब भी इन सबसे फुर्सत होती, बस पहर के पहर सुग्गे से बातें करती रहती। सुग्गा भी उसकी हर बात को दोहराते हुए जवाब देता रहता। उनका रिश्ता कुछ ऐसा था कि फिटकरी को सुग्गे के बिना नींद नहीं आती थी। फिटकरी, बेहद ख़ूबसूरत होने के साथ ही साथ विदुषी लड़की थी। उसने चुपके-चुपके से राजकुमारी चंद्रप्रभा को देखा था।

वह बस अपने सुग्गे से हमेशा यही बात करती कि काश कोई ऐसा दिन आये कि वह राजकुमारी बन जाये, और राजमहल में रहते हुए राजसी ठाठ-बाट के साथ जीवन बिताये। वह बस दिन रात यही सपना देखा करती थी। हर रात वह सुग्गे से राजकुमारी की बातें करते हुए ही सोती।

* * *

उसकी आँखों से नींद कोसों दूर थी। वह बेचैन थी। चाहती तो बस आवाज़ देती, बाहर तैनात दासियों में से तुरंत दो चार उसके पास आ जातीं और उसका हाथ पैर दबाने लगतीं, या उसको अच्छी नींद के लिए हल्की मालिश कर देतीं। लेकिन उसने किसी को नहीं बुलाया और वह रात बेचैनी में जागकर गुज़ार दी।

* * *

अगली सुबह देर तक सोती रही। किसी की हिम्मत नहीं थी कि वह राजकुमारी की नींद में ख़लल पैदा करे। वह शाम को सैर करने के लिए फिर

निकली। जहाँ-जहाँ से वह गुज़रती, लोगों के सर उसको देखते हुए झुकते चले जाते।

वह अपनी राजसी बग्घी से उतर गई और पैदल चलने लगी। जिधर क़दम बढ़ाती, लोग दो क़दम रास्ता छोड़ देते। आस-पास सुरक्षा कर्मियों का घेरा सा बना रहता। वह चाहती कि कोई उससे बात करे, उसको हँसाए, उसके साथ नाचे गाये; लेकिन बाज़ार में काफी दूर तक निकल आने के बाद भी ऐसा न हो सका। वह जहाँ जाती, लोगों के सर उसके सम्मान में झुक जाते... लेकिन एक औरत ने सर नहीं झुकाया।

"वह बुढ़िया कौन है?" फटे पुराने कपड़ों के साथ कंधे पर गठरी टाँगे उस चाँदी से सफ़ेद बाल वाली बुढ़िया को देखकर राजकुमारी चंद्रप्रभा ने साथ चल रही दासी से पूछा। दासी यह देखकर हैरान थी कि कंधे पर गठरी डाले फटेहाल बुढ़िया ने उसके सामने सर नहीं झुकाया था। दासी की नज़रें सुरक्षा में लगे सिपाही से टकराईं। आँखों ही आँखों में इशारा हुआ। उस बुढ़िया को देखकर सिपाहियों की जैसे त्योरियाँ ही चढ़ गईं। उनमें से एक ने म्यान से अपनी तलवार खींच ली। बुढ़िया का सर उसकी नंगी तलवार से दस कदम की दूरी पर था। आँखों ही आँखों में इशारा मिलते ही साथी सिपाहियों ने बुढ़िया को पकड़ लिया। इस जद्दोजहद में उसकी पोटली ज़मीन पर गिर गई, जिसमें से कुछ जंगली फलनुमा गोले गिरकर बिखर गए। लोग बेहद सावधानी से धीरे-धीरे नज़रें उठाये बुढ़िया की मौत को देख रहे थे।

"तुझे नहीं मालूम, राजकुमारी के सामने सर झुकाकर खड़े होते हैं?" बुढ़िया कुछ नहीं बोली.धीरे से मुस्कुरा दी।

"यह तो पागल है, इसके लिए राज्य के क़ानून बेकार हैं।" एक साथी सिपाही ने तलवार खींचे खड़े साथी से कहा, जो कि उस दस्ते का अगुआ था। उसने अपनी तलवार वापस म्यान में खोंस ली। बुढ़िया सर उठाकर उसको देखते हुए ज़ोर-ज़ोर से हँसने लगी।

"छोड़ दो इसको! कौन हो तुम, और यह क्या है?" राजकुमारी ने आगे बढ़कर बुढ़िया से सिपाहियों को दूर किया।

"मैं रात की प्रहरी मौतुड़ी हूँ, मैं सपने बाँटती हूँ; तुमने मेरे सारे सपने ज़मीन पर गिरा दिए।" बुढ़िया ने अपनी गठरी वापस सँभालनी चाही।

"राजकुमारी जी, हुक्म करें इस पगलैट को अभी इसकी गुस्ताख़ी की सज़ा दे दूँ?"

"नहीं, मुझे इससे बात करनी है, अकेले।" तुरंत हुक्म की तामील हुई, और सभी सैनिक और दासियाँ वहाँ से हट गए। बुढ़िया और राजकुमारी बातें करते हुए एक बग़ीचे की तरफ बढ़ गए।

"क्या सच में आप सपने बाँटती हो?"

"हाँ, मैं सपने बाँटती हूँ, मैं रात की प्रहरी हूँ।"

"तो मुझे भी एक सपना दे दो न।"

"नहीं दे सकती, अंधे सपना नहीं देखा करते। भला जिसने दुनिया देखी ही न हो वह सपना कैसे देख सकता है?"

"तो मैं क्या करूँ कि आप मुझे मेरा सपना दे दो?"

"तुम वही करो जो तुम्हारा दिल चाहे, फिर यह सपना तुम्हारा है।" बुढ़िया ने उस जंगली फलनुमा चीज़ को उसकी तरफ बढ़ाया, लेकिन जैसे ही राजकुमारी ने उसको लेने के लिए हाथ बढ़ाया, उसने वह वापस, एक कुटिल मुस्कान देते हुए अपनी झोली में डाल लिया।

"ठीक है।" कहकर राजकुमारी अपनी दिशा बढ़ गई, और बुढ़िया वापस बढ़कर अपने बाक़ी के सपने बटोरने लगी। राजकुमारी जैसे ही सड़क के पास आई, वापस सुरक्षाकर्मियों ने उसके आस-पास घेरा बना लिया। उसको बुढ़िया की कही बात याद आ गई, *'तुम वही करो जो तुम्हारा दिल चाहे, फिर वह सपना तुम्हारा है।'* इतना सोचते हुए राजकुमारी भड़क उठी।

"भागो यहाँ से... तुम्हारी सुरक्षा की ज़रूरत नहीं है मुझे; क्या मैं अपने ही राज्य में सुरक्षित नहीं हूँ? भागो वरना सबको सज़ा मिलेगी।" तुरंत सभी सुरक्षा सैनिक वहाँ से महल की तरफ़ बढ़ने लगे।

"तुम भी भागो! चार कदम के लिए सोने की घोड़ागाड़ी... पैदल चल

सकती हूँ मैं।'' कोचवान समझ गया कि ज़रूर वह बुढ़िया कोई जादूगरनी थी, जिसने राजकुमारी पर जादू कर दिया है। वह तुरंत वहाँ से बुरा सा मुँह बनाता हुआ खिसक लिया। यह देखकर दासियों ने उसका हाथ थामना चाहा।

''नहीं चाहिए मुझे तुम्हारी जैसी मक्कार और झूठी लड़कियाँ, जो दिन रात मेरी हाँ में हाँ मिलाती हैं, और दिन-रात मेरी ख़ूबसूरती की झूठी तारीफ़ करती हैं। मुझसे खूबसूरत तो वह खिलौने बेचने वाली लड़की है; चलो भागो यहाँ से वरना मुँह तोड़ दूँगी।'' इतना सुनते ही सखियाँ और दासियाँ वहाँ से चलती बनीं। राजकुमारी, वहाँ से उस लड़की की तरफ़ बढ़ गई जो कि अपने खिलौने सजाए एक कपड़े की दुकान के सामने खड़ी थी। राजकुमारी जब उसके पास पहुँची तो वह देखकर दंग रह गई कि वह लड़की हू-ब-हू राजकुमारी से मिलती-जुलती थी। नैन-नक्श, क़द-काठी सब बिलकुल राजकुमारी से मिलते थे, बस रंग में बेहद मामूली सा फ़र्क़ था। वह लड़की राजकुमारी से ज़्यादा सुर्ख सफ़ेद खिलते रंग की थी।

''तुम शक्ल-सूरत, रंग-रूप, नैन-नक्श हर मामले में मुझसे मिलती-जुलती हो, भला ऐसे कैसे हो सकता है? क्या तुम्हारी माता जी राजमहल में आती थीं? नाम क्या है तुम्हारा लड़की?''

''मेरा नाम फिटकरी है, मैं एक ग़रीब परिवार से हूँ; क्षमा करें राजकुमारी जी, मेरी माता जी नहीं, मेरे पिता जी राजदरबार जाया करते थे, वह कसेरा थे।'' इतना सुनते ही राजकुमारी भड़क गई। वह जान गई की यह लड़की एक नंबर की विदुषी है।

''तुम्हारा दिमाग़ तो नहीं ख़राब है कसेरिन कन्या... मैं चाहूँ तो एक पल में तुमको बंदी बना सकती हूँ; ज़रा सी रूप-यौवन की तारीफ़ क्या कर दी तुम तो दुशाले से बाहर होने लगी... राजकुमारी का बिलकुल भी भय नहीं है तुमको?''

''फिटकरी क्षमा चाहती है राजकुमारी, ज़बान बहक गई थी; लेकिन मैं आपसे नहीं डरती, हाँ लेकिन आपके वस्त्रों से ज़रूर डरती हूँ।''

''भला वह क्यों?'' राजकुमारी ने सोचते हुए सवाल किया।

"मैं रूप-यौवन, क़द-काठी में आपके समान हो सकती हूँ, लेकिन मैं आपके जैसी क़िस्मत लिखवाकर नहीं लाई हूँ। इन हाथों ने बचपन से सिर्फ मिट्टी के खिलौने ही बनाये हैं, बाकि, महाराज का सुशासन इतना समृद्ध है कि एक इंसान को दूसरे इंसान से भय खाने की ज़रूरत नहीं है।" जवाब देते हुए फिटकरी ने सर झुका लिया।

"वाह! एक नंबर की बकलोल... आं...न... मेरा मतलब वाचाल हो तुम; तुमने मुझे निरुत्तर कर दिया... अरे हाँ! दुशाले से याद आया..., यह तुम्हारे हैं? कितने का है यह दुशाला और कपड़े?" राजकुमारी ने दुकान पर टँगे हुए दुशाले को हाथ में लेकर बिसूरते हुए पूछा।

"मैं यहाँ पर अपने खिलौने बेचती हूँ; दूकान वाला शायद आपको क्रोधित देखकर खिसक लिया, लेकिन सब आपका ही है राजकुमारी जी, जो चाहो ले लो।" फिटकरी ने अपना झुका हुआ चेहरा थोड़ा सा ऊपर करते हुए जवाब दिया।

"मुफ़्तखोर समझ रखा है मुझे? क़ीमत बोलो इसकी?" राजकुमारी एक बार फिर भड़क उठी।

"जी सिर्फ बारह ताम्र मुद्राएँ।"

"यह लो और मुझे इसे पहनना है।" राजकुमारी ने अपनी कमर पर बँधी पोटली से बारह मुद्राएँ गिनकर उसके हाथ पर रख दिए।

"माफ़ करना राजकुमारी, यह बेहद साधारण वस्त्र हैं, हमारे जैसी लड़कियाँ पहनती हैं, आपको शोभा नहीं देंगे; आप कहें तो मैं कुछ बहुमूल्य सा लेकर आऊँ आपके लिए।"

"नहीं, मुझे यही पहनना है; इसमें मेरा रूप यौवन खिलकर निखरेगा। मोटे राजसी वस्त्रों में तो जैसे साँस लेना भी दूभर होता है।"

"ठीक है, अन्दर जाकर पहन लीजिये।" अगले ही पल राजकुमारी ने उन वस्त्रों को पहन लिया। वह खुद को वहाँ लगे दर्पण में निहारने लगी।

"राजकुमारी जी, आपके वस्त्र राजमहल भिजवा दूँ?" फिटकरी ने उसके शाही वस्त्र उठाते हुए कहा।

"नहीं, यह तुम पहन लो।"

"आपका उपकार है।" फिटकरी ने ख़ुशी-ख़ुशी वस्त्रों को सीने से लगा लिया।

"फिटकरी! वस्त्र मत पहनना... फँस जाओगी... फँस जाओगी..." वहाँ पर फिटकरी का तोता सुग्गा उड़ता हुआ आया, और चक्कर लगाते हुए 'वस्त्र मत पहनना फँस जाओगी' की रट लगाने लगा।

"यह सुग्गा किसका है?"

"यह मेरा सुग्गा है राजकुमारी, आप इसकी बातों पर ध्यान मत दो।"

"मैं रोज़ राजकुमारी बनने के सपने देखा करती थी, और आज राजकुमारी न सही, तो कम से कम राजकुमारी के वस्त्र ही सही, और तू मुझे रोक रहा है।"

"बोल रहा हूँ मत पहन नदीदी... फँसेगी।"

"भाग यहाँ से सुग्गा, वरना गर्दन मरोड़ दूँगी।" फिटकरी ने सुग्गा को उड़ा दिया। वह वही रटता हुआ उड़ गया।

"बताओ मैं कैसी दिखती हूँ?" राजकुमारी ने फिटकरी के सामने मुस्कुराते हुए पूछा। झीने साधारण वस्त्रों में राजकुमारी का यौवन खिलकर प्रदर्शित हो रहा था।

"बहुत सुन्दर राजकुमारी जी।"

"ठीक है, मेरे वस्त्र पहनो और मेरे साथ चलो, और हाँ... यह हीरे जवाहरात, सारे रत्न और आभूषण भी तुम ही पहनो।"

"जो आज्ञा राजकुमारी जी।" अगले ही पल फिटकरी ने अन्दर जाकर राजकुमारी के वस्त्र पहन लिए। उसका दिल हो रहा था कि वह राजकुमारी से पूछे कि वह कैसी दिख रही है, लेकिन हिम्मत न जुटा पाई।

* * *

कुछ ही देर में फिटकरी, राजकुमारी के वस्त्र पहनकर वहाँ से चल दी। वे दोनों काफ़ी देर तक बाज़ार में यहाँ-वहाँ घूमती रहीं। जो कोई भी फिटकरी

को देखता, तुरंत सर झुकाकर खड़ा हो जाता, लेकिन राजकुमारी के रूप-यौवन को देखकर इशारा करने से नहीं चूकता। दोनों खिलखिलाकर ख़ूब हँसतीं। चलते-चलते दोनों आबादी से काफ़ी दूर निकल गईं। चारों तरफ अँधेरा होने लगा। शाम घिर आई।

"देखा तुमने, लोग मुझे कैसे घूर-घूर के देख रहे थे।" राजकुमारी आज दिल से मुस्कुरा रही थी।

"इसीलिए तो मैंने कहा था न राजकुमारी जी, मैं आपके वस्त्रों से डरती हूँ, आपसे नहीं। जिस तरह से मर्दों को स्त्रियों के रूप-यौवन को देखना अच्छा लगता है, उसी तरह से स्त्रियों को भी ख़ुद के रूप यौवन का प्रदर्शन मानसिक संतुष्टि देता है; लेकिन इनके बीच शालीनता का बेहद बारीक धागा होता है।"

"वाह! वाकई तुम तो बेहद विदुषी कन्या हो... यह क्या है?"

"यह यहाँ का मदिरालय है राजकुमारी। यह नाच-गाने और भोग-विलास की जगह है, आपको यहाँ जाना शोभा नहीं देगा।" फिटकरी ने न में हाथ हिलाते हुए जवाब दिया।

"नहीं, मुझे तो यहाँ जाना है, और हाँ, मुझे राजकुमारी कहना बंद करो।" कहते हुए राजकुमारी पहले अन्दर बढ़ गई। फिटकरी उसके पीछे-पीछे थी। सब फिटकरी को देखकर रास्ता देते हुए सर झुका रहे थे। अन्दर का जो नज़ारा था, वह राजकुमारी चंद्रप्रभा ने पहली बार देखा था। कई सारी सुन्दर कन्याएँ, बेहद कामुक अदाओं के साथ वहाँ नाच-गा रही थीं। पुरुष उन पर मुद्राएँ लुटाते हुए उनको लुभाने की कोशिश कर रहे थे। कोई उनका हाथ पकड़ रहा था, तो कोई चूमने की कोशिश कर रहा था। उनके जिस्म पर नाम मात्र को ही कपड़े थे।

"वाह वाह...देखो एक नयी चिमड़ी आई है, क्या रूप-यौवन है, एकदम स्वर्ग की अप्सरा... इसका तो नृत्य मन मोह लेगा।" मदिरालय में बैठे लोगों ने राजकुमारी को देखकर चटखारे लेते हुए कहा।

"मैं और चिमड़ी? हा हा हा..." राजकुमारी ने उन नशे में धुत्त व्यक्तियों से हँसते हुए पूछा। तब तक वे राजकुमारी का हाथ पकड़ चुके थे।

“हाँ और क्या.चिमड़ी न बोलूँ तो क्या बुलबुल बोलूँ?” एक व्यक्ति ने राजकुमारी का हाथ पकड़कर चूमते हुए कहा। राजकुमारी थोड़ा सहम गई।

“इसको पहले कभी यहाँ नहीं देखा... ज़रा सँभालकर.कहीं विषकन्या तो नहीं है।” एक व्यक्ति ने दूसरे को पीछे करते हुए आगे आकर कहीं तब तक और भी लड़के राजकुमारी के पास आकर उसको छूने और चिपटने लगे थे।

“ऐसी विषकन्या के लिए तो मैं जिह्वा पर डसवाऊँगा।” कहते हुए उस नशे में धुत्त व्यक्ति ने राजकुमारी को चूमना चाहा.लेकिन राजकुमारी ने उसका मुँह दबोचकर उसको पीछे ढकेल दिया।

“तेरे जैसी लड़की को तो यहाँ की राजकुमारी होना चाहिए था।” तुरंत किसी ने घुँघरू राजकुमारी की तरफ उछाल दिए। नाच रहीं नर्तकियों ने घुँघरू राजकुमारी के पैरों में बाँध दिए। देखते ही देखते संगीत की धुन पर राजकुमारी ने उनके साथ नाचना शुरू कर दिया। राजकुमारी अपनी धुन में डूबी हुई पूरी तरह से ताल पर थिरक रही थी, जबकि उसकी सखी फिटकरी. वहाँ पर एक शराब के ड्रम के पीछे बैठी थी। उसको सामने आने की इजाज़त नहीं थी। राजकुमारी, मदिरा के नशे में डूबी बस उनके साथ कामुक अदाओं से नाचती ही जा रही थी।

तभी ज़ोर की चीख़ पुकार होने लगी। देखते ही देखते मदिरालय में भगदड़ सी मच गई। “हमला हुआ है... हमला हुआ है!” की आवाजें सुनाई देने लगीं। देखते ही देखते वहाँ का पूरा नज़ारा ही बदल गया।

“देखो यह यहाँ छुपी बैठी थी, यही है राजकुमारी चंद्रप्रभा।” दो सैनिकों ने राजकुमारी के शाही कपड़े पहने, छुपी बैठी उस फिटकरी को पकड़ लिया। फिटकरी ख़ामोश रही। वह जानती थी कि उसने विरोध किया तो राजकुमारी की जान को ख़तरा हो सकता है।

“चलो, फटाफट निकलो यहाँ से, राजकुमारी को लेकर निकलो।” कहने के साथ ही उनमें से एक नक़ाबपोश हमलावर ने फिटकरी को ज़बरदस्ती घोड़े पर बिठाया और आँधी-तूफ़ान की तरह वहाँ से अपने बाक़ी

साथियों के साथ निकल गया।

"सही सूचना दी थी गुप्तचरों ने, कि राजकुमारी बिना किसी सुरक्षा के घूमने निकली है... हा हा हा..."

इधर, डरी सहमी राजकुमारी चंद्रप्रभा, महल की तरफ बढ़ने लगी। जो भी उसको इतनी रात को अकेला देखता, उस पर फब्तियाँ कसता, उसको पकड़ने की कोशिश करता। उसने अपनी कटार से अपने बाल काटे और चेहरे पर मिट्टी लगा ली ताकि बदसूरत दिख सके। जो भी उसको घूरकर देखता, उसको बोलती "मुझे कुष्ठरोग है।" इतना सुनते ही सब उसको दुत्कार कर गालियाँ देते हुए भगा देते। छूना तो दूर, कोई उसको पास खड़े भी नहीं होने देता।

जैसे-तैसे वह अपनी इज़्ज़त बचाते हुए महल के द्वार तक पहुँची, लेकिन कोई उसको कैसे अन्दर घुसने दे सकता था? चारों तरफ तो यह खबर फ़ैल चुकी थी कि पड़ोसी देश बिलावपुर का दुष्ट राजकुमार ओस्ड़ी राजकुमारी चंद्रप्रभा का अपहरण करके ले गया है। अब वह खुद को राजकुमारी बोलती भी तो कोई यकीन नहीं करने वाला था।

जैसे-तैसे रात महल के दरवाज़े पर काटी। सुबह को राजा तक उसका सन्देश पहुँचाया गया। राजकुमारी ने अपनी सहेली का पड़ोसी देश के राजकुमार ओस्ड़ी के द्वारा ग़लती से अपहरण हो जाने की बात राजा को बताई, लेकिन राजा ने नशे में धुत्त राजकुमारी चंद्रप्रभा को ऊलजलूल हालत में देखकर उसकी एक न सुनी, बहरूपी लड़की जानकार भगा दिया, साथ ही साथ द्वारपालों के कान के नीचे दो लगाये, और दोबारा ऐसा मज़ाक़ न करने की हिदायत दी।

राजकुमारी, दिन भर यहाँ-वहाँ ठोकरें खाती रही। तभी अचानक से सुग्गा उसको अपने साथ ले गया। वह एक पेड़ से दूसरे पेड़ होता हुआ उड़ता जाता, राजकुमारी उसके पीछे-पीछे दौड़ती रही। वह फिटकरी की झोपड़ी में गई; वहाँ रात गुज़ारी... कई दिन वहीं रही, फिर उसने धीरे-धीरे खिलौने और बर्तन बनाना शुरू कर दिए। समय बीतने लगा। लोग उसको

फिटकरी ही समझने लगे थे।

* * *

एक दिन बाज़ार में नाच गाने वालों की एक मण्डली आई। वह यहाँ वहाँ घूम-घूमकर अपना डेरा लगाते और नाच-गाकर अपनी जीविका चलाते थे। राजकुमारी चंद्रप्रभा को जब यह मालूम पड़ा कि यह मण्डली पड़ोसी देश बिलावपुर को जा रही है, तो वह उनके साथ हो ली।

इस तरह से नाचते-गाते हुए वह राजकुमार ओस्ड़ी के दरबार में पहुँच गई। नाच-गाने के दौरान वह यह देखकर हैरान हो गई कि वह अपनी जिस सहेली फिटकरी की फिकर में आधी हुई जा रही थी, वह तो राजकुमार ओस्ड़ी के बराबर में बग़लबच्चा बनी बैठी अंगूर और चिलगोज़े चबा रही थी। नाचते-नाचते वह सहेली, फिटकरी के पास पहुँची और राजकुमारी बनी बैठी सहेली से नाचने का आग्रह करने लगी। सहेली राज़ी हो गई। वह राजकुमारी के साथ-साथ नाचने लगी।

"फिटकरी, चल यहाँ से, मैं तुझे लेने आई हूँ।" राजकुमारी ने उसको आँखों ही आँखों में इशारा करते हुए, फुसफुसाते हुए वापस चलने के लिए कहा।

"मेरा जीवन यहाँ सुखी है। यह मुझको ही बुरहानगढ़ की राजकुमारी चंद्रप्रभा समझकर उठाकर लाया था। मेरी इससे शादी हो गई है। आप वापस जाओ, वरना भसड़ फ़ैल जाएगी। नाचते-नाचते ही राजकुमारी बनी सहेली फिटकरी ने बुरहानगढ़ की राजकुमारी चंद्रप्रभा के सामने हाथ जोड़ दिए।

"तेरे बिना मन नहीं लगता सखी... चल निकलते हैं।"

"नहीं-नहीं राजकुमारी जी, मैं बचपन से यही ख़्वाब देखती थी, और आज ख्वाब पूरा हो गया; आप जाओ तर्जनी मत करो, वरना यह राजकुमार ओस्ड़ी दोनों को बंदी बना लेगा।"

"ठीक है ख़ुश रह तू, तेरी ख़ुशी के लिए सब चलेगा, अब मैं यहाँ से निकलती हूँ।"

“अरे ऐसे कैसे निकलती हो... कुछ नृत्य का इनाम-विनाम...”

“चप्पल देखी है... यह अब रत्न जड़ित नहीं कीलों-जड़ित है, मुँह पर मार दूँगी... तेरे ओस्ड़ी के।”

“ही ही... मैं तो मज़ाक कर रही थी।” फिटकरी ने स्वरा भास्कर के जैसे दाँत बिचूर दिए।

वह वहाँ से नाच गाना खत्म करके वापस निकल ही रही थी कि सुग्गा वहाँ पहुच गया। “फिटकरी फिटकरी...” करके टाँय टाँय करने लगा। सुग्गा को महल में उड़ता देखकर फिटकरी की जान सूख गई।

“फिटकरी खाना दो... फिटकरी खाना दो।” कहते हुए वह यहाँ वहाँ उड़ रहा था।

“अरे रे... एक बला टली नहीं कि दूसरी आ गई।”

“यह क्या है? और आपके आस-पास क्यों फिटकरी खाना दो... खाना दो, कहकर उड़ रहा है?”

राजकुमार के इतना कहते ही फिटकरी की जान सूख गई, लेकिन जाती हुई राजकुमारी चंद्रप्रभा ने बात सँभाल ली।

“यह मेरा तोता है राजकुमार जी, क्षमा करें बोलता पंछी है।”

“प्रिय, आप बोलो तो मैं इसको आपके लिए ख़रीद लूँ।” राजकुमार ओस्ड़ी ने मुस्कुराकर फिटकरी से पूछा, जबकि फिटकरी नज़रें बचा रही थी।

“अरे नहीं-नहीं प्रिय ओस्ड़ी, मैं भला इसका क्या करूँगी? जाने दो।” फिटकरी ने इनकार कर दिया। तब तक सुग्गा, राजकुमारी के कंधे पर बैठ चुका था।

“जा रहा हूँ... जा रहा हूँ...नदीदी... राजकुमारी बन गई अब...” फिटकरी ने इशारा करते हुए चंद्रप्रभा के हाथ जोड़े। राजकुमारी चंद्रप्रभा सुग्गा को लेकर निकल गई।

* * *

कुछ दिन बाद फिटकरी राजमहल के बग़ीचे में टहल रही थी। सुग्गा फिर से उड़ता हुआ उसके पास पहुँचा।

"फिटकरी...फिटकरी...खाना दो।"

"हे भगवान् बुलेट बन्ना...यह फिर आ गया; शुक्र है इस वक़्त यहाँ कोई नहीं है।"

"संदेसा लाया हूँ यह लो।" सुग्गा ने बैठते हुए पंजे में थमा छोटा सा कागज़ का टुकड़ा फिटकरी को थमा दिया। फिटकरी उसको खोलकर पढ़ने लगी।

'सखी फिटकरी! मैं रोज़-रोज़ की इस मेहनतकश ज़िंदगी से तंग आ गई हूँ। रोज़ सुबह को उठकर जाओ, मिट्टी लेकर आओ और बर्तन बनाओ, फिर उनके बिकने का इंतज़ार करो। तब जाकर दो वक़्त की रोटी नसीब होती है... तू तो राजकुमारी बन गई है, तेरे भाग्य अच्छे हैं।'

"क्या ख़ाक अच्छे भाग्य हैं; मैं पहले शिल्पकार ही सही थी, नहीं चाहिए यह राजसी ठाठ बाट मुझे। फिटकरी बुदबुदा रही थी। "सुग्गा, मैं अपनी सखी चंद्रप्रभा को जवाब लिख रही हूँ, तू उसको लेकर जा।" कुछ ही देर में राजकुमारी फिटकरी ने सुग्गा को जवाब दे दिया। वह छोटे से कागज़ के टुकड़े को लेकर उड़ गया।

* * *

'सखी चंद्रप्रभा,

मैं यहाँ बिलकुल भी सुखी नहीं हूँ; मेरे पास करने को कुछ भी नहीं है, बस खाना खाओ, दस सेर के बेड़ियों जैसे राजसी कपड़े पहनो, और सो जाओ। अगले दिन फिर यही। पड़े-पड़े मुटल्ली होती जा रही हूँ। बात करने को झूठी और मक्कार सखियाँ हैं, जो मेरी हर अच्छी बुरी बात की तारीफ करती हैं, बाक़ी कहीं भी जाओ तो लोग बैल जैसे सिर झुका लेते हैं; दिल तो चाहता है उनके पीछे से लात मार दूँ... एक दो को मार भी चुकी हूँ।

कल मैंने राजसी तालाब से थोड़ी मिट्टी निकाली, और उससे शिल्पकारी शुरू करना चाही। तुरंत राजकुमार ओस्ड़ी आ गया। 'एक

राजकुमारी को ऐसा तुच्छ काम शोभा नहीं देता है।' बोलकर उसने मिट्टी वापस फेंक दी। ऐसा लगा कि जैसे किसी ने बच्चे के हाथ से खिलौना छीन लिया हो। मैं परेशान हो गई हूँ। लोगों को कलाकृतियाँ इकट्ठा करने का शौक होता है, इस गधे ओस्ड़ी को सुन्दर-सुन्दर लड़कियाँ इकट्ठा करने का शौक़ है। पता नहीं अब तक यहाँ कितनी दासियाँ इकट्ठा हो चुकी हैं। यह राजमहल है कि चंडूखाना। साथ सोना तो दूर, मेरा तो अब उसकी शक्ल देखने तक का नंबर नहीं आ पाता है। सखी चंद्रप्रभा, मुझे यहाँ से निकालो। राजसी जीवन किसी नरक से कम नहीं है।'

* * *

कुछ दिन बाद राजकुमारी चंद्रप्रभा ने अपनी सूझ-बूझ से फिटकरी को वहाँ से निकाल लिया। जैसे ही यह ख़बर फैली कि राजकुमारी भाग गई, चारों तरफ अफरातफरी सी मच गई। वह दोनों वहाँ से छुपती-छिपाती फिटकरी की झोपड़ी को पहुँचीं। चंद्रप्रभा ने फटाफट फिटकरी के कपड़े पहने और अपने महल वापस चली गई। राजा धीर, अपनी बेटी को देखकर बहुत खुश हुआ। उधर राजकुमार ओस्ड़ी को जब यह मालूम हुआ कि वह जिसको पकड़कर लाया था, वह राजकुमारी चंद्रप्रभा नहीं, एक कसेरी कन्या थी, तो उसने अपना सर पीट लिया।

कुछ ही दिनों में राजकुमारी चंद्रप्रभा ने अपनी सखी फिटकरी को राजसी शिल्पकार नियुक्त कर लिया। दोनों तालाब के किनारे बैठी थीं कि तभी वह बुढ़िया आई।

"फिटकरी! चंद्रप्रभा! पहचाना मुझे? और सपना चाहिए?"

"नहीं-नहीं बिलकुल नहीं... तुम्हारे सपने की वजह से मेरी ज़िंदगी झंडवत हो गई थी।"

"सपना क्या तुम्हारी परछाईं तक नहीं चाहिए... फटाफट कट लो यहाँ से, वरना गोबर फेंक के मारूँगी।" फिटकरी ने ग़ुस्से से हाथ दिखाते हुए कहा। बुढ़िया एक बार फिर कुटिल हँसी हँसने लगी। ऐसा लगा कि जैसे दोनों, बुढ़िया को देखकर हत्थे से उखड़ गई हों।

"ही ही ही... जितना है, जैसा है, उसमें खुश रहना सीखो; अगर

सपना चाहती हो तो अपने ख़ुद के सपने बुनो, दूसरों के सपने उधार मत माँगो।'' कुछ आगे बढ़कर बुढ़िया ग़ायब हो गई।

''फिटकरी, और सपना नहीं लोगी?'' सुग्गा ने एक लम्बा चक्कर लगाया और वापस पेड़ पर बैठते हुए बुढ़िया की बात को दोहराया।

''नीचे आ डाल से, तेरी चोंच रगड़ दूँगी।''

* * *

अगले ही पल हँसी के ठहाकों और तालियों की गड़गड़ाहट आस-पास गूँजने लगी। मैंने देखा वह लड़का मेरे पास नहीं था। मैं अपनी डेस्क पर बैठी थी। ऑफिस के सभी लोग मेरे आस-पास जमा थे। कोई हँस रहा था, तो कोई मुझे देखकर पागलों जैसी हरकतें कर रहा था। मैं यहाँ-वहाँ देखने लगी। सब मुझे ही देख रहे थे। मैं यहाँ-वहाँ उस लड़के को ढूँढ़ती हुई ऑफिस से बैग उठाकर भाग गई।

* * *

उस घटना से मुझे बेहद शर्म सी महसूस हुई। मैं अगले दिन ऑफिस नहीं गई। साथी सहकर्मियों में से कई ने मुझसे संपर्क करने की कोशिश की, लेकिन मैंने उनको कोई जवाब नहीं दिया। तब एक साथी ने एक विडियो क्लिप मुझे व्हाट्सएप से भेजी। शायद उसने मेरी रिकॉर्डिंग की थी। मैं अपनी सीट पर बैठी नींद में बड़बड़ाए जा रही थी। ऑफिस की तरफ़ से मुझे अब तक कोई कॉल नहीं आया था।

फिर एक दिन बाद कंपनी के HR की तरफ़ से एक मेल आया। मुझको कम्पनी ने एक हफ्ते की छुट्टी दी थी, और कहा था कि जब आप ठीक हो जाना तब आना। और साथ ही यह भी बताया था कि यह पेड लीव नहीं है।

* * *

''अरे! तुम उस दिन अचानक ऑफिस से गायब क्यों हो गए थे? सबके सामने मेरा पोपट हो गया यार।'' मैंने अपना कम्बल हटाते हुए बेड पर बैठते हुए पूछा।

"कैसी हो नेहा? लंच किया? सुबह ब्रेकफ़ास्ट किया था?"

"वह सब छोड़ो यार, पहले ये बताओ आप अचानक से आ जाते हो, अचानक से ग़ायब हो जाते हो।"

"नेहा मुझे कहानी सुनाओ।"

"नहीं मैं कोई कहानी नहीं सुनाने वाली, पहले अपना नाम बताओ; मेरे पास क्यों अचानक से आ जाते हो आप, मुझे सब जानना है।"

"नेहा, तुमने मंटो की कहानियाँ पढ़ी हैं?"

"हाँ पढ़ी हैं, लेकिन मुझे अपना नाम बताओ... आप कौन हो?"

"मुझे मंटो के पास ले चलो।"

"पागल हो गए हो, वह आज से तक़रीबन साठ साल पहले ही मर गया था।"

"अच्छा, अगर तुमको मंटो मिल जाए तो तुम उससे क्या सवाल करती?"

"यही, कि वह कहानी लिखकर शराब पीता था, या शराब पीकर कहानी लिखता था?"

"अच्छा नेहा..."

'बोलो'

"मुझे कहानी सुनाओ।"

"दिमाग़ मत खराब करो, मैं तुम्हारे बाप की नौकर नहीं हूँ।" ग़ुस्से से मैंने जो कहा तो वह तुरंत उठकर खड़ा हो गया।

"आजकल बहुत अहंकारी हो गई हो तुम।"

"हाँ हूँ अहंकारी, मुझे अपने अहंकार के साथ ही जीने दो... अरे यार, रुको... उफ़, मैं तो आपका नाम भी नहीं जानती... यार नाम तो..." मैं जब तक उसकी तरफ बढ़ी, तब तक वह जा चुका था।

"कुत्ते हो तुम, तुम किसी को क्या प्यार करोगे? तुमने मेरे विश्वास

को तोड़ा है आयुष्मान।'' मैं दिल ही दिल में न जाने क्या-क्या अनाप-शनाप बोले जा रही थी। मैं उसको रोकने की कोशिश कर रही थी, लेकिन कच्ची नींद के ख़्वाबों की तरह वह जा चुका था।

* * *

दो दिन बीत गये। मैं उसका इंतज़ार करती रही, लेकिन वह नहीं आया। मैं हर वक़्त, हर पल उसका ही इंतज़ार करती रहती। बैठे-बैठे ख़ुद रो पड़ती। खिड़की से बाहर देखते हुए गली के हर हिस्से को नज़र घुमा-घुमाकर बारीकी से देखती, लेकिन वह नज़र नहीं आता। धीरे-धीरे दिन बीतते गए, लेकिन मैं उसको भुला नहीं पाई। मेरी तबियत ख़राब रहने लगी। मैं घर से दूर, ऑफिस से छुट्टी लिए हुए बस कमरे में पड़ी रहती। ज़रूरी समझा तो कुछ खा लिया नहीं तो नहीं। चाय और सिगरेट के अलावा जैसे कुछ अच्छा नहीं लगता था।

ऐसी ही एक सर्द सुबह थी। मैं अपने गर्म बिस्तर में पड़ी थी। मुझे सिगरेट की बेहद शिद्दत से तलब हो रही थी। मैं बिस्तर से उठी, तो एहसास हुआ कि मैंने ऊपर कुछ नहीं पहना हुआ था। तुरंत पास पड़ी गन्दी सी टीशर्ट डाली। स्कर्ट ठीक किया और बाल समेटती सिगरेट लेने के लिए अपने फ्लैट से निकल गई। फ़्लैट से बाहर निकलते ही सूरज की तेज़ चमक से जैसे मेरी आँखें चौंधिया सी गईं। मुझे एहसास हुआ कि सुबह का समय नहीं है, तक़रीबन नौ बज रहे हैं। मैंने अपने आस-पास देखा। कुछ भी नया या बदला हुआ नहीं था। सब कुछ बेहद सामान्य सा था। सड़क के किनारे बनी चाय की टपरी से मैंने सिगरेट ली और सुलगाकर पार्क में बढ़ गई। उस वक़्त सर्दी की धूप खिली हुई थी। पार्क में इक्का-दुक्का लोग ही थे। मैं एक पेड़ के पास बेंच पर बैठ गई। मेरे दिमाग़ में अभी भी वही सब चल रहा था। मैं उस लड़के के बारे में सोच रही थी।

एक बूढ़ा व्यक्ति मेरे पास बेंच पर आकर बैठ गया। शायद उसको सर्दी लग रही थी। काफ़ी सोचने के बाद मैंने उस बूढ़े व्यक्ति को अपने साथ हुई पूरी घटना के बारे में बताया। पहले तो वह काफ़ी देर तक हँसता रहा, फिर जब उसने देखा कि अब मुझे उसकी हँसी से ऊब सी होने लगी है, तो

वह बेहद सीरियस हो गया। मैं उसके मुँह से जवाब सुनने के लिए जैसे मरी जा रही थी, कि आख़िर वह क्या बोलेगा? मेरे साथ ऐसा क्यों हो रहा है? लेकिन वह एक बार फिर से हँसने लगा।

"हट मादरचोद!" मैंने उसको गाली दी। "मैं तुझसे इतना कुछ कह रही हूँ, और तू है कि बस हँसता ही जा रहा है।" मैं ज़ोर-ज़ोर से उसको गालियाँ देते हुए घुड़कने लगी।

"कुत्ते हो तुम आयुष्मान, कुत्ते हो तुम, तुम किसी के सगे नहीं हो सकते, घटिया इंसान, मुझे फ़ोन मत करो, मेरी ज़िंदगी से दूर जाओ, कुत्ते हो तुम।" मेरे ज़हन में यह शब्द न जाने दिन में कितनी बार गूँजते हैं। मैं अपने अन्दर ही अन्दर इनको इतना सुन चुकी हूँ कि अब मुझे उदासी में जीने में ही मज़ा आता है। मैं उदासी के साथ जीना पसंद करने लगी हूँ। तभी मुझे महसूस हुआ कि कोई मेरे कंधे को पकड़कर हिला रहा है।

"अरे सुनो! क्या हुआ दीदी? तबियत तो ठीक है न..." अगले ही पल मुझे ऐसा लगा कि जैसे मैं पहले की तरह ही आज भी नींद से जागी हूँ। कोई था जो मुझे हिला रहा था।

"कहाँ गया वह साला... हँसे ही जा रहा था, अभी-अभी तो यहाँ बैठा था।"

"कौन? यहाँ तो कोई नहीं है; आप अकेले ही बैठी हो; पहले तो मुझे लगा कि शायद आप इतनी देर से मोबाइल पर किसी से बात कर रही हो।"

"अरे अभी तो यहीं बैठा था... कहाँ गया? गरदुल्ला साला चरसी... हँसे ही जा रहा था।" मैंने यहाँ-वहाँ देखते हुए एक बार फिर गाली दी।

"अरे दीदी...ऐसा करो घर जाओ, आपकी तबियत ठीक नहीं लग रही है।"

"अभी वह आदमी मुझसे बात कर रहा था।"

"घर जाओ। आपकी हालत कुछ गड़बड़ है।"

मैं वहाँ से वापस बढ़ने लगी, लेकिन मेरी नज़रें अभी भी यहाँ-वहाँ उसको ही ढूँढ़ रही थीं। फिर मैंने पलटकर उस छोटे से लड़के को देखा,

जिसने मुझे कंधा पकड़कर हिलाया था। मुझे अब याद आया, पार्क के साइड में बनी मदरडेरी पर काम करने वाला लड़का था। मैं वहाँ अक्सर दूध लेने के लिए जाया करती थी, शायद इसीलिए वह मुझको पहचानता था। मैं वहाँ से उठकर, अपना स्कर्ट झाड़ते हुए चल दी।

* * *

न जाने कितनी देर तक मैं बिस्तर पर लेटी बेसबब सफ़ेद छत को निहारती रही। मैं नहीं जानती थी कि मैं ऐसा क्यों कर रही थी? यह बेहद अजीब था। कुछ लोग मेरे आस-पास अचानक से आते थे। और जब मैं उनसे बात करने लगती तो वह अचानक गायब हो जाते हैं, कौन हैं यह लोग... क्या वाकई कुछ ऐसा है जो सिर्फ मैं ही देख सकती हूँ या फिर कुछ ऐसा, जो मेरे दिमाग़ पर वहम बनकर छाता जा रहा है।

"कहीं मैं पागल तो नहीं होती जा रही हूँ? अगर ऐसा है तो मुझे इस बारे में नेट पर पढ़ना चाहिए, साथ ही साथ यह सब सच है या झूठ, इसको जानने के लिए कुछ करना चाहिए। खैर, देखते हैं कि नेट पर इन सबके बारे में क्या मिलता है।"

सोचते हुए मैंने अपना कंप्यूटर ऑन किया और नेट पर तरह-तरह के आर्टिकल पढ़ने बैठ गई। मैं काफ़ी देर तक पढ़ती रही, बिलकुल वक़्त का पता ही नहीं चला। पढ़ते-पढ़ते कब मैं वहीं सो गई, मुझे इसका एहसास तब हुआ जब मेरी नींद टूटी। की बोर्ड के बटन, मेरे एक साइड के गाल पर छप गए थे। मैंने कुछ सामान की लिस्ट बनाई और नहा-धोकर तैयार हुई, फिर बस से नेहरू प्लेस के लिए निकल गई।

* * *

"कब से तबियत ख़राब है?" मैं डॉक्टर के सामने बैठी हुई थी।

"पता नहीं।"

"सच बोलूँ तो तुमको कुछ हुआ ही नहीं है।"

"हाँ, मालूम है।"

"खाने-पीने का ख़याल रखो, वक़्त पर सो जाया करो बस, धीरे-धीरे

ठीक हो जाओगी... और हाँ, सोशल नेटवर्किंग जैसी हर तरह की साइट से दूर रहो।''

'जी।'

''ऑफिस से छुट्टी लो और कुछ दिन के लिए घर चली जाओ, अकेले रहने की वजह से भी अक्सर ऐसा होता है।''

''जी ठीक है।'' मैंने कहा, तो डॉक्टर ने मेरी तरफ़ दवाओं का प्रिस्क्रिप्शन बढ़ा दिया। मैं वापस आ गई। मैंने डॉक्टर की सलाह को मानते हुए फेसबुक अकाउंट को डिलीट कर दिया। घर जाने के लिए रिजर्वेशन देखने लगी।

तभी मुझे ऐसा महसूस हुआ कि दरवाज़े पर दस्तक हुई है। लेकिन मैं यह निश्चित करना चाहती थी कि वाक़ई दस्तक हुई है या एक बार फिर यह मेरा वहम है। कुछ ही सेकंड के अन्दर जब दोबारा दरवाज़ा खटखटाया गया तो मुझे एहसास हो गया कि यह वहम नहीं है, वाक़ई कोई दरवाज़े पर है।

मैंने कमरे पर यहाँ-वहाँ नज़र डाली, उसका दरवाज़ा खींचकर बंद किया और हॉल का मेन गेट खोला। सामने दुपट्टा डाले सलवार कमीज़ में एक लड़की खड़ी थी। मेरे दिल में फिर ख़याल आया कि कहीं एक बार फिर यह मेरा वहम तो नहीं है। अभी मैं सोच ही रही थी कि वह बोल पड़ी,

''पापा ने किराया मँगाया है।''

''हाँ...आँ...।''

''किराया... इस महीने का।'' उसने वही शब्द दोबारा थोड़ा ज़ोर से दोहराए। मुझे यकीन हो गया कि मेरे वहम में मुझसे किसी ने अभी तक किराया नहीं माँगा था। यह हमारे मकान मालिक सतपाल सिंह की छोटी लड़की थी, जो इंतज़ार करते-करते अब इस महीने का किराया लेने आई थी।

''शाम को दे दूँगी... अच्छा सुनो!''

'हाँ...'

''मुझे आपको छूकर देखना है।'' इतना सुनकर वह एक पल के लिए

जैसे जड़ हो गई। उसके चेहरे पर घबराहट सी तैर गई।

“वह तो मेरा सिर्फ दोस्त है... प्लीज़ दीदी, मेरे घर पर मति बोलना कुछ...” वह डरती-डराती कुछ का कुछ जवाब देकर निकल गई। वह सीढ़ियों से हवाई चप्पलों में, दुपट्टा सँभालती इतनी तेज़ी से सटर-पटर भागी कि मुझे पक्का यक़ीन हो गया कि यह मेरा वहम नहीं है। मुझे उसको छूकर देखने की ज़रूरत नहीं थी।

* * *

दो दिन और इसी तरह बीत गए, लेकिन मेरी हालत में अब भी कोई बदलाव नहीं आया था। बस बदलाव था तो बस इतना सा, कि पहले मैं कांटेक्ट लेंस पहना करती थी, अब कुछ दिनों से मोटे फ्रेम का चश्मा पहन रही थी।

“हेल्लो कैसी हो?”

“मैं अच्छी हूँ, आप कैसे हो? क्या टाइम हो रहा है वहाँ? आपने ब्रेकफ़ास्ट किया? कहाँ हो अभी, कोचिंग?” चलो शुक्र है उसका कॉल आया। हमेशा कॉल करने में लापरवाही करता है।

“हाँ मैं कोचिंग में हूँ, आप कहाँ हो? ऑफिस जा रही हो? अच्छे से जाना, और हाँ ख़याल रखना अपना।”

“ठीक है... अच्छा नेहा, एक काम करो न... मुझे कोई कहानी सुनाओ न...।”

“दफा हो इस वक़्त; अभी तो मैं रास्ते में हूँ... और हाँ, यहाँ अभी बहुत ट्राफिक जाम है, मैं ऑटो में हूँ।”

“मुझे कुछ ख़ास याद तो नहीं आ रहा, लेकिन फिर भी कोशिश करती हूँ।”

“प्लीज़ बच्चा सुनाओ न।”

“अरे बाबा सोचने तो दो, मैं इस वक़्त ऑटो हूँ।”

"तुम इतना कुछ लिखती हो, लेकिन मेरे लिए आज तक एक शब्द भी नहीं लिखा।"

"अरे, मैं फेसबुक पर नहीं लिखती हूँ, मुझे पसंद नहीं है बेसिर पैर का ज्ञान बाटना... तुम भी अच्छा लिखते हो, ऐसे ही लिखते रहो।"

"मुझे भी तुम्हारे जैसी कहानियाँ लिखनी हैं, सिखाओ न।"

"इसमें सिखाना क्या है... अपनी भाषा सुधारो..., चीजों को दुनिया के नहीं, अपने नज़रिए से देखो... अच्छा लिखने के लिए अच्छे लेखक को पढ़ते रहो; जानो ऐसा क्या है उनके लेखन में कि वह लोगों की पसंद बन गए, आज भी दशकों बीतने के बाद सबसे आगे खड़े हैं।"

"हाँ मैं पढ़ता तो हूँ।"

"उनको मत पढ़ना, जो फेसबुक पर हो हल्ला मचा रहे हैं; पिछली बार जितना भी हो हल्ला मचाने वाले लोगों को पढ़ा, सब वक़्त की बर्बादी ही साबित हुआ। उनके पास कुछ नया नहीं है, वही थूक में सत्तू घोल रहे हैं... बाक़ि जिन किताबों का मैंने नाम भी नहीं सुना था वह बेहद ज़बरदस्त रहीं।"

"अच्छा ऐसा क्या... मैं क्या पढ़ूँ अच्छा लिखने के लिए?"

"जैसे कि प्रेमचंद, मंटो, महादेवी वर्मा, जयशंकर, रेणु वग़ैरह... इनको पढ़ो।"

"तुम मुझे कोई टास्क दो, मैं भी छोटी सी कहानी लिखूँगा।"

"हटो, अपनी प्रोग्रामिंग सँभालो, इस वक़्त, मैं रास्ते में हूँ।"

"वह तो मैं सँभाल ही रहा हूँ; गुरूजी की कोचिंग में मैं ही सबसे तेज़ हूँ आज भी।"

"बस बस रहने दो, तुम और तुम्हारे गुरूजी, आज क्लास नहीं है क्या?"

"नहीं, गुरूजी की तबियत खराब रहती है, इसलिए क्लास नहीं होगी, मैं अकेला ही आया हूँ; तुम मुझे कहानी सुनाओ।"

“अच्छा ठीक है, मैं तुमको एक छोटी सी कहानी सुना रही हूँ... कहानी अधूरी है, आप उसको पूरा करो।”

“वाह! यह ठीक है; रुको मैं यहाँ लैब से पार्किंग में चला जाता हूँ।”

02 MARCH 2017, 12:59

मैं रोज़ अपने ऑफिस के लिए नियत समय पर निकलती थी, और ट्रैफिक सिग्नल पर बैठी उस बुढ़िया को देखती थी, जो हाथों में बेले के फूल से बनाये हुए गजरे बेचा करती थी।

अकसर वह मेरी कार के पास भी आकर मुझसे गजरा लेने का आग्रह करती थी।

लेकिन मुझे गजरा पहनने का शौक नहीं था... वह भी गजरा पहनकर ऑफिस जाना... बाप रे! मैं सोच भी नहीं सकती थी।

‘लोग क्या कहेंगे!’

फिर एक दिन मेरी नज़र अपनी सहकर्मी सुषमा दीदी की डेस्क पर गई।

वह गजरा नहीं पहनती थीं, लेकिन उनकी डेस्क के आस-पास बेले की महक आया करती थी।

न चाहते हुए भी मैंने उनसे इस बारे में झिझकते हुए पूछ ही लिया...।

“अब तुमको इसके आगे लिखना है... यह मत सोचो कि क्या लिखना है, जो मन में आये लिख दो।”

“यह तुमने कब लिखी थी?”

“हद्‌द है यार... मुँह तोड़ दूँगी मैं तुम्हारा आयुष्मान; अभी गढ़ी है तुम्हारे कहने पर... अब तुम इसको पूरा करो।”

“अच्छा ठीक है मेरी क्यूटी राइटर...ब्रेकफ़ास्ट किया था?”

‘हाँ।’

“चलो ठीक है, आप ऑफिस जाओ, मैं भेजता हूँ।”

(03 MARCH 2017 11:22)

“ब्रेकफ़ास्ट किया?”

“हाँ, ऑफिस में हूँ।”

“क्या हो रहा है?”

“काम काम और काम।”

“पहले लोग प्यार में अंधे हो जाते थे, जैसे सूरदास... फिर पागल होने लगे, जैसे मजनूँ... अब आजकल तोतले हो जाते हैं... अले मेला बेबी नालाज हो गया।”

“ही ही ही...हटो।”

“अच्छा उस कहानी का क्या रहा?”

“कौन सी?”

“क्या तुम्हारे दिमाग का सर्वर रोज़ फॉर्मेट हो जाता है? कल ही तो सुनाई थी इसी वक़्त...”

“अरे, हाँ, मुझे याद है, लेकिन समझ नहीं आ रहा आगे क्या लिखूँ!”

“कोई नहीं, मैं लिख चुकी हूँ, भेज रही हूँ पढ़ लो।”

‘भेजो।’

अचानक मेरी आँख खुली। मैंने घड़ी की तरफ़ देखा। सुबह के चार बज रहे थे। मैंने यहाँ-वहाँ नज़रें दौड़ाई। कमरे की खिड़कियाँ दरवाज़े बंद थे। मैं अपना बिस्तर छोड़कर ठंढे फ़र्श पर लेटी हुई थी। मुझे सर्दी लग रही थी। मेरे हाथ में मोबाइल था। मैंने तुरंत झट से अपना मोबाइल देखा। उस

पर कोई कॉल नहीं थी। फिर मैं किससे बातें करती रही थी? अपनी बीमारी की वजह से मैंने ऑटो कॉल रिकॉर्डिंग की एप डाली हुई थी। उसमें मेरी बात की सारी रिकॉर्डिंग मौजूद थी। मैं बात किये जा रही थी, ख़ुद ही जवाब भी दिए जा रही थी लेकिन दूसरी तरफ़ कॉल पर कोई नहीं था। मैंने बार-बार रिकॉर्डिंग को आगे-पीछे बढ़ाकर सुना, लेकिन वाक़ई सिर्फ मैं ही बोले जा रही थी... दूसरी तरफ़ न कोई आवाज़ थी, और न कोई कॉल की हिस्ट्री मौजूद थी। काफी देर तक अपना सर पकड़े बैठी रही। अब शायद सोना नहीं हो पायेगा, क्योंकि सुबह छह बजे मेरी ट्रेन थी। जब मैं थोड़ा नॉर्मल सी हुई तो तैयार होने लगी। सारी पैकिंग मैंने रात को ही कर ली थी। मैं अपना बैग लेकर धीरे से फ्लैट से निकली। ऑटो लेकर पुरानी दिल्ली स्टेशन के लिए निकल गई। वैसे तो सर्दी में सभी ट्रेनें लेट चल रही थीं, लेकिन यह ट्रेन पुरानी दिल्ली से ही शुरू होती थी, इसलिए राइट टाइम थी।

दस बजे के आस-पास मेरे मोबाइल में एक नोटिफिकेशन ब्लिंक हुआ। देखा कि ऑफिस से एक मेल आया हुआ है। ऑफिस वालों ने मुझे कई बार कांटेक्ट करने की कोशिश की थी, लेकिन मैंने उनको कोई जवाब नहीं दिया था। यह HR की मेल थी, कि मुझे ऑफिस से निकाला जा चुका है, मेरी बारह दिन की सेलरी का चेक वह अगले महीने भेज देंगे।

मेरे चेहरे पर कोई ख़ास प्रतिक्रिया नहीं आई। ऑफिस के कई दोस्तों के व्हाट्सअप मैसेज आये हुए थे। मैंने उनको भी कोई जवाब नहीं दिया था, और न किसी का पिछले दो हफ्ते से कॉल लिया था।

* * *

मैं घर पर बिना पूर्व सूचना दिए अचानक पहुँच गई थी। सभी को थोड़ा आश्चर्य तो हुआ, लेकिन अभी तक किसी की कोई ख़ास प्रतिक्रिया नहीं थी। मैंने थोड़ा डरते हुए मम्मी को बताया कि मैंने अपनी जॉब छोड़ दी है।

"कोई बात नहीं, कुछ दिन घर पर आराम करो।" कहते हुए मम्मी ने मुझे अपनी गोद में लिटा लिया, लेकिन पापा से मेरी यह बात कहने की हिम्मत नहीं थी। मैं इंतज़ार करने लगी कि मम्मी ही उनको बता देंगी, और फिर हुआ भी ऐसा ही। मम्मी ने ख़ुद पापा को इस बारे में बता दिया। मैं

थोड़ा पापा से कटी-कटी थी। वह कभी भी मुझसे इस बारे में पूछ सकते थे। और फिर हुआ भी वही।

सुबह को मैं पापा के पास बॉलकनी में बैठी धूप सेंक रही थी। मेरे हाथ में हिंदी दैनिक अखबार का साप्ताहिक वाला परिशिष्ट था। बाकि अखबार पापा के हाथ में था।

"नेहा...जॉब छोड़ दी... क्या अच्छी नहीं थी? वर्क लोड ज़्यादा था?"

"हाँ, बस..." मैं आगे कुछ नहीं बोल पाई।

"कोई बात, नहीं कुछ दिन घर में रहो, जब कहीं अच्छा चांस मिले तो वापस ज्वाइन कर लेना।"

"पापा, दरअसल मैं अब जॉब नहीं करना चाहती हूँ।"

"देखो, वैसे तो मैं आपको जॉब करने के लिए फ़ोर्स नहीं कर रहा, लेकिन आजकल का ज़माना ऐसा है कि हर किसी को पढ़ी-लिखी नौकरी पेशा लड़की ही चाहिए।"

"मैं पापा आपके साथ रहकर आपका बिज़नेस देखना चाहती हूँ।"

"बिज़नेस में ज़रूरत तो हर वक़्त एक आदमी की रहती ही है, लेकिन उसके लिए सोमू है न।"

"सोमू अभी छोटा है, पढ़ाई कर रहा है... जब घर में ही ज़रूरत है तो मैं बाहर क्यों नौकरी करूँ?"

"लेकिन समाज भर में खबर उड़ जायेगी कि ओमकार ने लड़की को ही अपने गोदाम पर बैठाल दिया।"

"जब हम भूखे होते हैं तो समाज खाना देने नहीं आ जाता , और वैसे भी खुद का काम करने में समाज से कैसी चोरी... जो पूछे कह देना घर का व्यापार है, लड़की सँभाल रही है, लड़का अभी छोटा है।"

"चलो जैसा है सँभालो... तुम्हारी मम्मी को तो कभी बही खाता देओ... तो ये तो उल्टा घाटा ही कर बैठती हैं।"

‘‘मम्मी का काम अब घर सँभालना है... मैं सँभालती हूँ आपके बिज़नेस को।’’

‘‘ठीक है बेटा; अब मैं कह सकता हूँ कि मेरे दो-दो बेटे हैं।’’

‘‘नहीं पापा, बिलकुल नहीं... मुझे लड़का बनकर नहीं, लड़की रहकर ही आपका सहारा, आपका फ़ख़्र आपका गर्व बनना है।’’ पापा मुस्कुरा दिए। मैं भी मुस्कुरा दी।

* * *

मौसम सर्द था। शाम की लाली ढलते ही धुंध ने अपनी सफ़ेद चादर पसार दी थी। सर्दी अपने चरम पर थी। लोग अपने नर्म बिस्तरों में सिमट चुके थे। लेकिन उम्र का एक लम्बा पड़ाव पार कर चुके लोगों की सर्दी, नर्म बिस्तर से जाए, ऐसा ज़रूरी तो नहीं। ऐसे में अलाव का ही एक सहारा लिया जा सकता है।

‘‘लल्ली...आ गई?’’ धुँधले मोटे चश्मे से झाँकती बूढ़ी आँखों ने ऊपर नज़र उठाते हुए कहा।

‘‘हाँ दादी।’’ नेहा ने अपनी शॉल सँभालते हुए दादी के पास बैठते हुए जवाब दिया।

‘‘अब रुकना कुछ दिन, तुरंत मत भाग जाना; आओ बैठो, हाथ सेंको।’’

‘‘हाँ दादी, अब आपके पास ही रहूँगी।’’

‘‘आँखें गड्ढे में जा रही हैं, सूरत सूख के काँटा हुए जा रही है... क्या दिल्ली में खाने को नहीं मिलता था, या अखबार वाले बहुत काम करवाते थे?’’ दादी ने अपने हाथों से नेहा के चेहरे को दुलारते हुए कहा।

‘‘खाती हूँ दादी, बस ऐसे ही।’’

‘‘आजा मेरे पास बैठ, हाथ सेंक, बाहर बहुत सर्दी है; तेरा चेहरा इतना मुरझाया सा क्यों रहता है? समरपाल की लड़की लक्ष्मी है; वह एक दिन रुकी थी। उसके चेहरे पर मैंने देखा रात को बड़ा नूर था। चाँद की रौशनी की तरह पूरा चेहरा सफ़ेद चमक रहा था। ख़ूब मुँह दबा-दबा के अन्दर ही

अन्दर हँस रही थी वह, लेकिन तेरा चेहरा उदास ही है जब से आई है।''

''वो कैसे दादी? नूर चेहरे पर कैसे?'' मुझको दादी की बात से थोड़ा आश्चर्य सा हुआ।

''यह जो फ़ोन चले हैं न लल्ली जबसे, रजाई के अन्दर लड़के लड़कियों के चेहरे पर नूर छाया रहता है; हमारे ज़माने में तो कभी घाट पर तो कभी कुएँ के पास घंटों इंतज़ार करते थे कि एक झलक देखने को मिल जाए तो दिन बन जाये।''

''हा हा हा...दादी ऐसा कुछ नहीं है, आप भी न! मैं समझी पता नहीं कौन सा नूर आ गया उसके चेहरे पर हा हा हा।''

''अगर ऐसा नहीं है लल्ली तो इतनी उदास क्यों है? बता कौन है वह जिसने तेरे चेहरे का नूर छीन लिया है? मेरी हँसती-बोलती गुड़िया को बेजान मूरत बना दिया है।''

''अरे दादी आप भी न...''

''अरे लल्ली, मुझ बुढ़िया को बना रही है; दुनिया देखी है मैंने। समरपाल की लड़की किसी को अपना मोबाइल छूने नहीं देती है, एक तू है तेरा मोबाइल जब से आई है बजता ही नहीं है, पड़ा रहता है फ्रिज के ऊपर। भला ऐसा तो नहीं हो सकता कोई कॉल करने वाला ही न हो तुझे।''

''अरे दादी, आप भी न।'' मैंने दादी से चिपटते हुए थोड़ा शरमा कर कहा।

''जब दिल में राज़ गहरे हो जाते हैं तो आँखें खुद ब खुद बयान करने लगती हैं, बता क्या हुआ?''

कहते हुए दादी ने मेरा सर अपने कंधे पर ले लिया।

''मुझे लगता था कि वह मुझसे शादी करेगा, लेकिन ऐसा नहीं हुआ।''

''ओह, तो मतलब वह तुम्हारा दिल तोड़कर निकल गया।''

''सिर्फ दिल ही नहीं दादी, मुझे तोड़कर निकल गया; खत्म कर गया

वह तुम्हारी लल्ली को, सब कुछ लूटकर निकल गया वह।''

''उफ़! तुम आजकल की लड़कियाँ भी न... इतनी भी क्या जल्दी थी? पहले उसको परखती जानती, फिर क़दम बढ़ाती; ठीक से बता शुरू से, हुआ क्या था?''

''मैं यहीं युनिवर्सिटी में जब लास्ट सेमेस्टर में थी, तब वह यहाँ वूमेंस डे पर आया था। उसकी बातों ने जैसे मुझ पर जादू जैसा असर किया था। मैं कब उसके प्यार में डूबती चली गई, एहसास ही न हुआ। वह पढ़ाई के साथ ही साथ जॉब भी कर रहा था। उसने जॉब के बहाने से मुझे दिल्ली बुला लिया, और एक मुलाक़ात से शुरू हुआ हमारा प्यार गहराता चला गया।

सब कुछ बेहद खुशनुमा सा था। उसकी बाँहों में सिमटकर ऐसा लगता था कि मुझे सारे जहां की खुशियाँ मिल गई हों। उसका सपना था कि वह लंदन में रहे, और वहीं रहकर जॉब करे। हालाँकि यह मुझे बिलकुल भी पसंद नहीं था कि वह अपना देश छोड़कर एक पराए देश में किरायेदार की तरह ज़िंदगी बसर करे; लेकिन अपनी नौकरी को लेकर वह इतना सीरियस था कि उसने लन्दन को ही अपना सपना बना लिया था। मैं उसके प्यार में दूध में मिश्री की तरह घुल चुकी थी। सब कुछ किसी परीकथा के जैसा बेहद ख़ुशनुमा था।

फिर अचानक वह उदास-उदास सा रहने लगा। मुझे लगता था कि जैसे वह कुछ मुझसे कुछ छुपा रहा हो। मेरे कई बार पूछने पर भी उसने ठीक से नहीं बताया। लंदन के लिए उसकी कोशिश जारी थी। जैसे-जैसे उसके क़दम बढ़ रहे थे, वैसे-वैसे मेरा दिल बैठा जाता था। फिर एक दिन उसने मुझसे कॉल करके कहा कि वह लंदन जा रहा है। परिवार के साथ है, इसलिए मिलने नहीं आ सकता। उसकी फ्लाइट लंदन के लिए उड़ गई। मैं सिसक-सिसककर बस रोती रही।

मैंने सोचा न था कि अचानक मेरा सब कुछ एक तिनके की तरह बिखर जायेगा। मेरी ज़िंदगी उसके बिना अधूरी सी थी। न खाना, न पीना, न सोना... बस हर पल में आयुष्मान ही था। मैंने उसको बार-बार कॉल करने की कोशिश की, मैसेज किये, लेकिन किसी का कोई जवाब नहीं आया। आयुष्मान मेरा सब कुछ लूटकर जा चुका था।

“उफ्फ लल्ली! तू फिकर मत कर, कीड़े पड़ेंगे उसके, सड़-सड़ के मरेगा वह देख लेना।”

“नहीं दादी, मैं उससे प्यार करती हूँ, भला उसका बुरा कैसे सोच सकती हूँ।”

“तू बिलकुल भी फिकर मत कर, मैं ओमकार से बोलकर तेरा बियाह करवाती हूँ, भूल जा उस झींगुर को।” कहते हुए दादी ने मुझे अपने सीने से लगा लिया। कुछ पल के लिए जैसे मुझे अपार सुकून हासिल हुआ था। जैसे मैं बरसों से इस प्यार की भूखी थी।

* * *

कहते हैं कि हर ज़ख्म को वक़्त का मरहम भर देता है। मेरे साथ भी ऐसा ही था। वक़्त धीरे-धीरे बीत रहा था। पापा के बिज़नेस में मैंने ख़ुद को पूरी तरह से झोंक दिया था। मैं आयुष्मान को भूलने की कोशिश कर रही थी। पिछले कुछ महीनों में मेरे साथ जो हुआ, और जो घटता रहा, वह बेहद अजीब था, या यूँ कहो कि अजीब ही नहीं, बेहद तकलीफ़देह था। किसी को पागलों की तरह तड़पकर चाहना, या किसी के प्यार में पागल हो जाना, अब तक मैंने सिर्फ क़िस्से कहानियों में ही पढ़ा था, लेकिन मैंने सोचा नहीं था कि एक दिन मैं ख़ुद ऐसी ज़िंदगी का हिस्सा बन जाऊँगी... किसी की चाहत में इतनी खो जाऊँगी कि ख़ुद की पहचान ही भुला दूँगी।

आयुष्मान, तुमको जो चाहिए था वो तुमको मिल गया। तुम्हारा सपना था लन्दन जाना, और अच्छी ज़िंदगी गुजारना, जिसके लिए तुमने सब कुछ छोड़ दिया, जहाँ तक कि मेरे प्यार को भी भूल गए। खैर, मुझे इस बात से कोई शिकायत नहीं... और अब मुझे तुमसे भी कोई शिकायत नहीं रही।

मैं अक्सर यह सोचती हूँ कि जो आज मैंने खोया है, वह कल अगर मैं शादी के बाद खोती, तो शायद मेरा आने वाला कल, आज से भी ज़्यादा भयावह होता। हमारे और तुम्हारे बीच प्यार तो था, और प्यार रहा; लेकिन तुम्हारे और हमारे रास्ते न जाने कब अलग हो गए, पता ही न चला। मैंने तुमको तड़पकर चाहा और जिया... तुम्हारे प्यार में भी मैंने वही तड़प और चाहत देखी; लेकिन मुझे अब ऐसा एहसास हो रहा है कि शायद तुम्हारे

लिए मेरा प्यार सिर्फ एक ज़रूरत भर ही था, जो वक़्त के साथ-साथ खत्म हो गया। ज़िंदगी के ख़ालीपन को भरने के लिए एक जवान लड़की की ज़रूरत... इससे ज़्यादा कुछ नहीं।

एक वक़्त आया कि जब हमारे प्यार को अंतिम मुक़ाम पर पहुँचना था। मैं इस मुक़ाम को पाने के लिए हर हद से गुज़रने को तैयार थी। तुम्हारे प्यार में इतनी पागल थी कि तुमको यह तक बोल दिया कि 'मुझे मेरे घर से भगा ले जाओ।'

लेकिन उस वक़्त तुमने बेहद आसानी से यह कह दिया कि शादी प्यार का अंतिम पड़ाव नहीं होता है। जानते हो उस वक़्त मेरे दिल पर क्या गुज़री थी? शायद तुम उस दर्द को नहीं महसूस कर सकते। अगर कर सकते तो आज ज़िंदगी के इस लम्हे में मैं तनहा नहीं होती। तब यह लमहा कुछ और ही होता। अनगिनत आँसू कई रातों तक मेरे तकिये में जज़्ब होते रहे। फिर एक वक़्त आया, मेरी आँखों ने रोना बंद कर दिया। मैंने मान लिया कि तुम मेरे नहीं हो... लेकिन इस दिल ने कभी नहीं माना; यह तुम्हारे प्यार में आज भी इतना पागल है, कि तुम सामने आ जाओ तो सब कुछ भूल जाऊँगी।

मैं तुम्हारी बात से सहमत हूँ, कि शादी प्यार का अंतिम पड़ाव नहीं होता है, लेकिन तुमको यह बताना चाहती हूँ कि शादी प्यार को सजाने का, सँवारने का, हमेशा साथ रखने का नाम है; शादी प्यार का अंतिम पड़ाव नहीं है, लेकिन शादी मेल है दो दिलों का, दो आत्माओं का, दो जिस्मों का; सात जन्मों के लिए।

शायद तुम इस बात को नहीं समझ सकते। एक प्रोग्रामिंग करने वाला दिमाग, एक संवेदनशील कविता लिखने वाली लड़की को भला कैसे समझेगा।

एक बात बोलूँ आयुष्मान... तुम तो दूर चले गए, लेकिन अपनी बहुत सारी यादें मेरे पास ही छोड़ गए। जाना ही था तो इनको भी साथ लेकर जाते। तुम्हारी यादों के जंगल में भटकते हुए न जाने कब पहर के पहर करवटें लेते हुए यह रात गुज़र जाती है, और पता भी नहीं चलता है।

न जाने कब से मैंने आईना नहीं देखा है। आईना देखती हूँ तो मेरी

सूखी हुई वीरान आँखें तुम्हारी बेवफ़ाई की चुगली करती हुई सी जान पड़ती हैं। तुम्हारी हर एक बात आज भी बहुत याद आती है। मेरे हाथों में हाथ डाले, ठिठुरती सर्द रात में छत पर घंटों बैठे रहना, मेरा तुम्हारे सीने पर सर रखकर तुम्हारी दिल की धड़कनों को गिनना, ख़ुद को भूलकर तुम्हारे जिस्म की गर्मी में पिघल सा जाना... वह तुम्हारा, मेरे हया से कँपकँपाते होठों को अपने होठों से छू लेना... सच आयुष्मान वह सब बहुत याद आता है। हर पल हर एक साँस में जैसे तुम्हारा ही ख़याल बसा रहता है।

लेकिन इन सबमें तुम्हारी वह 'कहानी सुनाओ।' की तड़प को मैं आज भी बहुत मिस करती हूँ। कहानियाँ जन्म लेती हैं, बड़ी होती हैं, और हमारे बीच ही पलती बढ़ती हैं; लेकिन अगर इनको जन्म ही न लेने दिया जाये तो यह दिमाग़ में ही दम तोड़ देती हैं, वक़्त के साथ ही धुँधला जाती हैं। इनको सहेज लेना, ख़ुद के हसीन लमहों को समेट लेने जैसा ही है।

अपनी कामयाबी के लिए तुमने मेरे प्यार को छोड़ दिया, अपनी मंज़िल की तरफ़ ऐसे बढ़े कि मेरे हाथ को छोड़ दिया। मुझे तुमसे कोई शिकायत नहीं है, क्योंकि जब परिस्थितियाँ हमारे अनुकूल नहीं होती हैं तो हम सब कुछ अपने भाग्य का लिखा मानकर हाथ झाड़ लेते हैं। मैं भी कोशिश कर रही हूँ, कि सब कुछ अपनी क़िस्मत का लिखा मानकर बैठ जाऊँ।

लेकिन याद रखना, अब मैं तुमसे चाहती हूँ कि तुम कामयाब होकर ही दिखाना। जिन महत्त्वाकांक्षाओं के लिए, जिन पैसों के लिए, जिस ज़िंदगी के लिए तुमने मेरे प्यार को छोड़ा है, मुझे छोड़ा है; उसमें अब कामयाब होकर ही लौटना, वरना मैं तुमको कभी माफ़ नहीं करूँगी; तुमको भूलने की मेरी कोशिश जारी है।

"रज़ाई में लैपटॉप लिए बैठी है... क्या लिखे जा रही है? चल मेरे साथ फूल तोड़कर लाते हैं, फिर मंदिर चलेंगे।" दादी ने चाय का कप बेड के पास रखते हुए कहा।

"रुको न दादी, आती हूँ थोड़ी देर में; बस यह पोस्ट कर दूँ ब्लॉग

पर।''

''नहीं, यह ले चाय पी, और छोड़ इस मुए बक्से को, आजा फटाफट, तब तक मैं नहाकर आती हूँ।''

''ठीक है आप चलो, मैं भी नहाकर आती हूँ।'' मैंने चाय का कप उठाते हुए कहा।

दिन ऐसे ही बीत रहे थे। मैंने धीरे-धीरे पापा के बिज़नेस में खुद को ढाल लिया था। अब मेरे पास बिज़नेस के अलावा कुछ और काम नहीं था। जब कभी वक़्त मिलता, तो पुरानी यादों से बचने के लिए कविताएँ लिखती और उनको ब्लॉग पर पोस्ट कर देती।

धीरे-धीरे सब जान गए थे कि मैं फेसबुक पर नहीं हूँ, और न ही मैं अब व्हाट्सएप इस्तेमाल कर रही थी। मैं जानती थी, ऑफिस के दोस्त, युनिवर्सिटी के दोस्त, सब बार-बार मेरे और आयुष्मान के बारे में ही सवाल करेंगे, जो मेरी ज़िंदगी के लिए बेहद तकलीफदेह होगा। मैं फेसबुक पर नहीं थी, लेकिन यह झूठ था। मैं फेसबुक पर थी, लेकिन पहचान बदलकर। जी हाँ, आप कह सकते हैं, फेक आईडी बनाकर। क्यों थी? मैं कैसे कहूँ... बस जान लो, मेरे जले हुए दिल की राख में कुछ गर्माहट अभी भी बाकी थी।

* * *

एक लम्बे अरसे के बाद आयुष्मान ने फेसबुक पर एक बेनाम सी पोस्ट लिखी थी। ख़ुद को बहुत समझाती लेकिन फिर भी मैं उसकी पोस्ट को पढ़ती थी।

प्यारी सुग्गी!

आज एक अरसे के बाद फेसबुक पर लिखने की कोशिश कर रहा हूँ। तुम सच कहती हो, मुझे लिखना नहीं आता है। यह सही बात है लिखना हर किसी के बस की बात नहीं होता है। तुमने मुझे फेसबुक पर ब्लॉक कर दिया है, मालूम पड़ा। शुक्र है कि तुम्हारा ब्लॉग आज भी मौजूद है। जहाँ तक मैं

जानता हूँ, जिस वक़्त मैं दिल्ली से लन्दन के लिए उड़ान भर रहा था, उस वक़्त तुम अपने कमरे में अकेली बैठी रही होगी।

मेरा दिल बार-बार कह रहा था कि मैं तुमसे बात करूँ। मेरी इतनी हिम्मत नहीं थी कि मैं अपने परिवार के सामने तुमसे बात कर सकूँ। यह हिम्मत मैं कभी नहीं कर पाया कि अपने परिवार से अलग होकर तुमसे शादी कर सकूँ... यह मेरे बस में नहीं था।

प्यार का आखिरी पड़ाव शादी नहीं होता। यह शब्द दिल को बहलाने के लिए काफी अच्छे हैं, लेकिन कहीं न कहीं अपने प्यार को सहेजने का अंतिम पड़ाव शादी ही होता है, मैं तुम्हारी इस बात को आज भी मानता हूँ।

एक अरसा गुज़र गया यहाँ रहते हुए। आज भी तुम्हारी किताब को बार-बार पढ़ता हूँ, और ब्लॉग पर मौजूद उन सारी कहानियों को भी पढ़ता हूँ जो तुम मुझको सुनाया करती थी... और उन कहनियों को भी पढ़ता हूँ, जो हमारे बीच अधूरी रह गईं, जो तुमने मुझे नहीं सुनाई। तुमने अपने लबों को कुछ ऐसे सिल लिया कि तुम्हारा दर्द कभी किसी के सामने नहीं आ पाया, लेकिन तुम्हारी कविताओं में यह दर्द कहीं न कहीं बयान हो ही जाता है।

तुम्हारी कहानियों के किरदार कहीं न कहीं हमारी असल ज़िंदगी के आस-पास ही घूमते नज़र आते हैं। वह अनाथ बच्चा, जो जद्दोजहद करते हुए इस दुनिया से चला गया था, वह मैं ही हूँ, जिसने ख़ुद को कब खो दिया पता ही न चला।

वह लड़की फिटकरी और उसके बड़े-बड़े सपने... वह मैं ही हूँ; लन्दन का राजसी पट्टा पहने, ऑफिस के गलियारों में, भीड़ के बीच भी तनहा भटकने वाला, लोगों के सामने यस सर! यस सर! करके सर झुकाने वाला... वह किरदार मैं ही हूँ।

आज एक अरसा बाद भी मुझे एहसास होता है कि मैंने अपनी खुशियाँ गिरवी रखकर एक मकान तो ख़रीद लिया, लेकिन उसको कभी घर नहीं बना पाया। रोज़ सुबह भीड़ का हिस्सा बनकर घर से ऑफिस के लिए निकलता हूँ। दिल में यही तनहा ख़याल आता है कि काम करने के

लिए जी रहा हूँ, या जीने के लिए काम कर रहा हूँ? कभी सीसीडी में, तो कभी स्टारबक्स में तनहा बैठकर कॉफ़ी पीता हूँ तो तुम्हारी उस जूठी चाय की बहुत याद आती है, जो हम सर्दी से कँपकँपाते हुए छत की मुँडेर पर बैठकर पिया करते थे।

झूठे ख़्वाबों को हासिल करने के चक्कर में न जाने मैंने कितनी नींदों का क़त्ल कर दिया। अक्सर हम इंसान जिन चीज़ों को बेहद सामान्य सा, रोज़मर्रा की ज़िंदगी से जुड़ा समझ लेते हैं, वह एक-एक पल उस वक़्त बेहद क़ीमती हो जाता है, जब आपको एहसास होता है कि आपने अपनी खुशियों के लिए किसी के अरमानों का बेहद बेदर्दी से क़त्ल कर दिया है।

जानती हो नेहा, मैं आज भी उस लाजपत नगर के मोमोज़ वाले लड़के को याद करता हूँ, जिसके मोमोज़ के लिए तुम मेरी जान खा जाती थी। दिल्लीहाट की उस बंजारन के सामने से गुज़रता हूँ तो आज भी तुम्हारी बहुत याद आती है। जिसके पास जाकर तुम अपनी चोटी में मोती गुँथवाया करती थी।

सब कुछ बहुत याद आता है। मेरी ज़िंदगी एक मशीन बनकर रह गई, एक पैसा कमाने की मशीन, इससे ज़्यादा कुछ भी नहीं।

आज अरसे बाद यह देखकर बहुत ख़ुशी हुई कि तुम इन सबसे उबर चुकी हो, तुम एक कवयित्री बन गई हो। मेरे प्यार के झूठे भँवर से निकल कर तुमने अपने लक्ष्य को छुआ है। मेरे लिए इससे ज्यादा ख़ुशी की बात और क्या होगी। मैं तो लंदन की भीड़ में एक अनजान नाम सा बनकर खो गया। आज मुझे फ़ख़्र है तुम पर। लोग तुमको तुम्हारी कविताओं से पहचानते हैं। तुमने अपनी पहचान बनाई; एक बार फिर से ज़िंदगी को बताया, कि मैं लड़की हूँ; मैं थोडा सा थकी ज़रूर हूँ, लेकिन हारी नहीं हूँ। अभी थोड़ा साँस लेने दो, मंज़िल वहीं होगी, जहाँ मेरे क़दम रुकेंगे।

तुम्हारी वह अधूरी कहानी... वह ट्राफिक सिग्नल के पास बारिश में भीगती मोटे फ्रेम के चश्मे से झाँकती दो बूढी आँखें, हर एक आने-ज़ाने वाले को उम्मीद की नज़र से देखती आँखें। वह कहानी अब मैंने इन दो सालों में पूरी कर ली है। वैसे तुमको याद है न... तुमने मेरी 'कहानी सुनाओ' की ज़िद पर एक दिन मुझे, सड़क पर गजरे बेचने वाली बूढ़ी

औरत की एक अधूरी कहानी सुनाई थी। उस कहानी को पूरा करते हुए मुझे एक लंबा अरसा लग गया। डरता था, कभी तुमसे सामना होगा तो तुम ज़रूर पूछोगी उस कहानी के बारे में। तुमको मुझसे जुड़ी हर बात बखूबी याद रहती है। उसको पूरा करने के लिए बहुत सारी किताबें पढ़ी, कई लाइब्रेरी गया, यहाँ के कई बड़े लेखकों से मिला; लेकिन कहानी थी कि पूरी होने का नाम ही नहीं लेती थी... लेकिन अब पूरी कर ली है। कभी अनजाने में ही सही, हम मिल गए तो तुमको सुनाऊँगा।

जानती हो नेहा, कोई है जो तुम्हारी कविताओं को सुनने दिल्ली तक आया था। तुम मंच पर थी, पूरे आत्मविश्वास के साथ। पतले से फ्रेम के पीछे से झाँकती तुम्हारी आँखों में कामयाबी की चमक थी। तुम बोल रही थी। अपनी कविताएँ पढ़ रही थी। मुझे ऐसा महसूस हो रहा था कि जैसे, तुम्हारी हर कविता में कहीं न कहीं हमारी ज़िंदगी के कुछ अनछुए पल समाये हुए थे। लेकिन दिल्ली तक का सफ़र तय करने के बाद भी किसी में इतनी हिम्मत नहीं थी कि वह तुमसे नज़रें मिला पाता। तुम खुश थी उस दिन। तुमको एक अरसे के बाद देखकर मुझे बहुत ख़ुशी हुई थी।

मैं अपने चारों तरफ देख रहा था, लोग तुम्हारे लिए तालियाँ बजा रहे थे। उस दिन एक अरसे बाद मैं भी धीरे से मुस्कुराया था। मेरे चेहरे पर मुस्कराहट थी। मेरी आँखों में थोड़ी सी नमी थी उस वक़्त। मैं नहीं जानता, यह सब लिखकर मैं सही कर रहा हूँ या ग़लत, लेकिन ऐसा महसूस होता है कि नहीं लिखूँगा तब भी खुद में घुटता रहूँगा। शायद इस उम्मीद में कि एक दिन तुम मुझे अनब्लॉक करोगी तो मेरी इस पोस्ट को ज़रूर पढ़ोगी।

नेहा ने उस पोस्ट को पढ़ा था या नहीं, लेकिन दो आँखें ज़रूर उस पोस्ट को पढ़कर ज़ार-ज़ार रोई थीं।

* * *

देखते ही देखते कब दो साल गुज़र गए, पता ही नहीं चला; लेकिन जैसे मौसम आज भी वही था... सर्द हवाओं वाला।

"कैसी हो?" बेहद फँसी हुई आवाज़ के साथ आयुष्मान ने नेहा से पूछा।

“अच्छी हूँ।” लेकिन उसके चेहरे पर अच्छे-बुरे कोई भाव नहीं थे।

“और... कैसा चल रहा है?”

“बस सब ठीक।”

“दरअसल मैंने आपको ब्लॉक नहीं किया था, मैं ख़ुद ही फेसबुक से चली गई थी।”

“वैसे तुम बहुत अच्छा लिखती हो; पढ़ता हूँ मैं तुम्हारे ब्लॉग को; तुम्हारी कहानियाँ, तुम्हारी कविताएँ...” वह सोच रहा था कि पूछेगी, ‘दिल्ली तक आने के बाद एक बार भी मिले क्यों नहीं?’ लेकिन उसने इस बारे में कोई भी ज़िक्र नहीं किया। क्यों ज़िक्र करती... नाराज़गी आज भी बेहद गहरी थी।

“हम्म... अच्छा यह लो सँभालो।”

“क्या है इसमें?”

“अरे यह... यह शर्ट तुमने इतनी सँभालकर रखी थी।”

“हाँ आयुष्मान, उस रात मेरा बर्थडे था, सारे दोस्त जा चुके थे। काफ़ी देर हो गई थी तो मैंने तुमको रोक लिया था। फिर सुबह को जल्दबाज़ी में तुम अपनी शर्ट मेरे बिस्तर पर ही भूल गए थे।” नेहा की बात पर वो अपनी बोझिल पलकें झुकाए ख़ामोश हो गया। आयुष्मान, उस शर्ट में उस रात के एहसास को टटोलने की कोशिश कर रहा था। ऐसा लगता था कि सर्द रात में पसीने से लथपथ गर्म साँसें आज भी उस लमहे की गवाह थीं।

‘नेहा!’

‘हाँ।’

“मुझे कोई कहानी सुनाओ न।”

“नहीं आयुष्मान, अब मैं इतनी बच्ची नहीं हूँ; वह सब बचकानापन छोड़ दिया मैंने।”

“कुछ देर के लिए ही सही, सबसे जुदा होकर कुछ पल के लिए ही सही, आयुष्मान की नेहा बन जाओ।”

“आयुष्मान, अगर आप यह सब बकवास करोगे तो मैं जा रही हूँ। मैं तुम्हारे बुलाने पर इसलिए आई हूँ कि आज भी मैं तुम्हारी इज़्ज़त करती हूँ।”

“और प्यार...” आयुष्मान ने अपने शब्द अधूरे ही छोड़ दिए।

“क्या मैं अब जाऊँ?”

“ओके ओके... बाबा सॉरी...” गंगा बैराज के ब्रिज पर खड़े हम दोनों के बीच एक लम्बी खामोशी सी पसर गई।

“वैसे तुम्हारे पास एक अधूरी कहानी है; तुमने लिखा था कि कभी ग़लती से दुबारा मिले तो सुनाओगे... अब मैं नहीं, तुम।”

“मैंने तुम्हारी कहानी पूरी की है नेहा; लेकिन जानती हो, इसको पूरा करने में मुझे एक लंबा अरसा लग गया; इसको पूरा करने के लिए मैं न जाने कहाँ-कहाँ भटकता रहा।”

“मुझे वह सब नहीं सुनना, तुमने क्या किया क्या नहीं, कितने डॉलर कमाए, कौन सी गाड़ी खरीदी; चतुर के जैसे मुझे तुम्हारे गाड़ी और बँगले में कोई इंटरेस्ट नहीं है, बस आयुष्मान कहानी सुनाओ।”

“लेकिन नेहा, कहानी सुनाना तुम्हारा काम है, राइटर तुम हो मैं नहीं।”

“बहाने बनाना बंद करो, अधूरी कहानी पूरी करो; सुनाओ मुझे, वरना जा रही हूँ।”

“उफ़ तुम्हारा गुस्सा... तुम्हारा अहंकार...”

“क्या कहा?”

“कुछ नहीं कुछ नहीं... अच्छा ठीक है, सुनाता हूँ। मैं रोज़ अपने ऑफिस के लिए नियत समय पर निकलती थी, और ट्रैफिक सिग्नल पर बैठी उस बुढ़िया को देखती थी, जो हाथों में बेले के फूल से बनाये हुए गजरे बेचा करती थी।

अकसर वह मेरी कार के पास भी आकर मुझसे गजरा लेने का आग्रह

करती थी।

लेकिन मुझे गजरे पहनने का शौक नहीं था, 'गजरा पहनकर जाना...वह भी ऑफिस में' बाप रे! मैं सोच भी नहीं सकती थी।

'लोग क्या कहेंगे?'

फिर एक दिन मेरी नज़र अपनी सहकर्मी सुषमा दीदी की डेस्क पर गई। वह गजरा नहीं पहनती थीं, लेकिन उनकी डेस्क के आस-पास बेले की महक आया करती थी। न चाहते हुए भी मैंने उनसे इस बारे में झिझकते हुए पूछ ही लिया...

''क्या आप बेले वाला इत्र या परफ्यूम लगाती हैं?''

''मैं... नहीं तो।''

''आपकी डेस्क हर वक़्त बेले की खुशबू से महकती रहती है, ऐसा क्यों?''

मेरी जिज्ञासा का सुषमा दीदी ने हँसकर जवाब दिया।

''मैं जब बस से उतरकर ऑफिस के लिए बढ़ती हूँ, तो एक बूढ़ी औरत सिग्नल के पास बेले के फूल से गजरे बनाकर बेचती है। अपने मोटे फ्रेम के चश्मे के पीछे छुपी आँखों से वह मुस्कुराकर देखती है। मैं गजरा तो नहीं पहनती लेकिन अक्सर उससे गजरे ख़रीद लिया करती हूँ। मैं नहीं जानती कि इस उम्र में जब उसको आराम करना चाहिए, वह काम करने पर मजबूर है। वहीं सिग्नल पर कई सारे लोग भीख माँगते रहते हैं, लेकिन मैं किसी को भीख न देकर, उस बूढी औरत के गजरे खरीदकर उसकी ख़ुद्दारी को बरक़रार रखना चाहती हूँ।'

अपनी बात पूरी करते हुए सुषमा दीदी ने डेस्क की ड्रॉअर खोल दी, जिसमें न जाने कितने सूखे हुए गजरे मौजूद थे।

मैं सिर्फ मुस्कुराकर रह गई, मेरे पास कहने के लिए शब्द नहीं थे। वाक़ई हम धर्म के नाम पर न जाने कितने लोगों को भीख़ देकर उनका निकम्मापन बढ़ाते हैं, लेकिन किसी ग़रीब की ख़ुद्दारी को बरक़रार न रखकर, छोटी-छोटी चीज़ में भी मोल-भाव करने लगते हैं। उस दिन से मैं

भी अक्सर कुछ चीज़ें चाहे-अनचाहे खरीदने लगी।

"बहुत ही अच्छी; तुम भी अच्छा लिख लेते हो।"

"नहीं नेहा, तुमसे अच्छा नहीं... इसको यहाँ तक लिखने में मुझे दो साल लग गए, अब और हिम्मत नहीं है।"

"बहुत प्यारी लिखी है तुमने आयुष्मान, यक़ीन नहीं होता है।"

"नेहा, मुझसे ग़लती हो गई थी, मैं डर गया था... जो दिन तुमने एक-एक पल घुटते हुए गुज़ारा, वही सब मैंने भी जिया है; पुरानी बातों को खत्म करके हमको एक हो जाना चाहिए।"

"आयुष्मान, क्या तुमको यह सब कोई फिल्म लग रहा है, जिसमें सब कुछ हैप्पी एंडिंग जैसा होता है? तुमको एहसास है तुम क्या कह रहे हो? सब कुछ भूल जाऊँ मैं?"

"नेहा, माना कि मैं तुम्हारा गुनहगार हूँ, लेकिन इस गुनाह की सज़ा मुझे भी मिली है; मैंने भी एक-एक पल तनहाई में तुमको याद करते हुए ही गुज़ारा है।"

"भूल जाऊँ? सब अचानक से भूल जाऊँ? जानते हो आयुष्मान, बहुत मुश्किल से मैंने जीना सीखा है, और तुम कहते हो कि भूल जाऊँ। भूल जाऊँ वह इंतेज़ार जो सिर्फ इंतज़ार ही बनकर रह गया? भूल जाऊँ उन आँसुओं को, जिनको गिना नहीं जा सकता? कितनी आसानी से तुम मेरा हाथ छोड़कर लंदन बढ़ गए थे; वह सब भूल जाऊँ?"

"नेहा, मेरी कुछ मजबूरियाँ थीं, मैं हिम्मत नहीं जुटा पाया था।"

"अपनी बुज़दिली को तुम मजबूरियों का नाम मत दो; क्या मजबूरी थी? मैं तुम्हारे सामने थी, तुम्हारे साथ थी, हर हाल में साथ में रहने को तैयार थी; फिर क्या मजबूरी थी? वह मजबूरी नहीं थी आयुष्मान... सच यह है कि मैंने तुमको अपना सब कुछ मानकर अपना जिस्म सौंप दिया था, जिसको तुम जब चाहते, जैसे चाहते, प्यार का नाम देकर भोगते रहे; फिर एक दिन तुम्हारा दिल भर गया, और जब मैं तुमसे शादी के लिए मिन्नतें

करती रही, तुम हाथ छुड़ाकर निकल गए, शायद किसी और जिस्म की तलाश में।''

''नेहा! कुछ भी मत बोलो।'' इस बार आयुष्मान बुरी तरह से चीख़ पड़ा।

''क्यों न बोलूँ? प्यार के नाम पर सेक्स, यही तुम्हारी सच्चाई है आयुष्मान।''

''हमारे बीच जो भी रिश्ता बना, वह दोनों की सहमति से ही हुआ था; न तुम बच्ची हो न मैं बच्चा हूँ, फिर ऐसा क्यों?''

''हाँ मेरी सहमति थी, क्योंकि मैं तुमसे शादी के सपने देखने लगी थी... और तुमने क्या किया... अपनी रखैल बनाकर रखा मुझे... इससे ज़्यादा क्या?''

''नेहा, तुम मेरे प्यार को बुरा कहो, मुझे बुरा कह सकती हो, लेकिन जिसको मैं दुनिया में सबसे बढ़कर चाहता हूँ, प्लीज़ उसको ऐसी गन्दी गाली मत दो।''

''तुम्हारे बिना जीना नहीं हो पायेगा नेहा... वापस आ जाओ, वरना...मैं...मैं इस घाट से कूदकर अपनी जान दे दूँगा।''

''कूदकर जान देनी है तो बता क्यों रहे हो... कूद जाओ।''

'' नेहा, मैं सच्ची कूद जाऊँगा... क़सम से...''

''तो कूद जाओ, देर किस बात की है? क्या लगता है तुम्हारी इस फ़िल्मी डायलागबाज़ी से मैं पिघल जाऊँगी? रेलिंग के ऊपर चढ़ो और कूद जाओ... और अगर कूदने में तकलीफ़ हो रही है तो बोलो मैं हेल्प करती हूँ, पीछे से धक्का देकर।''

''नेहा, तुम जानती हो कि मुझे तैरना नहीं आता है... मैं तुम्हारे बिना नहीं रह सकता मैं कूद रहा हूँ।''

'हूँह।'

''मैं तीन तक गिनती गिनूँगी आयुष्मान; अगर तुम नहीं कूदे, तो मैं

खुद तुमको धक्का दे दूँगी... एक... दो...तीन...कूदो।''

''नहीं कूद सकता? नहीं कूद सकता...प्यार करता हूँ तुमसे।''

''नहीं आयुष्मान, ऐसा नहीं है; तुम बुज़दिल हो, तुम नहीं कूद पाओगे मैं यह जानती हूँ। हाँ अगर यह तुमने मेरी ज़िंदगी में पहले कहा होता तो शायद मैं सच मानकर तड़पकर रो देती। न जाने कितने तुम्हारे जैसे लड़के हर रोज़ लड़कियों से ऐसे ही इमोशन दिखाकर प्यार का नाटक करते हैं, और फिर उनको चाहिए होती हैं लड़कियों के जिस्म की गरम रातें, बस इससे ज़्यादा कुछ नहीं। रखैल से ज्यादा कुछ नहीं होती हैं न हम लड़कियाँ तुम्हारे जैसे लड़कों के लिए... चालू माल, या फिर घर से दूर रहकर पढ़ती है, ज़रूर खुली हुई होगी... मिडिल क्लास से है, पट जायेगी वग़ैरह वग़ैरह।''

''ऐसा कुछ नहीं है नेहा; तुम ज़रूरत से ज़्यादा अहंकारी हो गई हो, और यह सब क्या बकवास है; बात करने की तमीज़ सीखो ज़रा।''

''आयुष्मान, मुझे किसी से तमीज़ सीखने की ज़रूरत नहीं है, तुमसे तो बिलकुल भी नहीं; मुझे मेरे अहंकार के साथ जीने दो। सुना है परिवार को भी छोड़ दिया तुमने... जो अपनी माँ का सगा न हुआ वह मेरा क्या होगा? लेकिन तुम्हारी मम्मी से मुझे बेहद प्यार है, भगवान् करे उनको मेरी भी उम्र लग जाये।''

''ठीक है नेहा, मैं तुम्हारा इंतज़ार करूँगा।''

''करते रहो; इस जन्म में तो मैं यह ग़लती दोबारा नहीं दोहराने वाली। प्यार में पागल होना क्या होता है कोई मुझसे जाने। दिन रात बस तुमको ही याद करती थी। तुम खुली आँखों से मेरे सपनों में आते रहे हो आयुष्मान। जब तक मैं तुमको इस तकलीफ का एहसास नहीं करवा देती, तब तक शायद तुम नहीं समझोगे कि प्यार का असली मतलब प्यार करना नहीं, प्यार करके प्यार को जीवनभर निभाना होता है; और मैं जानती हूँ कि हमारी ज़िंदगी हमारे फैसलों से ही बदलती है; हमारी ज़िंदगी का एक फैसला हमारी पूरी ज़िंदगी को बदल सकता है।''

''ठीक है, जब तुम्हारा यह अहंकार खत्म हो जाए तो वापस आ जाना,

मैं तुम्हारा आज भी इंतज़ार कर रहा हूँ।''

''शायद कभी नहीं, और हाँ, मुझ पर एक एहसान करना... मेरी चैट, मेरे फोटोग्राफ्स डिलीट कर देना, मैं भगवान् से दुआ करूँगी कि अब दोबारा मेरा कभी तुमसे सामना न हो; कभी भी हम ग़लती से भी सामने आयें, तो मुझे पहचाने की कोशिश मत करना।''

''ऐसी सज़ा क्यों दे रही हो नेहा?''

''मेरी ज़िंदगी से दूर जाओ बुज़दिल इंसान... जब मुझे तुम्हारी ज़रूरत थी, तो तुम मुँह छुपाकर लंदन भाग गए; अगर तुम्हारे अन्दर ज़रा सी भी इंसानियत बाक़ी है तो कभी मेरे सामने मत आना।''

आयुष्मान उसको जाता हुआ देखता रहा, जब तक कि वह उस वीरान सड़क पर उसकी आँखों से ओझल नहीं हो गई।

* * *

सारा हॉल छोटे-छोटे बच्चों और उनके पेरेंट्स से भरा हुआ था। मौक़ा था बच्चों के द्वारा कवितापाठ का। वह छोटी सी लड़की बेहद असहज थी। वह बार-बार अपनी मम्मी की तरफ देख रही थी, और उसकी मम्मी इशारों ही इशारों में उसकी हिम्मत बढ़ा रही थीं।

कुछ ही देर में कविता पाठ की प्रतियोगता शुरू हो चुकी थी। नन्हे-नन्हे बच्चे आकर अपनी-अपनी कविता सुना रहे थे, और हर बार सारा हॉल तालियों से गूँज उठता था। डरी-सहमी सी सकुचाई हुई वह बच्ची मंच पर आकर खड़ी हो गई। उसने एक बार अपनी मम्मी की तरफ देखा, और फिर यहाँ-वहाँ नज़रें दौड़ाई। सैकड़ों लोगों की भीड़ से किसी ने उसको एक प्यार भरी मुस्कान के साथ कविता सुनाने के लिए जैसे आँखों ही आँखों में इशारा किया। जैसे अगले ही पल उसके चेहरे पर एक आत्मविश्वास सा था। उसने एक बार फिर यहाँ-वहाँ देखा, और कविता पढ़ना शुरू किया।

क्यों- क्यों लड़की तू उदास है।
पंख बना अरमानों के उड़ जा दूर खुले आसमान में
फिर यह दुनिया तेरे पास है।
क्यों- क्यों लड़की तू उदास है।

क़दम बढ़ा चट्टानों से
चाँद को बाँध ले चोटी में
फिर दुनिया में तू ही ख़ास है।

क्यों-क्यों लड़की तू उदास है
बाँध दुपट्टा उठा पिनाकी
मोड़ दे रुख तूफानों के
फिर यह दुनिया तेरी दास है।

क्यों-क्यों लड़की तू उदास है।
क्यों-क्यों लड़की तू उदास है।

अगले ही पल सारा हॉल तालियों की गड़गड़ाहट से गूँज उठा।

"यह कविता आपको किसने सिखाई?" नेहा ने उस बच्ची के पास आकर बेहद ताज्जुब के साथ पूछा।

"पापा ने।"

"आपके...आपके पापा कौन हैं?"

"वह यहीं थे, पता नहीं कहाँ गए।" तब तक एक औरत वहाँ पर बच्ची के पास आ चुकी थी। बताने की ज़रूरत नहीं है कि वह उसकी मम्मी थी।

"क्या यह आपकी बेटी है?" नेहा के सवाल पर उसने हाँ में इशारा करते हुए सर हिला दिया।

"बहुत प्यारी बच्ची है क्या नाम है इसका?" नेहा के इस सवाल पर वह महिला अपनी बच्ची का मुँह देखते हुए उसको नाम बताने का इशारा करने लगी।

'नेहा।' उस बच्ची ने थोड़ा सकुचाते हुए जवाब दिया।

"ओह! कैसा इत्तेफाक है, मेरा नाम भी नेहा है; बहुत अच्छा लगा

आपसे मिलकर... बहुत प्यारी बच्ची है; वैसे यह कविता इसको किसने सिखाई?" नेहा के इस सवाल पर वह महिला थोड़ा सा असहज हो गई। उसने तुरंत अपनी बच्ची का हाथ नेहा के हाथ से छुड़ाया, और वहाँ से तुरंत बढ़ गई। नेहा को उससे इस तरह के व्यवहार की उम्मीद नहीं थी। वह अचरज से उसको जाते हुए देखती ही रह गई।

"आयुष्मान, मैं तुमको तब भी नहीं समझ पाई थी, और आज ज़िंदगी के इस मोड़ पर आकर भी नहीं समझ पाई... तुम झूठे थे और झूठे ही रहोगे।" सोचते हुए नेहा वहाँ से बढ़ गई।

* * *

"आज काफी वक़्त के बाद ब्लॉग लिखने बैठी हूँ।

एक झूठ के साथ हमारा प्यार शुरू हुआ था, और हमेशा झूठ ही रहा। मैंने तुम्हारे बारे में जैसा सोचा था तुम वैसे ही निकले। हमको दूर हुए आज तक़रीबन तीन साल हो गए हैं। हम आख़िरी बार घाट पर मिले थे और आज मुझे मालूम पड़ रहा है कि तुम्हारी पाँच साल की एक बच्ची भी है। शादीशुदा होकर भी तुमने मेरे साथ प्यार का नाटक किया। मेरे जज़्बात से, मेरे जिस्म से खेला। जो मैंने कहा था, वही सच था; तुम मुझे अपनी रखैल बनाकर ही रखना चाहते थे। शुक्र है, तुम्हारे इरादे मैं वक़्त रहते ही समझ गई, तुम वाकई कुत्ते हो आयुष्मान।

और हाँ, तुम्हारी तरह तुम्हारी बीवी भी एक नंबर की नकचढ़ी है; उसने तो मेरे हेलो हाय का जवाब देना तक मुनासिब नहीं समझा... बच्ची का हाथ पकड़ा, और खींचती हुई लेकर चली गई।"

ब्लॉग को पढ़कर आयुष्मान के चेहरे पर एक फीकी सी मुस्कान आ गई। अपना चश्मा सही करते हुए उसने अपना सर पीछे की तरफ झुका लिया।

"हा...आ..., उसने पापा को कुत्ते बोला।" गोद में बैठी नन्ही नेहा ने भी ब्लॉग की आख़िरी लाइन को पढ़ा था।

“जाओ मम्मी के पास जाकर खेलो, मुझे काम करने दो।” आयुष्मान ने नन्ही नेहा को गोदी से उतारा और लैपटॉप सँभाल लिया।

* * *

दो हफ्ते बाद।

“तुम तो जानती हो मैं तुम्हारी तरह लिखना नहीं जानता हूँ, लेकिन कोशिश जारी है। एक दिन आएगा, जब मैं तुम्हारी तरह लिखना सीख जाऊँगा, तब तुमको शायद एहसास होगा कि शब्दों को लिखना आसान होता है, लेकिन ज़िन्दगी को शब्दों में पिरोना आसान नहीं होता है। अब मैं तुम्हारे ब्लॉग को नहीं पढ़ता हूँ, जानती हो क्यों? क्योंकि अब मुझे तुम्हारी कविताओं में अपने लिए प्यार दिखाई नहीं देता है! न जाने क्यों तुमने मेरे प्यार को सबसे छुपाकर रखा; लेकिन तुम्हारी कविताओं में अक्सर यदा कदा हमारा प्यार आज भी महकता हुआ सा मुझे महसूस होता है। शायद मैं झूठ कह रहा हूँ... मैं तुम्हारा ब्लॉग रोज़ खोलता हूँ, हर दिन... तुम्हारी नयी पोस्ट के इंतज़ार में।

तुम कुछ लड़कियाँ, जो फेमिनिज्म का उल्टा झंडा लिए घूमती हैं, उनकी नज़र में हर लड़का कुत्ता ही होता है। अगर हम लड़के, लड़की को देख लें, तो ‘देखो कैसे कुत्ता घूर रहा है,’ और अगर न देखें तो ‘कुत्ता कहीं का, देखता तक नहीं है।’ कुल मिलाकर हम कुत्ते ही रहते हैं।

तुम्हारी दुआ थी न, कि भगवान् करे हम कभी न मिलें; मैंने तुम्हारी दुआ का मान रखा, और तुमको दूर से देखकर निकल गया। वैसे मैरूनी सूट में तुम आज भी बहुत प्यारी लगती हो। मैं इंडिया में हूँ। मेरी बेटी नेहा तुम्हारी फैन है, वह तुमसे मिलना चाहती है। मैं जानता हूँ तुम एक बिज़नेस पर्सन हो, तुम्हारा समय बेहद क़ीमती है, फिर भी इस पोस्ट के नीचे एक पता दिया गया है, हो सके तो उससे मिल लेना, उसके चेहरे पर मुस्कान आ जाएगी... फिकर मत करो, मैं वहाँ नहीं होऊँगा। दरअस्ल मैंने ही उसको तुम्हारीं कविताएँ सुनाकर बिगाड़ा है। अब वह तुमसे मिलने की ज़िद लिए बैठी है... और हाँ, एक बात, मेरी नकचढ़ी पत्नी का नाम अनुमुई है।

गहरी साँस लेते हुए मैंने पेपर और पेन उठाया, और उस दिए गए एड्रेस को नोट करने लगी।

“मैडम एक मीटिंग है, ओमकार सर आपका इंतज़ार कर रहे हैं।” केबिन का दरवाज़ा खोलकर अन्दर झाँकते हुए अकाउंटेंट ने मुझसे कहा।

“पापा को बोलो मैं मीटिंग अटेंड नहीं कर सकती, आप ख़ुद ही क्लाइंट से डील कर लो, मुझे कुछ ज़रूरी काम से जाना है।”

“ठीक है, मैं बोल देता हूँ।” मैं अपना बैग उठाकर वहाँ से निकल गई।

* * *

कुछ ही घंटों में मैं हाथ में काग़ज़ का टुकड़ा लिए हुए उस पुराने से घर के सामने खड़ी थी। सामने एक छोटा सा लॉन था। अंदर सन्नाटा पसरा हुआ था। धीरे-धीरे अन्दर की तरफ बढ़ते हुए मेरी नज़रें उस प्यारी सी बच्ची को तलाश रही थीं, जो मुझसे मिलने के लिए बेचैन थी।

तभी मेरी नज़रें उस मुस्कुराते हुए चेहरे से टकराईं। मैं ख़ुद को उसकी तरफ बढ़ने से रोक नहीं पायी।

“कैसी हो बेबी नेहा?”

“मैं अच्छी हूँ।” बेबी नेहा मुझसे चिपट गई। मैंने अपने साथ लाई हुई चॉकलेट का पैकेट उसको थमा दिया।

‘नमस्ते!’ मैंने आयुष्मान की पत्नी अनुमुई की तरफ हाथ जोड़ दिए, वह धीरे से हाथ जोड़ती हुई मुस्कुरा दी।

“उस दिन आप शायद काफ़ी जल्दी में थीं; मेरे सवालों का आपने कोई जवाब भी नहीं दिया था, और बच्ची को लेकर आप आगे बढ़ गई थीं।” नेहा के सवाल पर अनुमुई के चहरे पर परेशानी की लकीरें उभर आईं। वह अपनी बच्ची की तरफ देखते हुए इशारा करने लगी।

“मम्मी बोल नहीं सकतीं, और न सुन सकती हैं।”

“क...क्या! क्या आप आप बोल नहीं सकती हैं?” अनुमुई ने मेरे

चेहरे के हाव-भाव को देखकर अपने कान और मुँह की तरफ इशारा करते हुए न में हाथ हिला दिया। मैं आँखे फाड़-फाड़कर जैसे उसके चेहरे को बस देखे ही जा रही थी। अचानक से जैसे बहुत कुछ मेरे सामने से गुज़र सा गया।

''पापा ने बताया था आप उनको बहुत सारी कहनियाँ सुनाया करती थीं?''

''सॉरी... सॉरी मुझे मालूम नहीं था कि आप...आप...'' मैं अनुमुई के हाथ अपने हाथ में लेकर बोले ही जा रही थी।

''मम्मी अभी भी नहीं सुन सकतीं; आपको पता है, पापा को कहानियाँ बनानी नहीं आती हैं; जब भी मैं उनसे कोई कहानी सुनाने को बोलती हूँ तो आपके ब्लॉग से कहानी चुराकर सुनाने लगते हैं, और बोलते हैं उन्होंने लिखी है... झूठे कहीं के।''

''नहीं... ऐसा नहीं बोलते हैं बेटा; पापा को झूठा नहीं बोलते हैं, पापा बच्चों से झूठ नहीं बोलते।'' मैंने बैठते हुए अपनी आँखों से चश्मा निकाला और नन्ही नेहा को अपने सीने से लगा लिया।

''आपकी मम्मी क्या कह रही हैं बेबी?'' अनुमुई को इशारा करते हुए देखकर मैंने सवाल किया।

''मम्मी कह रही हैं कि पापा आज भी आपसे बहुत प्यार करते हैं।''

''उफ़! आई लव यू... टू आयुष्मान, आई लव यू... टू... अब क्या कह रही हैं आपकी मम्मी?''

''मम्मी कह रही हैं कि आपकी तरह उनको भी एक लड़के से बहुत प्यार था, लेकिन उसने मम्मी के विकलांग होने का फायदा उठाया।'' कहते हुए अनुमुई अन्दर की तरफ गई, और एक पुरानी सी डायरी उठाकर लाई और नेहा के हाथ पर रख दी।

''अब आपकी मम्मी क्या कह रही हैं?''

''मम्मी कह रही हैं कि तुम बिलकुल बुद्धू हो, पापा पर नहीं तो कम से कम ख़ुद पर भरोसा तो किया होता।''

मेरी आँखें नम थीं। मेरे अहंकार की दीवार जैसे पल भर में मुझ पर भरभराकर गिर पड़ी थी। जैसे उसके टनों मलबे के नीचे मेरा दम घुट रहा था। बरसों से सूखे जज़्बात जैसे अचानक फिर से फूट पड़े थे, जो मेरी आँखों से आँसू बनकर बह रहे थे। मैं सिसकते हुए अनुमुई के सीने से चिपट गई। मेरे दिल की धड़कनें आज भी आयुष्मान का ही नाम ले रही थीं। अनुमुई की आँखें भी नम हो गई थीं। यह प्यार का ही असर था कि मैं अब उसके इशारों को समझ पा रही थी।

"आयुष्मान तुम्हारा है, उसको अपने पास ही रखो; तुम्हारे हिस्से का सारा प्यार उसने मुझे दिया... उस पर मेरा नहीं तुम्हारा हक़ है। सारी दुनिया से छुपाकर उसको अपने पास ले जाओ। मैं न सुन सकती हूँ, न बोल सकती हूँ; मैं उसको चाहकर भी तुम्हारे जितना प्यार नहीं दे सकती। वह तुम्हारा है।"

अचानक मौसम ने रुख बदल लिया था। तेज़ हवाओं के साथ बारिश ने मुझको भिगोना शुरू कर दिया था। मैं इस वक़्त कुछ भी कहने, सोचने, समझने की हालत में नहीं थी। हाथ में डायरी लिए हुए मैं तेज़ी से बाहर की तरफ़ बढ़ती जा रही थी।

* * *

मैं अपने कमरे की खिड़की पर थी। मेरे हाथ में वह डायरी थी। बाहर तेज़ बारिश हो रही थी। ऐसा लगता था कि उस डायरी को लम्बे अरसे से आज के लिए ही लिखा गया था। ज़हन में सैकड़ों सवाल लिए हुए मैंने कँपकँपाते हुए हाथों से उसके पन्नों को पलटना शुरू किया।

हर लड़का धोखेबाज़ नहीं होता है। हर लड़का बुज़दिल भी नहीं होता है। हर लड़का, लड़की के जज़्बात का फायदा उठाकर नहीं निकल जाता है। मैं इतनी बेबस और लाचार हूँ कि दिल करता है कि अपनी जान देकर तुम दोनों के अधूरे प्यार को पूरा कर दूँ; लेकिन अफ़सोस! मैं खुद एक नन्ही जान की माँ हूँ, चाहकर भी मैं अपनी जान नहीं दे सकती हूँ।

नेहा, जिन दिनों तुम आयुष्मान के प्यार में रँगी हुई थी, उन दिनों की ही बात है, मैं भी किसी के प्यार में पागल सी थी। उसने मेरे जज़्बात से ही

नहीं, मेरे जिस्म से भी खेला, और जब उसका प्यार मेरी कोख में पलने लगा तो वह मुझसे मुँह चुराकर भाग गया।

मैं गूँगी-बहरी किसी से कह भी नहीं पा रही थी कि मेरे पेट में एक नन्ही सी जान पल रही है। मैं सबसे छुपकर दिन होते ही यहाँ-वहाँ हर जगह उसको पागलों की तरह बस ढूँढ़ती फिरती। दिन बीतते गए, लेकिन मैं खुद को कब तक छुपाती? मेरा बढ़ता हुआ पेट सबको नज़र आने लगा था।

तब मैंने सबसे छुपकर जान देने का फैसला किया।

वह आयुष्मान ही था, जिसने मुझे बचाया और जान देने से रोका। उसने ही यह बात मेरे बाबा को बताई। मेरे बाबा तुम्हारे आयुष्मान के गुरु थे। जब उनको मालूम पड़ा तो वह यह सदमा बर्दाश्त नहीं कर पाए और इस दुनिया से चले गए। लेकिन उन्होंने जाने से पहले मेरा हाथ आयुष्मान के हाथ में दे दिया था। उन्होंने कहा कि 'मेरी बेटी गूँगी-बहरी है आयुष्मान; अगर तुमने इसका हाथ छोड़ दिया तो एक बार फिर ज़माना इसके बेज़ुबान होने का फायदा उठाएगा; मेरी बच्ची अब तुम्हारी अमानत है आयुष्मान, इसका ख़याल रखना; मेरी बच्ची की ज़िंदगी को बचा लो बेटा।'

'मैं उस लड़के को ढूँढ़कर लाऊँगा गुरु जी, सब ठीक हो जायेगा।' वह बार-बार दिलासा देता रहा, लेकिन फिर भी बाबा इस दुनिया से चले गए थे। मेरे चारों तरफ घना अँधेरा था। बस वह आयुष्मान ही था जिसने उस वक़्त मेरा हाथ थामा हुआ था। मैं माँ बनने वाली थी। मुझे महीने पूरे हो चुके थे, इसलिए अबॉर्शन नहीं कराया जा सकता था; और वैसे भी आयुष्मान अबार्शन के सख्त खिलाफ़ था। उसने अपने परिवार से अलग होकर मुझसे शादी की, मुझे अपना नाम दिया। हर पल साये की तरह वह मेरे साथ रहा, लेकिन इन सबमें मुझसे एक भयंकर भूल हुई। मैं नहीं जानती थी कि आयुष्मान भी किसी से प्यार करता है। अगर मुझे आपके और आयुष्मान के प्यार के बारे में ज़रा सा भी मालूम होता, तो मैं अपनी जान दे देती, लेकिन कभी आपके और आयुष्मान के प्यार के बीच नहीं आती।

मैं आपके हाथ जोड़ती हूँ, मेरा आयुष्मान बुज़दिल नहीं है, उसको कुत्ता कहना बंद करो। अक्सर बहुत कुछ हम लड़कियाँ आँसुओं के साथ कह जाती हैं; तब मर्द अक्सर उनको सीने में दबाकर अन्दर ही अन्दर रो

लेते हैं। यह बच्ची उसकी सगी बच्ची नहीं है... वह तुमको रखैल नहीं अपनी ज़िंदगी बनाकर रखना चाहता था। अपनी जान से भी ज़्यादा चाहता है आज भी वह तुमको। बाबा को दिए हुए वचन को निभाने के लिए उसने अपने प्यार को भी क़ुर्बान कर दिया।

हाँ, वह लंदन जाना चाहता था, लेकिन तुमको छोड़कर नहीं; तुमको अपने साथ ले जाना चाहता था। लेकिन मेरे बाबा के आख़िरी शब्द उसकी बेड़ियाँ बन गए थे। उसके एक हाथ में लंदन की टिकट थी, दूसरे हाथ में मेरा हाथ। अपने सपनों को, अपने प्यार को जलाकर उसने मुझे सीने से लगाया। वह कभी लन्दन नहीं गया। बाबा की मौत के बाद हमेशा मेरे साथ ही रहा। झूठ लिखा था उसने लन्दन के बारे में, ताकि तुम उसको भुला सको... लेकिन यह इतना आसान नहीं होता है।

जिस तरह से तुम लिखना जानती हो, वह भी जानता है, लेकिन जानती हो वह क्या कहता है? वह कहता है कि तुमसे हार जाने में ही उसकी जीत है। अभी कुछ दिन पहले ही मैंने उसकी लिखी पोस्ट को पढ़ा, वरना यह राज़ हमेशा राज़ ही बना रहता, और मुझे कभी भी तुम दोनों के प्यार की खबर तक न लगती। यह मेरी ही ज़िद थी कि तुम दोनों एक बार फिर से मिलो।

तुमको अपने साथ लाने की ज़िद मेरी ही थी, लेकिन तुम्हारा दिल नहीं पिघला।

मेरे पति को बुरा मत कहो नेहा। तुम उनकी ख़ामोशी के पीछे छुपे हुए एक मज़बूत इंसान को कभी नहीं पहचान पाई। तुम्हारे कहे शब्द 'कुत्ते हो तुम।' उनके कानों में दिन में हज़ार बार घूमते हैं, जिनको तुम नहीं, सिर्फ मैं ही महसूस कर सकती हूँ।

"जो अपनी माँ का सगा न हुआ वह मेरा क्या होगा?" हाँ, उन्होंने अपना घर छोड़ा, अपना परिवार छोड़ा; लेकिन एक बेसहारा अनाथ गूँगी बहरी लड़की के लिए, जिसका इस दुनिया में कोई नहीं था।

तुमसे जुदा होकर उनकी जो हालत मैंने देखी, वह शायद शब्दों में बयान करना मुश्किल है। घंटों बंद दरवाजों के पीछे बैठे रहना, किसी से

बात न करना, मुझको सीने से लगाकर सिसकना... यह सब मैंने उनके साथ बराबर का जिया है। वह अपनी तकलीफ़ किसी से नहीं कह सकते, लेकिन जिससे कह सकते थे, वह सुन नहीं सकता, बोल नहीं सकता। एक पागलपन के माहौल को जिया है मैंने आयुष्मान के साथ।

मैं नहीं जानती वह कौन आयुष्मान था, जिसने तुमको धोखा दिया, लेकिन मेरा आयुष्मान दुनिया में सबसे प्यारा है, वह बहुत प्यार करता है मुझे; वह मेरे दिल की आवाज़ है। तुम जब चाहो उसको ले जा सकती हो। तुमसे हारने में आयुष्मान की ख़ुशी है, और आयुष्मान की खुशी में मेरी ख़ुशी है।

-अनुमुई

औरत और मर्द बराबर होते हैं; लेकिन हर मामले में नहीं। कहीं मर्द औरत से ज़्यादा बेहतर है तो कहीं औरत, मर्द से ज़्यादा बेहतर है। मैंने एक कभी न खत्म होने वाली बहस में पड़कर अपने प्यार को खो दिया था।

सब कुछ खत्म हो जाने के बाद भी आयुष्मान ही मेरा पहला प्यार था, है, और रहेगा। लेकिन एक बेसहारा के लिए आयुष्मान इतना बड़ा त्याग कर सकता है, तो मैं क्यों नहीं? मेरा प्यार इतना ख़ुदगर्ज़ नहीं है। आयुष्मान मेरा है, लेकिन वह तुम्हारा ही है अनुमुई; मैंने कहा था न.कि सच्चा प्यार कभी नहीं मरता, वह तो जिंदा दफ़्न होता है। मेरा प्यार भी ज़िंदगी की किताब में यादों के पन्नों के बीच हमेशा के लिए दफ़्न हो गया।

www.ingramcontent.com/pod-product-compliance
Lightning Source LLC
LaVergne TN
LVHW100325181026
850499LV00039B/996
* 9 7 8 9 3 8 7 3 9 0 2 3 2 *